BLOOM

147

Prima edizione, novembre 2018
Quarta edizione, aprile 2019

ISBN 978-88-545-1663-2

Il nostro indirizzo internet è: www.neripozza.it

ELEONORA MARANGONI

LUX

NERI POZZA

A Maëlle,
auuuu

Prima parte
Cose che succedono

Il faut prendre au sérieux les irisations, les nuances de l'arc en ciel, le chatoiement des étoffes, les plus vaines «formalités» de la forme sensible.

Vladimir Jankélévitch, *Le Je-ne-sais-quoi et le Presque-rien*

Il giorno in cui gli comunicarono che aveva ereditato una sorgente d'acqua minerale, un vulcano inattivo e una pensione scalcinata in un'isola del Sud dell'Europa, Thomas G. Edwards amava ancora perdutamente Sophie Selwood.

I due non si vedevano da quasi sette anni; lei nel frattempo si era fatta crescere i capelli fin sotto le spalle e aveva preso a legarli tutti i giorni in una treccia che pendeva sempre leggermente da un lato. I capelli di Sophie erano lievi come fili e mossi come alghe, piú scuri alla radice e dorati sulle punte. Di per sé non avevano niente d'indimenticabile, ma adesso che erano lunghi le bastava scioglierli perché una luce si spandesse tutt'intorno al viso e, per un attimo, una vaga brezza soffiasse nella stanza, come se qualcuno avesse dischiuso una finestra per annusare l'aria. Thomas tutto questo non poteva saperlo: aveva conosciuto Sophie con un rassicurante caschetto castano e non la immaginava mai con una pettinatura diversa.

Quel giorno era un martedí; dopo un grande acquazzone, era spuntato uno di quei timidi soli di marzo che regalano un buonumore ingenuo e fanno credere che i crucci si aggiusteranno senza troppa fatica e con un paio di abiti nuovi. Thomas era in macchina verso Primrose Hill, al ritorno da un pranzo di lavoro con un coreografo turco che lo aveva ingaggiato per curare le luci del suo prossimo balletto, *La nave abbandonata*. All'altezza del parco un po' di traffico obbligava i londinesi a rallentare, invitandoli a sbirciarsi l'un l'altro dai vetri appannati delle auto. Attività cui Thomas si stava dedicando senza grande interesse quando il telefono squillò, dando inizio alla serie di eventi che queste pagine cercheranno di raccontare.

Thomas G. Edwards (la G stava per Gustavo, nome infelice del nonno italiano che non aveva mai conosciuto) era figlio unico. Suo padre, Oliver Edwards, aveva vent'anni piú di sua moglie, ed era morto d'infarto quando Thomas era appena entrato all'università. Sei anni dopo era toccato a sua madre, Cecilia Ann Tilli Edwards («Ann» stava per Annamaria; lei, al contrario del figlio, il nome di mezzo aveva voluto conservarlo, ma ci teneva venisse scritto senza il punto): la signora Edwards si era schiantata in macchina in un radioso venerdí d'estate lungo una curva della Riviera francese, lasciando Thomas orfano, con una discreta eredità e la sensazione di essere contemporaneamente in credito e in debito nei confronti di una qualche entità superiore (gli Edwards erano atei, i Tilli agnostici).

L'improvvisa scomparsa della madre trascinò Thomas in un'estenuante giga di conteggi e scartoffie orchestrata dalla Fairfield & Sons, lo studio legale che da sempre si occupava dei beni di famiglia. La Fairfield & Sons si trovava fuori città, in un casale a un'ora da Londra con l'edera sulla facciata e la ghiaia nel vialetto. Thomas non aveva mai capito se il Fairfield che conosceva da sempre fosse il padre o uno dei figli dell'insegna, ma non aveva ritenuto necessario sciogliere il dilemma, e di quel posto conservava essenzialmente due ricordi. Nel primo c'era lui, settenne, in cortile, che parava i rigori a suo padre sudando sotto il cappotto, in un grigio ma vispo mattino prenatalizio profumato di abeti, mentre nello studio Cecilia Edwards – seduta in punta su una poltrona Chesterfield – firmava a cuor leggero l'atto di vendita di una casa in montagna che aveva ereditato anni prima e che nessuno aveva mai amato (i Tilli preferivano il mare, gli Edwards la campagna).

Nel secondo ricordo, seduto su quella poltrona c'era Thomas in maniche di camicia. La poltrona era identica ma vent'anni piú vecchia; lui, ovviamente, era molto diverso. Sua madre era morta tre giorni prima e – senza far nulla per nascondere una certa commozione – l'avvocato Fairfield stava leggendo le sue ultime volontà. Thomas lo aveva ascoltato immobile senza dire una parola mentre – dal fondo della grande siepe di ginepro accanto alla finestra – un grillo non aveva smesso di frinire.

Non si trattava di un testamento, perché Cecilia Edwards non era portata per quel genere di disposizioni e non si aspettava certo di morire, quanto piuttosto di una lettera d'amore per il suo adorato figlio scritta in uno dei momenti di solitaria tenerezza che ogni tanto la signora Edwards allestiva intorno a sé e che spiegavano come un'italiana cosí luminosa potesse aver abbandonato il suo paese per l'umida Inghilterra. La lettera conteneva consigli su come curare le tre diverse specie di rose nel giardino della casa in campagna, ricordi che Cecilia non era sicura di aver interpretato nel modo giusto, frasi trovate nei libri, posti in cui suggeriva a Thomas di portare la donna della sua vita il giorno in cui l'avrebbe trovata (spiccavano, su tutti, il banco frutta di un mercato iraniano e la sala d'attesa di una stazione nel Sud della Spagna), un racconto di trenta righe copiato da un diario dei tempi dell'università che aveva come protagonista il lieve stordimento alcolico che segue una lunga nuotata in mare (dall'infelice titolo «L'irresistibile leggerezza del Pimm's»), la ricetta della torta al limone della nonna paterna e una dozzina di parole italiane che non avevano corrispettivo inglese ma esprimevano «Cose che per Nessuna Ragione al Mondo Sarebbe Stato Giusto Dimenticare». «Di tutto il resto» precisava la signora Edwards in coda alla lettera «si occuperà lo studio del signor Fairfield, come ha sempre egregiamente fatto».

«C'è da non crederci, i grilli in Inghilterra...» aveva detto Fairfield dopo aver letto l'ultima frase, alzando gli occhi lucidi su Thomas e girandoli verso il giardino quando si era accorto che lui stava guardando fuori dalla finestra. Il legale ricordava benissimo il giorno in cui la signora Edwards aveva sfilato dalla borsa quella busta azzurrina e lo aveva pregato di conservarla insieme alle altre carte della famiglia: Cecilia si era trasferita in Francia all'inizio dell'estate, era tornata a Londra per un paio di settimane e, quando era passata a trovarlo, aveva portato della marmellata di ciliegie sia per lui che per la sua segretaria. Indossava un vestito verde bosco che lasciava scoperta la schiena in un'elegante mezzaluna, e l'avvocato Fairfield, che pure la conosceva ormai da piú di vent'anni, forse non l'aveva mai vista cosí serena. Anche adesso l'estate stava finendo, e Cecilia non c'era piú: condividere quel ricordo con Thomas gli parve piú indelicato che saggio, cosí Fairfield se lo lasciò passare davanti agli occhi senza dire nulla. «I grilli in Inghilterra...» borbottò ripiegando i fogli uno dentro l'altro e passandoli lentamente tra due dita per appiattirli come se, arrivati a quel punto, riporre la lettera nella busta senza sgualcirla fosse l'unica cosa che contasse.

Le morti improvvise generano immancabili complicazioni burocratiche e – col peso e l'angoscia dei figli che da unici si ritrovano soli – dopo quella di sua madre Thomas fu costretto a sbrigare un'inevitabile serie d'incombenze. Non fece piú ritorno alla Fairfield & Sons, ma per settimane corrispose con Fairfield e la sua segretaria, Miss Dunn, una ragazzotta di Croydon liscia e gommosa come gelatina che vestiva solo twin set pastello ed era provvista di una voce inaccettabilmente acuta che da allora Thomas non poté far a meno di associare – come d'altronde gli accadeva alla vista della calligrafia del vecchio avvocato – a foschi ricordi e tetri presagi.

Poi un giorno le questioni legali sembrarono esaurite. Londra era semivuota, a mollo nella quiete del *bank holiday* di fine agosto. In quel lunedí che sembrava domenica, Tom si ritrovò trafitto da un dolore che non conosceva. Era come se per mesi avesse dormito un sonno che lo isolava da tutto, e si fosse svegliato di colpo con la certezza che niente sarebbe piú stato lo stesso.

Non pianse nemmeno allora, e non fissò il soffitto piú del necessario. Si alzò, prese una borsa da viaggio, ci mise dentro qualche vestito, la lettera di sua madre e una bottiglia di Hicks & Healey, uscí di casa e camminò fino alla stazione guardando la città come se non dovesse rivederla piú. Salí su un treno che attraversava la Manica e da quel giorno, per tre mesi, non fece che andarsene in giro per il mondo perdendosi dove gli capitava, da solo o con persone che non avrebbe piú rivisto, abbandonando quel che trovava sul suo cammino, abusando di tutto e senza prendersi cura di nulla, viaggiando senza sosta e dormendo senza mai trovare riposo. Non scrisse mai a casa, perché nessuno aspettava sue notizie; pensò ogni giorno a Sophie Selwood, ma non la cercò nemmeno una volta.

Erano trascorsi anni da allora, ma ancora oggi, quando sentiva parlare di Tangeri, Amburgo o Barcellona, un vuoto tornava a stringerlo, come se in quel vagabondare senza meta una parte di lui si fosse smarrita e non avesse piú fatto ritorno. Ma la vita intanto era andata avanti, e nel frattempo Thomas aveva fondato il suo studio, cambiato due case e altrettante macchine, ben quattro assistenti e almeno una decina di ragazze.

Quando quel pomeriggio Miss Dunn lo raggiunse al telefono, della Fairfield & Sons ormai non aveva neanche piú il numero in rubrica, e le vocali acute della segretaria lo colpirono a tradimento, infilandolo in un vicolo di sorpresa e fastidio. Alle consuete frasi di circostanza – il genere di domande che la gente che non viaggia rivolge a quelli che si muovono sempre, con un tono che mescola il desiderio di mostrarsi curiosi e l'aspirazione a un vittimismo elegante, *Buonasera, signor Edwards, in che parte del mondo si trova? Buonasera, signor Edwards, in quale continente la disturbo? Buonasera, signor Edwards, è ancora pomeriggio anche dove si trova lei, spero* – Miss Dunn fece seguire delle pacate condoglianze.

Suo zio, Valentino Tilli, era *passato a miglior vita* la settimana precedente, alla prematura ma in fondo rispettabile età di settantacinque anni. Con il tono piú professionale del mondo, Miss Dunn gli comunicò quindi le ultime volontà del defunto, secondo le quali «la sorgente dell'effervescente naturale Zelda, l'annessa proprietà alberghiera e un terreno circostante non meglio specificato, comprensivo di un vulcano inattivo e diciotto baobab nani, diventeranno proprietà di Cecilia Ann Tilli e dei suoi eredi».

Di suo zio Thomas non sapeva molto, e certo ignorava che fosse proprietario di una sorgente d'acqua minerale e di un hotel in mezzo al mare. Valentino era il fratello maggiore di Cecilia, e Thomas lo aveva incontrato soltanto una volta, quando gli Edwards abitavano ancora nella vecchia casa di Chiltern Street.

Si era presentato da loro la sera della vigilia di Natale con un preavviso che qualunque inglese avrebbe trovato oltraggioso, e dei regali improbabili: una scatola di Arturo Fuente per suo padre (che fumava solo la pipa e detestava l'odore del sigaro), un vestito di mussola argentata per sua madre (che non avrebbe indossato un abito del genere neanche a una festa in maschera) e un orologio da taschino per lui (che non aveva ancora compiuto otto anni). Indossava un completo da marinaio coi bottoni d'oro, era molto abbronzato, aveva l'età indefinibile degli uomini che non si sono mai sposati e – in mezzo agli amici pallidi e raggrinziti del signor Edwards – a Tom era apparso originale e leggero, un po' goffo e stranamente allegro (sbronzo, avrebbe detto adesso).

Ancora oggi, se tornava col pensiero a quella sera, Thomas sentiva la risata di Cecilia risuonare nella stanza a ogni battuta dello zio, mentre suo padre guardava un po' di traverso quell'ospite dell'ultima ora: le cene in numero pari lo contrariavano, e Valentino era, agli occhi di Oliver Edwards, il classico italiano, ovvero il genere di farfallone narciso e inaffidabile da cui ogni tanto giurava di aver salvato sua moglie.

A Thomas invece Valentino era sembrato un signore un po' solo, di un'eleganza compassata, che si dava da fare per divertire gli altri ma non sembrava mai divertirsi a sua volta, come se il velo opaco sopra i suoi grandi occhi azzurri gli impedisse, ormai da un numero fatale di anni, di mettere a fuoco la felicità. Non ebbe però modo di studiare suo zio nel modo definitivo che soltanto ai bambini è concesso perché il mattino seguente, quando corse giú per le scale in pigiama e arrivò in salotto per scartare i regali, sua madre gli disse che era partito.

Primogenito dei Tilli, Valentino aveva undici anni piú di Cecilia, e se n'era andato di casa quando lei e le sue sorelle portavano ancora le trecce. I Tilli vivevano nel Nord Italia, in una città sul mare con un grande porto: da lí, un giorno, Valentino si era imbarcato verso sud, e dal Sud non era piú tornato.

Ogni tanto, soprattutto i primi tempi, quando le tre sorelle Tilli abitavano ancora tutte insieme e si scambiavano vestiti e romanzi, Valentino scriveva a casa, spediva regali o strane cartoline piene di nomi di posti che in famiglia non avevano mai sentito nominare. Nessuno avrebbe saputo dire con precisione dove vivesse, né quale fosse il suo mestiere, ma tutti erano certi che non avrebbe piú fatto ritorno.

I Tilli erano quel che si chiama una «famiglia all'antica», e quando Cecilia sposò Oliver Edwards – ovvero uno straniero divorziato col doppio dei suoi anni – si mise tutti contro. Sua madre, Maria Teresa Serra, era una smunta insegnante di lettere classiche. Discendente di un'antica famiglia caduta in ristrettezze, non perdeva occasione per ricordare alle figlie i loro illustri natali, e il giorno in cui Cecilia, la sua preferita (perché tutte le mamme ne hanno una anche se non osano confessarlo), le annunciò con una lettera da Londra il suo fidanzamento, si mise a letto con una clamorosa emicrania e non si alzò per tre giorni. Il padre, Alfonso Tilli, telefonò alla figlia con una voce che risuonava di salotti vuoti e persiane accostate. «Fai come credi, Cecilia, la vita è la tua» le disse in un modo che sottolineava come in realtà fossero stati loro a dargliela. «Dopo tuo fratello speravamo che almeno tu mettessi la testa a posto. Mi auguro che tu sappia quello che fai» concluse, e Cecilia per anni s'interrogò sul significato dell'espressione «sapere quello che si fa» senza venirne a capo. Specie per quel che riguardava le questioni d'amore, si era detta, «sapere quello che si fa» non voleva dire proprio un bel niente. Cecilia fu la seconda e l'ultima ad andarsene da casa: le sue sorelle sposarono una un compagno di scuola diventato notaio, l'altra un vicino di casa psichiatra, non lasciarono mai la città con il grande porto, andarono a vivere a un paio di pianerottoli l'una dall'altra e divisero per trent'anni l'affitto dell'ombrellone al lido Giglioli, il conto dal tappezziere Corazza e le spese mensili della donna di servizio. Di quella famiglia che la giudicava e la teneva a distanza Cecilia parlava malvolentieri. Valentino era praticamente l'unico che non avesse smesso di nominare, e quel mattino di Natale, dopo che Thomas aveva scartato i regali, sua madre gli aveva raccontato la sua storia. Alzando al cielo gli occhi che erano dello stesso celeste di quelli del fratello, lo aveva descritto come un incrocio fra un personaggio delle favole e un caso clinico, un pioniere sbadato, un ottimista inguaribile e un affarista romantico.

Di lui amava dire, con l'aria piú divertita che rammaricata, che non era un tipo di cui si potessero perdere le tracce, perché di tracce non ne lasciava: «Tuo zio è andato per mare per anni senza aver mai imparato a navigare, ha attraversato l'America in auto e una volta si è perfino innamorato di una donna che non aveva mai visto». Si era poi messa a raccontare, non senza una certa dovizia di dettagli, la storia della donna, ma allora Tom era troppo piccolo per i racconti d'amore e troppo distratto dal suo nuovo Meccano, e subito l'aveva dimenticata. Adesso ricordava soltanto che c'erano di mezzo il treno affollato di una città araba e una voce incantevole.

Memorabili erano poi, aveva proseguito Cecilia, gli acquisti di Valentino in giro per il mondo. Per quello che ne sapeva – e certo c'era molto di lui che non sapeva, aveva precisato –, suo fratello negli anni era stato capace di aggiudicarsi una sala concerti sul ciglio di una statale, un lago radioattivo, un centinaio di pappagalli afoni, un terreno infestato dalle talpe e un'intera, fragilissima collezione di strumenti «akishtra» che nessuno aveva mai sentito suonare.

Ad ascoltare quell'elenco Thomas era rimasto cosí strabiliato che aveva, nell'ordine, smesso seduta stante di trovare impareggiabile il suo Meccano nuovo di zecca; domandato cosa volesse dire «radioattivo»; capito che al mondo c'erano due tipi di uomini: quelli come suo zio e quelli come suo padre; intuito, una volta e per sempre, che lui assomigliava piú al primo che al secondo.

Era stata l'unica volta che aveva incontrato Valentino, e questo piú o meno tutto ciò che sapeva sul suo conto. Abbastanza, comunque, per non restare troppo sorpreso il giorno in cui venne a sapere che da lui non aveva ereditato una collezione di stampe antiche o dei gemelli d'oro.

«È impossibile» gli spiegò quel giorno Miss Dunn al telefono «stimare il valore esatto dei beni. L'isola è pressoché disabitata e raggiungibile soltanto via mare. La fonte è ancora viva, ma lo stabilimento è chiuso da anni. L'hotel risulta aperto, ma è gestito da locali di cui non si sa quasi nulla». Dello stato dei baobab, aggiunse la segretaria con una nota d'inspiegabile puntiglio, non si aveva notizia.

«Il signor Fairfield mi chiede di riferirle che la migliore soluzione sarebbe procedere a una stima esatta, poi forse vendere la proprietà, o magari pensare a come riconvertire il terreno. A ogni modo» concluse Miss Dunn, «sarebbe opportuno vedersi qui da noi per valutare le varie possibilità e cercare la soluzione piú astuta». Una parola, quest'ultima, che poco c'entrava in quell'affare di lutti improvvisi e alberghi malandati, pensò Thomas, che non aveva idea di cosa farsene di una sorgente d'acqua minerale, e nessuna intenzione di cercare soluzioni «astute» al riguardo.

Non che la notizia della morte dello zio non lo avesse scosso. Eppure – malgrado la sensibilità dei figli unici cresciuti a stretto contatto con la madre – il senso di empatia e la nozione di commozione di Thomas G. Edwards erano rimasti profondamente inglesi: corteggiavano il fatalismo e detestavano la fretta. Lí per lí si augurò soltanto di non doversi di nuovo presentare davanti ai golfini di Miss Dunn e ai fermacarte di Fairfield. Promise che si sarebbe fatto vivo al piú presto, e si costrinse al genere di frasi di circostanza che, ne era certo, la solerte segretaria riteneva indispensabili per considerare conclusa la conversazione.

Riagganciò senza registrare il numero della Fairfield & Sons, alzò per metà il finestrino e di quattro punti il volume della radio, prese a destra giú per la collina e si diresse verso un tramonto che la pioggia aveva tirato a lucido. Una manciata di ricordi d'annata, una cena leggera a base di Elyx e arrosto freddo condirono il finale di quella giornata di mezza stagione.

Nello stesso momento, all'ultimo piano della casa in cui viveva e sulla quale il sole era ancora alto, Sophie Selwood stava finendo di dipingere un acquarello. Il risultato, a dire il vero un po' maldestro, raffigurava la vista della strada di fronte. Si vedeva un vialetto lungo e diritto, e una signora un po' curva che lo attraversava. Sulla destra del foglio un cane dormiva rannicchiato all'ombra di una grande jacaranda le cui fronde proiettavano macchie di ombra e luce dappertutto. Avrebbe dovuto essere un disegno a tre colori, blu, viola e giallo, ma in un paio di punti l'acqua si era allargata, mescolando le tinte e segnando la carta di un verde scuro. Le macchie di sole sembravano farfalle, e il cane aveva una coda cosí grossa che pareva quella di una volpe. Sophie non aveva mai avuto un gran talento per il disegno, ma dipingere le piaceva, e l'aiutava a concentrarsi prima di mettersi al lavoro. E poi qualunque scarabocchio uscisse dalle sue mani era un capolavoro per il piccolo Daniel, che collezionava i suoi schizzi dentro l'album di figurine dei calciatori e i piú belli li voleva appesi in camera sopra al letto, fra la Grande Carta del Cielo e delle Stelle e il poster di Nemo.

Gli Edwards erano il tipo di famiglia che possiede un grande podere in campagna ma può, a seconda delle stagioni e dell'andamento degli affari, trovarsi senza i soldi per riparare il tetto. Avevano una governante che viveva in pianta stabile da loro a Londra, sbrigavano la corrispondenza su carta intestata con iniziali in rilievo e ogni anno, a Natale, ospitavano almeno una ventina di persone. Eppure, non cosí di rado, per raddrizzare il conto in banca o permettersi un viaggio al caldo durante le vacanze d'inverno, Cecilia aveva rinunciato al parrucchiere o passato intere settimane senza cenare al ristorante, impartendo alla domestica l'ordine «dickensiano» (cosí amava chiamarlo) di sfoltire la credenza. Gli Edwards erano dei privilegiati precari, che non conoscevano vere privazioni ma non potevano neppure godere della serenità di un benessere costante. Questo era soprattutto dovuto al lavoro di Oliver che, dopo essere stato per anni consulente immobiliare per un grande studio della City, un giorno si era messo in proprio e aveva fondato la Edwards Real Estate. Dopo qualche anno la società poteva contare su un'attività ben avviata, con clienti abituali e un giro d'affari che toccava tutta l'Inghilterra, buona parte della Scozia e qualche zona della Bretagna. Si trattava tuttavia di un'impresa privata, e quindi basata sull'intuizione, influenzata dai capricci del mercato, mantenuta in attivo da una dedizione ostinata e inevitabilmente legata a qualche preoccupazione. Thomas, che fin da piccolo si era sentito parlare dalla madre tanto in inglese quanto in italiano, a lungo aveva pensato che Edwards Real Estate significasse «La vera estate degli Edwards». Cecilia aveva raccontato l'aneddoto alle sue amiche del corso di ginnastica, le quali però, essendo tutte inglesi, non avevano trovato la cosa altrettanto divertente.

Cecilia Tilli aveva conosciuto Oliver Edwards mentre era in vacanza nel Devonshire. A quei tempi studiava archeologia nella «triste e magnifica» Torino, e quell'estate era partita per l'Inghilterra insieme a Tonia, una compagna di corso piú grassa e spensierata di lei. Immersa nell'opera omnia delle sorelle Brontë, Cecilia era a tratti silenziosa, intenta a dimenticare un professore di etruscologia che le aveva spezzato il cuore tornando con la coda fra le gambe dalla moglie non appena lei li aveva scoperti. Aveva ventitré anni allora, ed era una di quelle irresistibili ragazze che parlano tre lingue, coltivano numerosi talenti e cercano negli uomini il padre affascinante e intraprendente che non hanno avuto.

Oliver Edwards era un uomo di quarantaquattro anni con un matrimonio alle spalle, due figlie a carico (due bionde ragazzone gemelle avute dalla prima moglie Laurie, che vivevano in Australia e vedeva una volta l'anno) e pochissimo tempo libero.

Fu amore a prima vista: in autunno Cecilia si trasferí a Londra, e in primavera lei e Oliver si sposarono sotto una spruzzata di neve fuori stagione. Un paio d'anni dopo nacque Thomas. Non avendo mai davvero iniziato a lavorare, Cecilia Tilli non ebbe alcun problema a smettere e, quando il bambino iniziò le scuole elementari, si lanciò in una carriera d'altri tempi (giardiniera durante le mezze stagioni e, nei mesi invernali, insegnante d'italiano all'Imperial College) che non la occupò mai completamente e le permise, per anni, di non staccarsi mai dal bambino. Cecilia poteva dire con esattezza in quale giorno i capelli di Thomas dal rame avevano virato all'oro, e aveva un ricordo nitido della prima domenica al lago in cui il piccolo aveva nuotato senza braccioli. Non era cosí per Oliver, che passava a casa non piú di tre o quattro giorni al mese e vedeva suo figlio solo al ritorno da un viaggio o prima di iniziarne un altro, meravigliandosi di quanto crescesse alla svelta.

Oltre ai lunghi giorni – che a Tom allora sembravano mesi e col tempo si cristallizzarono nella memoria in anni indimenticabili – trascorsi a Shere, nel Surrey, nella casa di campagna che Oliver adorava e Cecilia aveva imparato ad amare, gli Edwards si riunivano al completo soltanto a Natale, a Pasqua, durante le vacanze d'inverno, una manciata di sere d'estate e una volta l'anno a Parigi, per una consuetudine instaurata dalla signora Edwards e mantenuta con piacevole puntiglio da tutti che prevedeva di assistere al primo balletto della stagione all'Opéra Garnier.

Non è esagerato dire che, arrivato a sedici anni, Tom non conosceva suo padre molto meglio di David Sinsel, il suo maestro di tennis, o dell'avvocato Lester Watt, padre di Norman, il suo migliore amico.

Oliver Edwards era un uomo fedele, puntuale e a tratti schivo; un gran lavoratore impegnato a mantenere due famiglie, amante degli animali e delle lunghe passeggiate nei boschi, poco incline alle chiacchiere, incapace di qualsivoglia cattiveria e poco portato per la fantasia. Da lui Thomas aveva ereditato una salda onestà e un riserbo quasi patologico, l'incapacità di mentire sulle grandi questioni e la propensione a raccontare piccole bugie sulle faccende quotidiane. L'amore per la campagna e quello per la pioggia, l'avversione per il caldo e per i trolley, i gruppi numerosi e i cuscini troppo alti; un'ironia mai crudele ma talvolta velata di sarcasmo, il rovescio a tennis e la tendenza ai colpi di sole: negli anni, crescendo, Thomas avrebbe intuito come tutte queste cose gli arrivassero dal padre, avrebbe imparato a conoscerlo e ad amarlo senza riserve. Molto di quello che sapeva di lui, però, lo aveva anzitutto capito per procura: dai vecchi cardigan sparsi negli armadi di Shere, dalle stampe con scene di caccia appese in corridoio a Londra, dall'odore del dopobarba Penhaligon's sulla mensola di vetro in bagno e dalle telefonate tra lui e sua madre che ogni sera, dopo le sei e mai piú tardi delle sette, gli era capitato di origliare. Il legame fra padre e figlio era stato inoltre falsato da una doppia distanza – anagrafica e geografica – che aveva reso il loro rapporto immune da contrasti quotidiani ma ne aveva in compenso compromesso in modo irrimediabile lo spessore.

L'anno del suo diciottesimo compleanno, Thomas si trovò davanti un uomo anzianotto, distinto e un po' stanco che, seduto in un caffè di Mayfair, gli chiedeva quali fossero i suoi progetti dopo il college, e se non volesse, mentre proseguiva gli studi, dargli una mano per imparare un mestiere e assicurarsi una rendita fissa con una quota della ERE. Pur non provando la minima ombra di rancore nei suoi confronti per tutti i saggi di fine anno senza di lui, le vacanze a metà e le pagelle guardate in fretta tra conti e contratti – e anzi ammirando la pacata tenacia con cui suo padre era riuscito a mandare avanti un'attività come quella e un matrimonio con una donna che in fondo era rimasta bambina –, Thomas si strinse nelle spalle: «Preferirei di no, papà».

«Capisco. Sai già cosa farai?».

«A dire il vero, no. Tu lo sapevi, quando avevi la mia età?».

«Oh, io alla tua età non lo sapevo, lo *facevo* già. Ma erano altri tempi, quelli» rispose Oliver Edwards sorridendo, senza nessuna pietà per il figlio ma nemmeno un'ombra di biasimo.

Thomas si iscrisse quindi all'università: prima legge, insieme a Norman Watt, poi, dopo un paio d'anni buttati al vento, architettura, che portò a termine in meno tempo del previsto, con la determinazione di chi non vuole fallire una seconda volta e la freddezza di chi manca di una vera vocazione.

Non che Thomas non avesse talenti, anzi: quello per il disegno era stato notato da piú di un insegnante, l'aveva aiutato a superare esami e, piú di una volta, a impressionare amici e ragazze. Ma era un'attitudine innata, che non conteneva in sé alcuna ambizione artistica e veniva impiegata per rispondere a compiti precisi. Seduto al tavolo da disegno, Thomas non immaginava mondi, li rappresentava quando era opportuno o necessario. Da sempre amava trafficare con vecchi oggetti, aggiustarli o costruirne di nuovi saldando pezzi rimediati qui e là: anche in questo caso però non era la voglia di creare a spingerlo, quanto piuttosto il rispetto per le cose che suo padre gli aveva insegnato, e la pazienza sbocciata dentro le tante ore vuote di un figlio unico che passa lunghi weekend in campagna. Era cresciuto in una casa piena di libri, e la sua carriera di lettore era iniziata presto, colorando pomeriggi e stagioni intere, ma i miracoli dell'aritmetica lo stupivano piú delle acrobazie della lingua, e i misteri dell'arte avevano per lui la stessa dignità di quelli della fisica o delle stelle. Non di rado gli capitava di scoprire somiglianze tra cose in apparenza lontanissime. Sapeva leggere le espressioni di un albero e interpretare il carattere di una città da un angolo di strada; gli veniva naturale intravedere qualcuno che conosceva nelle linee di un oggetto, attribuire ai colori o agli esseri inanimati le stesse qualità o difetti delle persone. Erano talenti inutili, lo sapeva, attitudini cui non sapeva dare un nome ma non poteva fare a meno di considerare caratteri distintivi del suo essere. Amava il cinema, l'inizio dei progetti, gli imprevisti risolti con disinvoltura, l'opera e i fumetti, la pittura del Trecento, l'arte contemporanea africana e il rap francese. Al tempo stesso, tutto lo interessava e tutto lo lasciava indifferente; solo la bellezza di cose minuscole e di connessioni effimere pareva colpirlo nel profondo, perché in quegli attimi passeggeri scorgeva la parte piú vera e durevole di se stesso, quella che sapeva resistere alla noia e allo strano uso che le abitudini facevano del tempo.

Quando suo padre morí, Thomas avrebbe potuto permettersi di vivere senza quasi lavorare, o limitarsi a seguire un cammino che gli si spalancava di fronte. Ma era troppo inquieto e orgoglioso per non cercare la sua strada. Continuò gli studi, mise in vendita la società e, dopo un paio d'anni, accettò l'offerta di un immobiliarista americano interessato a rilevarla. Fu cosí che, da un giorno all'altro, la ERE non esisteva piú, se non sul conto in banca di famiglia e in una targa d'ottone con gli angoli arrotondati che Cecilia teneva in casa in mezzo alle scatole di tè.

Con il ricavato della vendita Cecilia e Thomas comprarono un bilocale nell'East End – che Thomas affittava a settimana ai turisti e considerava piú una tomba che una casa – e la villetta nel Sud della Francia in cui la signora Edwards si trasferí qualche anno dopo essere rimasta vedova.

«Chi è nato sul mare torna sul mare, prima o poi» continuava a ripetere a suo figlio quando lui le chiedeva perché non volesse piuttosto abitare nella casa di campagna o prendere un altro appartamento a Londra, dove per cambiare vita bastava trasferirsi in un altro quartiere.

«È che ho bisogno di svegliarmi e sapere che luce ci sarà fuori dalla finestra» aveva aggiunto. «Sono diventata troppo sensibile per l'Inghilterra, temo. Lo so che a te sembra un capriccio romantico, Tom, ma non lo è affatto. In realtà è una scelta estremamente pragmatica. Materialista, anzi, in tutto e per tutto» concluse rivolgendogli uno sguardo umido e sorridente.

Dopo che sua madre si fu trasferita, Thomas andò a trovarla due volte, in primavera e poi all'inizio dell'estate. Continuava a chiedersi cosa mai avrebbe potuto fare durante l'inverno a Ramatuelle, ma nel frattempo la vide rifiorire, indossare di nuovo i suoi grandi cappelli di paglia e occuparsi delle piante del giardino finché non calava la sera. Poi, alla fine di un pomeriggio in cui piuttosto che morire non si sarebbe dovuto far altro che raccogliere gelsi, a una curva sbagliata tutto si spense di colpo anche per lei.

Era quella una fine magnifica o terribilmente ingiusta? Ancora adesso Thomas non avrebbe saputo dirlo. Un paio d'anni dopo aver perso sua madre, dopo qualche tempo passato infelicemente a progettare *boutique hotel* e *speakeasy*, Thomas si rimise a studiare per un breve periodo, e diventò architetto delle luci. Un lieve anticipo sul mercato e un paio di contatti interpellati al momento giusto gli regalarono un esordio incoraggiante, e anche se non avrebbe avuto la faccia tosta di dire, come altri facevano, che quello era il suo posto nel mondo, per la prima volta sentí che la sua vita aveva imboccato una direzione in cui si riconosceva, in grado di coniugare aspetti del suo carattere che, fino a quel momento, gli erano sembrati inconciliabili.

Esisteva qualcosa di piú effimero e insieme decisivo, di tanto tecnico e al contempo sentimentale di un architetto che non progettava spazi, ma li arredava con la luce? Quello era certo un mestiere di cui suo padre, se fosse stato ancora vivo, avrebbe faticato a capire il senso. A sua madre invece non avrebbe dovuto spiegare nulla, ne era sicuro: per tutti i pomeriggi a Shere in cui, al ritorno dalla passeggiata, si erano fermati a osservare il riflesso aranciato sul muretto della vecchia chiesa; per il modo in cui, mentre si pettinava, Cecilia accendeva in bagno i faretti anche di giorno, la premura con cui disponeva le candele in casa quando avevano ospiti a cena e il gesto apparentemente distratto con cui inclinava il braccio della lampada quando si sdraiava sul divano a sfogliare una rivista che le piaceva.

Pur amando ancora perdutamente Sophie Selwood, da quasi un anno ormai Thomas faceva coppia fissa con Ottie, che di cognome faceva Davis e che di Sophie sapeva poco e niente. Thomas gliel'aveva nominata qualche volta di sfuggita le prime sere in cui erano usciti, sempre parlando di altro e senza particolari ragioni, se non quella, inconscia, di avvertirla che una parte del suo cuore era già presa, e non c'era nulla che lei potesse fare al riguardo. Una volta chiarito questo, nulla impediva loro di essere felici. Ottie era una chef: si era conquistata una piccola fama – o perlomeno era sul punto di conquistarla – per aver inventato un modo di cucinare gli scarti delle verdure. Foglie di carciofo, capocchie di fagiolini, culi di zucchine, cuore verde dei pomodori: Ottie trasformava quei poveri reietti in piattini deliziosi che mandavano in visibilio i crudisti e le redattrici dei settimanali femminili. Lei e Tom si erano conosciuti in aeroporto a Berlino, mentre aspettavano l'imbarco di un volo diretto a Londra. Sedevano defilati sulle poltrone col poggiapiedi incorporato, ma nessuno dei due se ne serviva. Lei cercava una penna, lui ne aveva una, l'inizio non era stato niente di piú banale o complicato di cosí. La chimica dei corpi aveva fatto il resto.

Ottie non era bella, non in modo convenzionale almeno. Era alta, rossa, non si capiva mai se un po' troppo magra o un po' troppo in carne. Era il tipo di donna cui il tempo aveva insegnato a sentirsi attraente: la frivolezza per lei era un punto di arrivo, non un difetto di cui liberarsi. La sua pelle pallida, in alcuni punti quasi trasparente, lasciava apparire qui e là venuzze viola scuro che da vicino la facevano sembrare piú vecchia della sua età e da lontano, nei giorni di cattivo tempo, le davano un'aria malaticcia. Negli anni, però, aveva imparato a tenersi dritta, a non coprirsi la fronte con la frangia, a scegliere maglie scollate al punto giusto e a indossare con fierezza quella distesa di lentiggini che per anni avrebbe voluto coprire a tutti i costi. La sua bellezza poggiava su un esile equilibrio di toni neutri, e ancora oggi, a seconda del giorno, del clima, del paesaggio che aveva intorno, Ottie cambiava improvvisamente aspetto. I suoi capelli e i suoi lineamenti potevano essere ingrati o sublimi, proprio come accade in alcuni dipinti preraffaelliti in cui, per colpa di un daino dalla posa innaturale o di un giardino dai colori troppo accesi, eteree fanciulle si ritrovano di colpo trasformate in donnette ordinarie.

Aveva un figlio di sette anni, Martin, rosso come lei e robusto come il padre, un fotografo argentino che Ottie non aveva mai voluto sposare e da cui si era separata dopo l'ennesima scappatella. Il *porteño* diceva di non essersi mai rimesso dalla fine della loro storia, ma non esitava ad andarsene per il mondo in compagnia di signorine a malapena maggiorenni e di incerta nazionalità. Ogni tanto tornava a trovarli a Londra, cercando di farsi benvolere da Martin e di riconquistare Ottie, senza riuscire in nessuna delle due operazioni. Lei, che a causa sua era tornata a sentirsi goffa e brutta come al liceo, adesso lo nominava di rado, e quando capitava si riferiva a Manuel (il nome del padre veniva pronunciato talmente poco che a Thomas, ancora oggi, capitava di essere indeciso fra Manuel e Gabriel) come al «padre di mio figlio». Del «padre del figlio di Ottie» era rimasta in casa soltanto una foto sul frigorifero, una polaroid scattata durante una vacanza alle Canarie. Per qualche motivo Thomas non poteva far a meno di guardarla ogni volta che passava di lí, e (in presenza di Ottie non l'avrebbe mai ammesso, ma era andata proprio cosí) un paio di volte era perfino andato a cercarsi una birra in frigo soltanto per studiare lo scatto da vicino: accucciato su un largo scoglio piatto, Gabriel/Manuel brandiva a mani nude un polpo di un paio di chili, rivolgendo all'obiettivo uno sguardo primitivo che per qualche tempo Ottie doveva aver trovato irresistibile.

Ottie e Martin vivevano in un appartamento di Brixton, non piú grande di un pollaio spazioso, con le boiseries in cucina e le scalette di marmo all'ingresso. Da mesi Ottie avrebbe potuto permettersi una casa piú grande, ma lavorava troppo per avere il tempo di cercarne una, e questa era una delle ragioni per cui, nei giorni di malumore, si sentiva sfuggire la vita tra le dita. Da quando c'era Tom, comunque, non le succedeva piú tanto. Dopo i primi tempi «ognuno a casa sua / oppure da te / ma a dormire no / a casa c'è il bambino», adesso ogni tanto Thomas si fermava per la notte, e al mattino si svegliava in quella casa di bambola di cui si divertiva a scoprire un angolo alla volta. Da quando avevano iniziato a uscire insieme Thomas e Ottie non avevano piú smesso. Non mancavano di tenerezze spontanee, interessi comuni e sporadici indizi di gelosia; facevano l'amore come se si fossero appena conosciuti o dovessero di lí a poco dirsi addio e, anche se di fatto lo erano, non si erano mai promessi di essere fedeli l'uno all'altra. Qualche volta, soprattutto all'inizio, a lei era capitato di finire a letto con un altro; si era stupita di come mani diverse non le dessero lo stesso piacere, e glielo aveva sussurrato non appena Tom era tornato a spogliarla. A volte, mentre la teneva per la coda o la baciava sul collo, a lui piaceva chiamarla con un altro nome, e sebbene avesse conosciuto donne piú belle, spudorate o sexy di Ottie, lo eccitava il pensiero che fosse proprio lei a dargli le spalle, incurvare la schiena e supplicarlo di non smettere.

E poi c'era quel pensiero assurdo, da cui mai avrebbe voluto separarsi: lo rassicurava avere accanto una come lei, perché Thomas sapeva che a Sophie Ottie sarebbe piaciuta. Era inutile anche solo pensare di addentrarsi in un'idea del genere, che certo non portava niente di buono. Era una strana, opaca verità: ma Thomas la tratteneva intatta in fondo al cuore e a nessuno avrebbe saputo spiegarla altrimenti.

Nelle settimane successive alla chiamata di Miss Dunn, Thomas aveva pensato spesso a suo zio, e una notte lo aveva perfino sognato. C'era anche sua madre con lui, ma non si era trattato di un sogno particolarmente rilevante. Cecilia e Valentino erano i soli passeggeri di una nave da crociera infestata da pappagalli azzurri; se ne stavano abbracciati in punta alla prua avvolti dentro a un unico enorme cappotto scuro e cantavano a squarciagola *Lili Marleen*. La nave ondeggiava in mezzo ai flutti, grossi spruzzi d'acqua continuavano ad arrivargli addosso e i pappagalli, eccitati, gli volteggiavano intorno, ma niente pareva infastidire i due fratelli o distrarli dal loro canto; ogni volta che finivano di intonare il ritornello si guardavano, scoppiavano in una risata e ricominciavano daccapo.

Piú di una volta in quei giorni a Thomas era capitato di incrociare degli uomini che gli avevano ricordato Valentino per il modo che avevano di indossare un paletot o tenere al guinzaglio un cane. Non che avesse mai visto suo zio fare niente di tutto questo, ma quell'uomo gli aveva lasciato in eredità una parte di se stesso, e se di lui non aveva mai saputo granché, adesso che era scomparso gli pareva di vederlo comparire all'improvviso tra la gente.

Dal giorno in cui la Fairfield & Sons lo aveva contattato, Thomas non aveva fatto molto per informarsi su quella strana eredità. La sera stessa aveva cercato in rete notizie sulla fonte d'acqua minerale di cui Miss Dunn gli aveva parlato, ma tutto quello che aveva trovato era stata la foto sgranata di una cascatella, una distesa d'immagini di fondali tropicali di un'isola quasi omonima nel Sud del Pacifico e il link al sito della pensione che aveva ereditato. Qualche settimana piú tardi aveva cercato l'isola su un atlante. L'aveva individuata subito, anche se era persa in mezzo alle altre, ma la sorgente non era nemmeno segnata, e il nome in corsivo del piccolo arcipelago di cui l'isola faceva parte copriva per piú della metà quella macchiolina bianca in mezzo all'azzurro. Un paio di giorni dopo Miss Dunn tornò, coi suoi acuti da merlo, a chiedergli in che parte del mondo si trovasse. Era un lunedí mattina, erano da poco passate le undici e, nonostante fuori splendesse una bella giornata, le tende della camera da letto di Tom erano tirate. Alla tv davano *Irma la dolce*; lui e Ottie erano ancora a letto, le gambe incrociate l'uno dentro l'altra.

Come tutti quelli che ricevono una chiamata inattesa quando non si sono ancora alzati, Thomas si tirò su un po' di scatto, appoggiò la schiena alla testata del letto e si coprí col lenzuolo come se non volesse farsi sorprendere nudo. Cosí facendo svegliò Ottie, che si era riaddormentata all'inizio del film, quando Jack Lemmon ha appena incontrato Shirley MacLaine e parla al bancone con Moustache, il barista del bistrot di fronte all'hôtel Casanova.

Thomas e Ottie non erano ancora all'apice delle rispettive carriere, ma entrambi attraversavano quel momento in cui le cose acquistano velocità, e cambiano il modo in cui ci si era immaginati di vivere fino a poco prima. Facevano parte della generazione di europei che è stata adolescente all'epoca dei voli low cost e ha iniziato a lavorare quando i mercati globali dettavano già legge da un pezzo. Avevano una valigia pronta all'ingresso e una, ancora da disfare, in camera da letto. Viaggiando entrambi di continuo per lavoro, nei pochi giorni al mese che passavano insieme non si spostavano mai da Londra. Restavano a lungo a letto e, piuttosto che precipitarsi a Venezia per una vernice o a Parigi per una di quelle cene in bianco alle quali qualche anno prima gli sarebbe piaciuto partecipare, preferivano giocare ai turisti nella loro città, passeggiare pigramente lungo il Tamigi, rinchiudersi in un vecchio cinema del West End o provare per cena il nuovo greco di Dalston. Amavano entrambi prendersi un giorno libero quando gli altri non potevano permetterselo, fare l'amore e riposare mentre la città andava veloce, perché poltrire mentre tutti lavorano è la rivincita dei liberi professionisti che non conoscono weekend.

«Signor Edwards? Sí, scusi, la sentivo male. Mi dispiace disturbarla di nuovo, ma è sorta una stramba complicanza a proposito del lascito del signor Tilli che ci vediamo costretti a comunicarle nell'immediato».

Sorta, complicanza, immediato. I preamboli di Miss Dunn gli pulsavano in testa in quel modo che al solito gli risultava insopportabile. Fortuna che di lí a poco fu Fairfield a continuare la telefonata. Lui fu chiaro e cordiale come sempre. Un avvocato italiano – gli spiegò – lo aveva contattato per conto di un suo cliente, e aveva formulato un'offerta per acquisire la totalità del terreno del signor Tilli, sorgente e proprietà annesse. Secondo le stime, la cifra offerta era da ritenersi lievemente superiore ai prezzi del mercato attuale. La questione – aveva proseguito il legale – era in parte complicata, ma in alcun modo compromessa, dalle volontà del fratello della signora Edwards, che esigevano che il passaggio di proprietà venisse firmato da entrambe le parti sull'isola. Venditore e acquirente potevano gestire la trattativa a distanza, ma dovevano recarsi sul posto per concludere la vendita. Clausola bizzarra, riconobbe l'avvocato, ma, stando ai documenti testamentari che aveva avuto premura di studiare, imprescindibile.

«Se lei ne conviene, signor Edwards, non ci resta che organizzare la cosa secondo le sue disponibilità e portare a termine la vendita in tempi rapidi. L'avvocato italiano mi ha già confermato che lui e il suo cliente possono essere sul posto quando preferisce, basta avvertirli per tempo. Io, come immagina, mi sono fatto un po' vecchio per andate e ritorni del genere. Inoltre, trattandosi di una pura formalità, la mia presenza le sarebbe quasi piú d'intralcio che d'aiuto. Detto ciò, Miss Dunn è al corrente di tutto, se vuole posso istruirla e chiederle di accompagnarla nel caso in cui lei necessiti di...».

«Ho già qualcuno, grazie» rispose Tom con tono sbrigativo, rendendosi conto, mentre lo diceva, che non era vero.

«Ottimo. La invidio un po', sa, in fondo questo è un periodo perfetto per un viaggio al Sud. Conosce già quella parte d'Italia?».

«No. Non sono mai andato oltre la Toscana. Mia madre era ligure, al mare siamo sempre andati lí intorno».

«Certo, ricordo. La signora mi parlava sempre di un vino squisito prodotto dalle sue parti. Sembra che sia cosí delicato e genuino da sciuparsi durante il trasporto, cosí ho sempre aspettato di trovare il tempo per andare di persona. Ed eccomi qui, sono arrivato a sessantotto anni senza averlo assaggiato. Ma non lo dimentico».

William Fairfield era un inglese vecchio stampo e – come tutti gli inglesi vecchio stampo – adorava l'Italia, ma era talmente inglese e talmente vecchio stampo che si accontentava perlopiú di ammirarla a distanza.

«A ogni modo le farò inviare i documenti al suo indirizzo di Londra, e Miss Dunn potrà occuparsi di raccogliere tutte le informazioni necessarie al suo viaggio. Le faccia sapere soltanto quando intende partire e quanto vuole fermarsi. Al resto penseremo noi».

«Come avete sempre fatto» rispose Thomas riferendosi al finale della lettera di sua madre che il legale gli aveva letto tanti anni prima e che, a forza di rileggere, conosceva ormai a memoria. Fairfield rimase in silenzio, cosí Tom non poté essere sicuro che avesse colto la citazione.

«Le farò avere al piú presto tutti i dettagli» si limitò ad aggiungere prima di riattaccare.

Ottie nel frattempo si era alzata, aveva salutato il sole in camera da pranzo e fatto una doccia. Nei pochi giorni al mese in cui si trovava in città le piaceva andare a prendere Martin all'uscita da scuola, e passare a Herne Hill per controllare i suoi amati *yams*, che aveva scoperto in Brasile e che coltivava come oracoli in un orto biologico di cui era co-proprietaria insieme ad altri cittadini convinti, come lei, che i tuberi avrebbero contribuito in maniera significativa alla salvezza del pianeta.

Quando tornò in camera da letto per vestirsi, trovò Thomas in mezzo alla stanza, con i capelli in aria e la stessa faccia del giorno in cui si erano conosciuti: quella, irresistibile, di un ragazzino che è stato dimenticato a una festa.

«Sei mai stata in Italia?» le chiese lui prima di infilare la testa nella camicia. Le camicie fresche di bucato Thomas le indossava come fossero magliette, senza sbottonarle, con un gesto veloce e disinvolto che a Ottie sembrava perfetto.

«Sí. A Milano diverse volte per lavoro. A Venezia da piccola, e poi a Firenze e Roma con Manuel. Penso si scopasse già quella francese, perché non faceva che ordinare Bordeaux anche se eravamo in Italia».

«E al Sud?».

«Mai stata».

«Nemmeno io. Ci vieni con me fra un paio di settimane?».

Non le spiegò molto di piú a proposito del viaggio; le disse soltanto che un suo parente, troppo vecchio per viaggiare, gli aveva chiesto di andare su un'isola dove aveva delle proprietà per firmare delle carte al posto suo. Non era del tutto falso, del resto. Thomas non mentiva mai davvero: per non veder invaso il sacro territorio della sua riservatezza si limitava a raccontare meno del previsto.

Dal canto suo Ottie non chiese molto di piú, e sembrava felice di quel viaggio almeno quanto Thomas ne era seccato. L'unico problema, gli disse non senza un certo imbarazzo, era che avrebbe dovuto portare anche Martin: le vacanze di primavera sarebbero iniziate proprio in quei giorni, e Darija, la babysitter, si era presa due settimane di ferie per tornare dai suoi in Lituania. Quando Thomas le disse – in tutta sincerità e buona educazione – che sarebbe stato un piacere portare anche lui, tutto sembrò risolto. Ottie comprò della crema solare vegana per tutti, dei nuovi occhiali da sole per il piccolo e una guida turistica di quella parte d'Italia, meravigliandosi di quanto poco parlasse dell'isola in cui sarebbero andati loro, e ripromettendosi di studiarla con maggiore attenzione prima di partire.

Fu cosí che quella «stramba complicanza» si trasformò in una specie di prova generale di un viaggetto in famiglia, e dieci giorni dopo i tre erano a Stansted, ognuno sulla sua poltrona, che aspettavano l'imbarco. Nemmeno Martin si serviva del poggiapiedi, ma solo perché era ancora troppo piccolo, e con le gambe non ci arrivava.

Era uno di quei giorni in cui fa bello in tutto il mondo. A Londra dopo due settimane di pioggia era tornato il sole, che rendeva invisibili i vetri del terminal senza scaldarli. Ottie tenne su gli occhiali scuri anche in aereo. Era rientrata il giorno prima da Dublino con l'ultimo volo della sera, e si era svegliata all'alba per preparare la valigia di Martin e dei sandwich di pane di segale ripieni di avocado, stilton e salsa di fichi e menta che aveva portato in volo insieme a una guida di trecentoventotto pagine dal titolo *Southern Italy* e a un iPad che si era dimenticata di mettere in carica. Aveva dormito sí e no quattro ore, ma era attenta e vispa: studiava cartine, guardava fuori dal finestrino e appuntava nomi di posti e di piatti sull'ultima pagina della guida mordicchiando il tappo della penna, come se non li stesse semplicemente trascrivendo, ma inventando in quel momento.

Accanto a lei Thomas sembrava ancora piú distrutto di quanto non fosse. Quella mattina non aveva sentito suonare la sveglia, e se il tassista non avesse superato un paio di tir lungo la strada avrebbero di sicuro perso l'aereo.

La sera prima si era trattenuto in studio con il suo socio, James Fleet, e la loro nuova assistente, Hyun Lee, una coreana che parlava un inglese tutto suo e li aveva torturati con domande tra il puntiglioso e l'incomprensibile. C'erano da mandare in stampa due progetti per una gara alla Royal Academy e sciogliere un paio di nodi per il balletto turco che avrebbe debuttato fra poco piú di un mese. Quell'«impegno di famiglia» – ci aveva tenuto piú di una volta a fargli notare Fleet – cadeva proprio al momento sbagliato.

James Fleet era il tipico ingegnere che si era incaponito a fare l'architetto e, sebbene sul suo biglietto da visita ci fosse scritto «*light designer*», in casa non disdegnava le luci a risparmio. A presentarli era stata Maureen, la moglie di Norman Watt. Quando le cose avevano iniziato a girare bene, non appena si era reso conto che non sarebbe riuscito a occuparsi di tutto da solo, Thomas gli aveva proposto di entrare in società.

Fleet mandava avanti l'ufficio mentre Thomas viaggiava, Thomas disponeva del talento di cui Fleet era sprovvisto; insieme formavano un carnet di indirizzi di tutto rispetto.

Quella sera, dopo che Fleet e Hyun Lee erano andati via, Thomas era rimasto in ufficio fino all'una passata. Aveva ordinato una cena da Freeman's e l'aveva mangiata davanti al computer mentre lavorava. Tornato a casa, non era riuscito a chiudere occhio fino alle due. Non aveva nessuna voglia di partire, e tutto a un tratto, si era reso conto, l'aver proposto a Ottie di accompagnarlo anziché divertirlo lo contrariava.

Il grado di tostatura del pane e l'omogeneità della salsa, lo spessore del formaggio e la consistenza dell'avocado: a chi avesse saputo considerarli con la giusta attenzione i sandwich di Ottie avrebbero raccontato l'amore con cui erano stati preparati. Thomas però quel mattino aveva la nausea e, dopo un paio di morsi, riavvolse nella carta il resto di quell'ottimo panino destinato a invecchiare in fondo allo zaino per tutto il viaggio. Sebbene si fossero conosciuti in aeroporto, lui e Ottie non erano mai partiti insieme prima d'ora. L'intimità dell'aereo li rese un po' timidi; Martin aveva chiesto di sedersi nel posto centrale perché era l'unico con la tv, ma si era addormentato poco dopo il decollo, e averlo lí in mezzo adesso non aiutava la conversazione. Chiacchierarono un po' a balzi mentre le hostess passavano con il carrello delle bevande. Per la prima volta Thomas notò un piccolo neo rossastro sotto al labbro inferiore di Ottie; lei, guardandosi le mani, si accorse che su tre dita lo smalto era sbeccato. Dopo che venne servito il caffè restarono in silenzio. Mancava poco piú di mezz'ora all'arrivo, ma dal finestrino non si vedeva ancora nient'altro che mare. Nella fretta di quella mattina Tom aveva dimenticato sia i libri che l'agenda; sfogliò distrattamente i documenti che Miss Dunn aveva preparato, poi ripiegò su una di quelle riviste delle compagnie aeree in cui sembra che lo scopo principale della vita sia vagare per città che non conosciamo e bere soft drink alla frutta da enormi caraffe.

Girava le pagine senza interesse, e avrebbe di certo saltato a piè pari la sezione Cucina & benessere, se uno speciale dedicato al *british watercress* non gli avesse, di colpo, fatto tornare in mente una fotografia che teneva chiusa in un cassetto ma di cui ricordava ogni singolo dettaglio.

La foto l'aveva scattata Thomas vicino al ruscello di Shere il giorno in cui, dopo aver giocato insieme da bambini ed essersi persi di vista per anni, lui e Sophie si erano rivisti per la prima volta.

Era il giorno del matrimonio di Arthur e Lizzie. Arthur era un cugino di Thomas, primogenito di Edie Edwards, sorella maggiore del padre di Tom. Era un ragazzone un po' ottuso, con una portentosa propensione alle gaffe; si occupava di risorse umane per una compagnia di assicurazioni, e per qualche motivo credeva che questo gli desse il diritto di chiedere sistematicamente, non appena incontrava qualcuno per la prima volta, cosa facesse per vivere. Lizzie Dawbin, revisore contabile nella sua stessa società, era una ragazza vezzosa e petulante che amava personalizzare i cuscini del salotto, le tendine della cucina e le trapunte della camera da letto con le foto scattate con il tablet durante il fine settimana.

Lizzie e Arthur sarebbero rimasti insieme poco piú di un anno: Arthur ci avrebbe messo sei mesi a scoprire che Lizzie non aveva mai lasciato il suo precedente fidanzato, Desmond, e ne avrebbe impiegati altrettanti per capire che avrebbe fatto meglio a trovarsi un'altra casa, perché i suoi cuscini e le sue tendine Lizzie non aveva alcuna intenzione di trasferirli. Quel giorno in ogni caso nessuno poteva immaginare niente del genere, e nella foto scattata da Thomas dalla collinetta ricoperta di nasturzio acquatico, Arthur sorrideva spensierato col suo papillon color puffo, tenendo in mano una coppa di champagne e cingendo con l'altra il fianco della sua vicina. Tra i due passavano almeno venti centimetri, e Arthur aveva la testa leggermente tagliata. Al centro dello scatto c'era Sophie Selwood, con il viso in pieno sole e il corpo coperto per metà dall'ombra di Thomas che era davanti a lei. Gli occhi di Sophie brillavano in tutta quella luce, ma i lineamenti del suo viso si distinguevano appena, e il vero soggetto dello scatto sembravano i fiori del vestito che indossava e i ciuffetti di nasturzio che le coprivano le scarpe. Tuttavia, soltanto un osservatore poco attento avrebbe scambiato per incapacità o sciatteria quella che altro non era che l'ingenuità propria dell'amore.

Dopo un quarto d'ora di silenzio di cui Thomas si accorse appena e che a Ottie invece pesò parecchio, lei iniziò a leggere a voce alta i nomi di conservanti e additivi dei salatini che la hostess aveva lasciato sul tavolino. Entrambi convennero sul fatto che, a sentirli in italiano, sembravano meno nocivi. Poi finalmente il mare, qualche vuoto d'aria, l'impressione di una curva e la terra sotto.

Laggiú il sole non illuminava le cose, le abitava dall'interno, e pareva di trovarsi in un'altra età del mondo, in cui era il cielo a governare il creato. Case, strade, costruzioni e alberi non riflettevano soltanto la luce ma sembravano emanarla, e Thomas, che nella fretta di quella mattina aveva dimenticato anche gli occhiali da sole, nel tratto dalla scaletta al gate continuò a guardarsi intorno strizzando gli occhi da una parte all'altra del paesaggio.

Non dovevano aspettare bagagli. Cambiarono dei soldi in un bugigattolo dove un ragazzetto smilzo contò le loro sterline con l'aria di un vecchio croupier, e uscirono nella cruda luce del mezzogiorno. Lampioni, facce, insegne: a niente e nessuno era concessa un'ombra.

In coda per i taxi erano piú pallidi e inglesi che mai. Sotto il cappello a tesa larga, Ottie non la smetteva di frugare nella borsa. La bottiglietta d'acqua, l'astuccio in cui teneva i documenti, lo stick per le labbra. Si muoveva lentamente, quasi ci tenesse a conservare energie per il resto della giornata. Martin se ne stava appoggiato a un palo della luce un po' piú in là, e salutava le strisce bianche nel cielo con la bocca spalancata e la testa rivolta verso l'alto, tenendo per una gamba Kraus, il supereroe dai capelli verdi e pugni d'acciaio che portava ovunque andasse. In qualsiasi altro posto piú a nord di quello spiazzo assolato a quel punto Tom si sarebbe senza dubbio acceso una sigaretta, ma per qualche motivo l'idea di fumare dentro tutta quella luce gli parve inelegante, cosí si accontentò di infilarsi le mani in tasca, in attesa che arrivasse il loro turno.

Nell'ombra climatizzata del taxi ritrovarono il fascino dei forestieri venuti da lontano. La strada verso il porto era sgombra, soltanto cielo e mare a perdita d'occhio. Molte rocce, scure e striate di bianco, qualche arbusto, nemmeno una nuvola. Ottie chiese dove fosse la città, Tom tradusse per lei mentre Martin faceva annegare Kraus dietro dei cuscinetti di pizzo ricamato.

«È comunque incredibile la storia di questo tuo parente» disse Ottie. «Dovevano essere gli anni Settanta quando è arrivato qui. Chissà com'era il paesaggio allora» proseguí indicando la terra brulla che le sfilava accanto, un'espressione incerta fra l'incanto e il disagio.

«Piú o meno cosí, credo» rispose Tom girandosi a sua volta verso il finestrino senza aggiungere altro. Ottie non diede importanza a quella risposta lapidaria: la giornata era troppo bella per adombrarsi, e aveva imparato a non dar peso ai commenti sbrigativi di Tom. Viaggiare in aereo la affaticava sempre un po', ma ora, incastonata fra il verde e il blu del paesaggio, era raggiante. I capelli, lunghi e confusi nella luce del giorno, le incorniciavano il viso regalandole un'aura solenne.

Tom le prese la mano, la chiuse nella sua e abbandonò la testa sul sedile. «Fra quanto arriviamo, mamma?» chiese Martin.

«Presto, alla fine di quella punta laggiú. Poi da lí prendiamo la barca che ci porta dritti dove dobbiamo andare» rispose Ottie disegnando una piccola freccia con le dita.

«Dove dobbiamo andare?».

«Su un'isola».

«Un'isola?».

«Sí. Proprio come l'Inghilterra, solo molto, molto piú piccola».

«Ho fame, mamma».

«Resisti, mangeremo appena arriviamo. Non sai quante cose buone ci sono laggiú» disse lei, immobile come un oracolo. Soltanto gli occhi viaggiavano insieme al paesaggio.

Arrivati al porto li accolse una larga e festosa confusione. Dell'Italia Thomas conosceva soltanto il porto di Genova – dove le navi partivano e tornavano senza che nessuno quasi ci facesse caso – e quello di Portofino, dove l'odore del mare non si sentiva e i marinai indossavano costumi disegnati apposta per compiacere i russi. Il fatto che questo porto fosse cosí diverso da entrambi lo mise di buonumore e, per qualche minuto, gli fece dimenticare i fastidi che quell'avventura gli stava procurando.

Per puntiglio professionale e un'inconfessabile tenerezza verso tutte le questioni che riguardavano piú o meno da vicino i beni e il sorriso di Cecilia Edwards, Fairfield aveva incaricato Miss Dunn di occuparsi di tutti i dettagli del viaggio. La segretaria aveva prenotato biglietti aerei, verificato rotte e itinerari, stampato vecchi opuscoli trovati online e perfino allegato le previsioni meteo relative ai giorni della loro permanenza.

L'unica cosa che non era riuscita a fare, aveva detto a Tom per telefono e ripetuto per iscritto in una nota, era stato comprare i biglietti della barca che li avrebbe portati sull'isola. La compagnia era la stessa che gestiva i collegamenti con l'Isola Grande, la sorella maggiore di quella che loro dovevano raggiungere, ma per qualche motivo, gli aveva spiegato Miss Dunn prima di inviargli con un pony la cartellina con i documenti, quelli erano gli unici biglietti che non era stato possibile prenotare.

«Ho chiamato, ma per giorni non ha risposto nessuno e poi, quando finalmente qualcuno ha tirato su il telefono, non parlava mezza parola d'inglese. La compagnia comunque si chiama Marea» gli aveva detto a voce e ripetuto per iscritto la segretaria. «Il giorno del vostro arrivo c'è una barca alle quattordici in punto, potrete comprare i biglietti direttamente sul posto». Tanto per essere sicura di risultare irreprensibile, nel foglio di riepilogo le parole «direttamente sul posto» Miss Dunn le aveva sottolineate.

Si diressero verso il molo in cerca di qualcuno che potesse aiutarli. Da lontano sembrava una folla qualunque ma, quando si trovarono ad attraversarla, a Thomas non sfuggirono un arrotino con baffi pettinati fin dietro alle orecchie e un pescivendolo cieco, intento a pulire le acciughe con una smorfia beffarda stampata sulla faccia.

Ottie lo seguiva a un paio di passi di distanza, con un'andatura cosí lieve che sembrava quasi fosse Martin a tenerla legata a terra con la sua manina.

Dopo un paio di giri confusi, una vigilessa li aiutò a risolvere l'arcano: il baracchino Marea non esisteva affatto, e barche per quell'isola non ce n'erano. «Quelle che vanno all'Isola Grande ogni tanto si fermano anche lí. Dovrebbe essercene una oggi alle cinque del pomeriggio» disse. Chissà perché, pensò Thomas, i locali provavano sempre grande piacere a spaventare i forestieri invertendo l'ordine delle buone e delle cattive notizie.

«Potreste mangiare qualcosa al Tramonto, fanno ottime granite» suggerí la vigilessa indicando il bar all'ingresso del molo.

«Oppure» disse volgendo gli occhi verso il lato infame del porto – quello in cui finivano i pesci migliori e i gatti con la coda mozza – «andate da Nino ad assaggiare il polpo piú buono della città».

Tom la ringraziò a nome di tutti, e non fece in tempo a tradurre a Ottie quel che la vigilessa aveva detto che la donna scavalcò con piglio deciso la bancarella di un bambino che vendeva ventagli intrecciati, salutò calorosamente un militare in divisa, fischiò come un'ossessa contro due ambulanti che bloccavano la strada col loro carretto e sparí nella folla da cui era spuntata.

Tornarono da dove erano venuti, con metà dello stupore per quel che avevano intorno e il doppio del caldo, e andarono a sedersi ai tavolini del Tramonto. Tom ordinò una birra e un'arancina al burro, Ottie un dolce alle mandorle e un caffè, Martin una spremuta e le cozze alla marinara che aveva visto al bambino del tavolo accanto e che ora fissava nel proprio piatto con un misto di stupore e disgusto.

Quando finirono di pranzare erano da poco passate le due: il sole filtrava attraverso le tende scaldando l'aria come in una serra, e Martin cominciò a saltellare da una parte all'altra della terrazza, spaventando i gabbiani e disturbando i clienti. Ottie propose di approfittarne per visitare la città. Pur di non fare il turista, Tom si sarebbe incatenato alla sedia: le rispose che era un'ottima idea, e che li avrebbe aspettati volentieri lí con i bagagli. Prima che lei facesse in tempo a cambiare idea, si alzò per pagare e li accompagnò a prendere un taxi. Si diedero appuntamento un paio d'ore piú tardi. Thomas guardò la macchina allontanarsi sotto il sole altissimo; le sospensioni erano andate e l'orizzonte era un miraggio d'aria mossa.

Ordinò un'altra birra al Tramonto e si mise a lavorare. Per un'ora non alzò quasi gli occhi dal telefono; quando tornò a guardarsi intorno le ombre della terrazza si erano allungate e, nonostante facesse ancora caldo, si era alzato un venticello che faceva ondeggiare i volant del tendone. Dopo il pienone del pranzo adesso erano rimasti pochi clienti, e accanto al banco dei gelati la cameriera chiacchierava con un'amica che se ne stava in sella a un motorino spento. Segreti da ragazze, a giudicare dal modo in cui faceva dondolare il vassoio mentre bisbigliava. Nel bicchiere della spremuta i resti d'arancia invecchiavano a vista d'occhio, e due mosche saltavano da un chicco di riso all'altro. Al tavolo accanto a quello di Tom si erano sistemati due sposini dall'aria fiera e sprovveduta, ognuno nel vestito piú bello e con un valigione per due. Dietro di loro era seduta una ragazza. Portava occhiali dalla montatura rotonda dorata, e un foulard verde menta legato intorno al collo. In mano aveva una penna, ma piú che scrivere pareva stesse leggendo.

Non aveva l'aria di una di quelle parti, ma Thomas non avrebbe saputo dire da dove venisse, e un grosso zaino che aveva sulla sedia accanto gli impediva di studiarla come avrebbe voluto. Sarebbe stata carina se per un attimo avesse smesso di corrugare la fronte, pensò. Inclinò la testa da un lato per guardarla meglio, e per un attimo i loro sguardi s'incrociarono; lei subito abbassò gli occhi, lui si girò dall'altra parte, poi fissò l'orologio senza leggere l'ora, solo per togliersi dall'imbarazzo. Chiamò la cameriera per chiederle il conto, ma quella non lo sentiva, cosí si alzò e andò a pagare alla cassa. Domandò a uno dei baristi di guardargli le valigie e si incamminò verso l'altro lato del porto.

Il sole adesso non era piú tanto forte, ma rimpiangeva comunque gli occhiali che aveva dimenticato. Attraversò la strada e proseguí camminando all'ombra di una pensilina di lamiera che faceva da tetto ai pochi negozi del porto. Da una finestra gli arrivò il suono di una radiolina. Era la coda di una canzone italiana che non sentiva da anni. Non conosceva le parole, ma sapeva di averla amata, in qualche posto e in qualche tempo di cui non ricordava molto.

Indietreggiò fino alla porta ed entrò; l'ingresso del negozio sembrava quello di uno speziale, il fondo invece era pieno di vecchi computer e cavi attorcigliati. Il proprietario lo salutò da dietro il bancone con un cenno. C'era qualcuno al telefono in una delle cabine in fondo; per il resto era l'unico cliente. Prese a girare qui e là fra bauli, cassettoni e carrelli della spesa. Era tutto ammassato, e gli odori formavano un soffio irripetibile di origano e ruggine, vecchia gomma e carte umidicce. La canzone finí, e ne iniziò un'altra che non aveva mai sentito prima.

Li conosceva, i momenti come quello. Subito prima di un viaggio, o quando era stanco sulla strada del ritorno. Mentre aspettava qualcuno in un posto, o quando era in mezzo alla gente solo con i propri pensieri. Ancora adesso ogni tanto prima di dormire, e per mesi, all'inizio, ogni volta che apriva gli occhi al mattino. Preceduto da indizi minuscoli, il pensiero di lei gli si faceva incontro. L'assenza di Sophie era il contrario di un vuoto: era qualcosa di tangibile, che nasceva di continuo e cambiava forma, una presenza viva che gli era cresciuta addosso senza fretta e senza sosta e si comportava come voleva, come quei muschi che senza luce e senza acqua tengono in vita non soltanto loro stessi, ma anche quello che hanno deciso di ricoprire.

Sapeva che di loro non era rimasto piú nulla, che lei se n'era andata e non sarebbe tornata, ma questo non gli impediva di notare la sua assenza dal mondo, e di trovarla quasi sorprendente. Sophie non era la signora col cane all'angolo della strada, non era la ragazza in fila davanti a lui alla cassa del *deli*, non era in nessuno dei turisti che si fotografavano a turno con il Tower Bridge alle spalle. Non era nessuna delle maschere del West End, non era la proprietaria strabica della lavanderia e nemmeno il vecchietto al quale lasciava il posto in metropolitana. Sophie era un'altra; era da un'altra parte, non c'era piú, ma il mondo era cosparso di indizi che a lei continuavano a condurlo, e a quelle cose Thomas non poteva evitare di dare ascolto, perché gli sembravano aggiungere alla sua vita qualcosa che le altre – le cose «reali» – non erano in grado di dargli.

Si trattava perlopiú di dettagli insignificanti: una notizia al telegiornale, il colore di un abito, foto trovate qui e là su internet, fermo immagine di film sottotitolati, insegne di negozi, carte di caramelle di paesi lontani e stralci di conversazioni ascoltate per strada. Ne trovava sempre, ovunque andasse. Capitava che ci fossero città o settimane incapaci di regalargliene: le salutava con un certo disappunto, come estranei che non avessero voluto conoscerlo veramente, o coi quali fosse sorto un malinteso.

Spesso a parlargli di lei erano oggetti, e allora li collezionava. Vecchi campionari colore, matite di grandi alberghi, foto di sconosciuti buffe o struggenti, scampoli di tessuti che avevano rinunciato alla gloria. Scatole di fiammiferi, cartoline scolorite, una buona manciata di bottoni tutti diversi e altrettanti sassolini piatti, perfetti per rimbalzare sull'acqua. Non mancavano pezzi di un qualche valore, vuoi per la fattura curiosa, vuoi per la misteriosa provenienza. Se un antiquario fosse stato chiamato per un sopralluogo, avrebbe di certo notato un mulinello musicale per pescatori spiritosi, un portachiavi a forma di chiave, due rarissimi pettinini d'avorio per sopracciglia spesse, una decina di stampini per la frutta sagomati come ortaggi, una macchina da cucire per la carta, una cassetta delle lettere senza serratura per la corrispondenza con i cari estinti, un orologio a vento ispirato al *Cyrano* e il formidabile acquario in vetro smerigliato per pesci timidi di Alphonse Allais; un tavolino a forma di clessidra per vere cene in tête-à-tête, una risma pressoché intatta di carta di riso color avorio che aveva in filigrana un minuscolo unicorno, un apparecchio in legno e metallo di fabbricazione tedesca che serviva alternativamente a mettere i puntini sulle i e a far buchi nella cintura. Il pezzo forte, scovato in un night di Cipro e di fabbricazione bulgara, era un rarissimo pianoforte d'angolo, che dava finalmente agli sgabelli girevoli una vera ragione di esistere.

Non erano regali per Sophie, quanto piuttosto oggetti in cui Tom si trovava suo malgrado a scorgerla, e a sentirla vivere. Alcuni li teneva a Londra, molti se li era fatti spedire nella casa di campagna di Shere, che era cosí grande e piena da inghiottire qualunque nuovo arrivato con la disinvoltura che solo le dimore centenarie conoscono. Una volta che li aveva in casa sceglieva loro un posto e li dimenticava, e prendeva a vivere in mezzo a loro come se fossero sempre stati lí e non dovessero mai andare da nessuna parte. All'inizio a spingerlo era stata una sorta d'inquietudine, col passare del tempo raccoglierli era diventato un gesto naturale e, se qualcuno gli chiedeva da dove venissero, lo liquidava presentandoli per quello che poi erano: semplici souvenir di viaggio.

Vagò qualche minuto fra vecchie carte nautiche, GPS malandati e dipinti abominevoli. Non gli sembrava ci fosse nulla che avesse voglia di portarsi via, e si diresse verso l'uscita. Accanto alla cassa c'erano un paio di occhiali da sole; si avvicinò per provarli, ma quando li prese in mano si accorse che avevano un'asta rotta. Sul fondo della scatola in cui li stava rimettendo notò un pesciolino di bronzo, con due puntini come occhi e un minuscolo sorriso inciso al posto della bocca, il corpo sbalzato a mano e saldato, all'altezza della coda, con un anellino di metallo. Era troppo grande per fare da portachiavi e troppo piccolo per servire a qualcosa. Chiese al rigattiere quanto gli doveva, pagò e se lo mise in tasca. Il tipo del bazar, che lo aveva preso per un tedesco, gli chiese se era la prima volta che visitava quei posti. Erano diversi anni che a Tom non capitava di parlare italiano. Se n'era già accorto prima, durante il suo breve scambio con la vigilessa, ma adesso ne ebbe la certezza: non l'aveva dimenticato come credeva.

Cominciò a infilare piccole frasi una dietro l'altra, all'inizio vergognandosi un po', poi lasciando che alla timidezza subentrasse il calore di qualcosa che gli apparteneva. Parlare di nuovo in quella lingua gli dava la sensazione di camminare verso una casa in cui non metteva piede da tempo ma di cui ricordava ogni angolo. Quando era piccolo voleva sempre parlare in inglese, l'italiano allora gli pareva inutile, gli pesavà, ed ecco che adesso quasi lo commuoveva. Forse perché intravedeva sua madre dentro le parole, dietro agli aggettivi, ed era la prima volta che gli capitava da quando lei non c'era piú. «A presto» disse, anche se non pensava sarebbe mai tornato.

Uscí e andò a sedersi davanti al molo. Al largo c'erano due navi da carico, cosí enormi che sembravano immobili. Chiuse gli occhi, appoggiò la testa al muretto caldo di sole e gli parve di essere via da chissà quanto; qualcosa dentro di lui si sciolse: era arrivato al Sud soltanto in quel momento. Rimase lí per un po', poi si avviò a passi lenti verso il Tramonto. Ottie e Martin lo aspettavano vicino al cartellone dei gelati. Ottie era talmente entusiasta del giro che avevano fatto in città che aveva dimenticato di prendere i suoi omeopatici contro l'emicrania. Aveva comprato una marionetta d'argento per il figlio e una pigna di ceramica di cui andava piuttosto fiera. Martin era reduce da una granita ed era appiccicoso come un lecca lecca. Tempo di accompagnarlo a sciacquarsi la faccia, recuperare nel beauty la belladonna e l'*ignatia amara*, attraversare il porto da un lato all'altro, chiedere informazioni per essere sicuri che la vigilessa avesse detto giusto, e la barca che stavano aspettando da ore era pronta a salpare e, dopo tanto attendere, ci mancò poco che fossero in ritardo.

La barca era un vecchio peschereccio, senza posti al coperto e con una ventina di sedute in tutto. Faceva due fermate; la prima all'isola che dovevano raggiungere, l'altra a qualche miglio di distanza, in quella che i locali chiamavano Isola Grande.

Quando salirono a bordo, gli altri passeggeri erano già ai loro posti; l'unico a imbarcarsi dopo di loro, quando il mozzo stava slegando le cime, fu un suonatore ambulante con una fisarmonica al braccio. Indossava abiti logori e aveva un'aria sfinita; la sola cosa splendente era lo strumento che portava con sé, ma – dal modo in cui inclinava la spalla per reggerlo – piú che una risorsa pareva un peso.

Dalle parti dell'ancora era seduto un gruppetto di operai in tuta da lavoro. Erano saliti a bordo con una scorta di birre ghiacciate, e scherzavano fra loro in dialetto. Avevano scarpe, braccia e pantaloni pieni di calce, e ricordavano quelle leggende greche in cui gli dei diventano statue. Mentre andava a sedersi, Tom riconobbe la ragazza che aveva visto ai tavolini del Tramonto. Era girata di spalle, ma seppe che era lei senza bisogno di guardarla davvero, come succede con le persone che abbiamo imparato a osservare da lontano. Su quella barchetta, in mezzo alla gente del posto, appariva ancora piú straniera, ma a Thomas bastò guardarsi intorno per rendersi conto che la sua eterea accompagnatrice e quel bambinetto pallido come un cherubino non erano certo meno esotici.

Martin e Ottie presero posto accanto a tre bellezze locali, di quelle che la madre di Ottie (una protestante gallese dallo sguardo liquido e i piedi sempre freddi) avrebbe chiamato «donne di malaffare» e suo padre (uno scozzese nostalgico dall'allegria rubizza) avrebbe definito «dame di piacere». Erano puttane d'altri tempi, tutt'altro che giovani. Parlavano tra loro a voce bassa, e appena c'era qualcosa da ridere esplodevano in sghignazzi prepotenti. Due erano di quelle segaligne coi seni strabici che con l'età ingrassano dappertutto tranne che sul viso, e non smettono cosí di sembrare malnutrite. Avevano i capelli legati con due grossi mollettoni ricoperti di fiori di plastica, portavano tacchi alti consumati dal peso di caviglie che una volta forse erano state sottili come quelle di Ottie e sembravano reduci da una quadriglia durata troppo a lungo. Una teneva sulle ginocchia un cagnolino con un muso da criceto e il corpo tozzo di un bastardo; ogni volta che scoppiavano a ridere il cane si alzava sulle zampe, faceva un mezzo giro su se stesso e si accucciava dalla parte opposta.

La terza era una matrona florida e riccioluta, con gli occhi chiari e un grosso neo al lato della bocca. Stava seduta immobile, reggendosi i gomiti con le mani, come se aspettasse da un momento all'altro una notizia da lontano. Era enorme, e nessuno avrebbe potuto definirla attraente, ma delle tre era la meno appassita, forse perché indossava gli sfaceli del tempo con orgoglio, e il grasso le stirava la pelle lisciandole il viso e gonfiandole il petto.

Thomas prese posto vicino a una coppia di turisti, accanto a un ometto piú largo che alto, che occupava piú spazio del dovuto perché sedeva a gambe larghe e stava contando dei biglietti colorati. Mentre si allontanavano dal porto, sopra di loro i gabbiani strillavano, eccitando i guaiti del cagnolino. Quando la costa ormai si vedeva appena, l'ometto chiuse i biglietti con un elastico e li ripose in tasca. Tirò fuori il resto di un Toscano e si mise a fumare fissando l'orizzonte. Lanciò uno sguardo incuriosito a Thomas e Ottie, un'occhiata pigra alle gambe della puttana col cane in braccio e un'occhiata sprezzante al suonatore, che nel frattempo si era addormentato a testa indietro con la bocca aperta. Si alzò in piedi, schiacciò il mozzicone sotto al tacco della scarpa e si diresse verso la prua. Tirò fuori il mazzo dal taschino e iniziò il suo giro fra i passeggeri.

Vendeva biglietti della lotteria di Pasqua, illustrati col ritratto di un figuro baffuto, patrono della riffa e idolo della regione. Gli operai ne comprarono un paio a testa, pescandoli a turno dal mazzo. Uno di loro gli offrí un sorso di birra. Il venditore rifiutò e proseguí il suo giro. I turisti lo mandarono via con un sorriso, e una signora col carrello della spesa ne comprò uno senza dire una parola. La ragazza con gli occhiali era cosí immersa nel suo libro che non si accorse nemmeno del passaggio del venditore. Alzò la testa solo quando lui le si inchinò davanti con una mossa da prestigiatore, strappandole un sorriso e rifilandole un biglietto.

«È carina» disse Ottie, che l'aveva notata solo in quel momento.

«È incinta» rispose Tom, che se n'era accorto soltanto adesso che si era girata verso di loro, e trasformò la sua sorpresa in un commento ad alta voce.

«Non sembra una del posto. Chissà cosa ci fa da queste parti... Martin, non disturbare» disse Ottie, senza aggiungere «le signore» come avrebbe fatto suo padre e «la gente» come avrebbe detto sua madre, per richiamare il figlio che si era alzato per giocare col cane delle puttane. Ma quelle erano allegre e il cane pure, cosí lo lasciò fare.

L'uomo venne quindi verso di loro, e Martin abbandonò il cane per scegliere un biglietto dal mazzo.

«Il premio qual è?» chiese Ottie. Tom tradusse per lei la domanda.

«Dieci chili di ventresca di tonno rosso» declamò l'uomo a memoria con una certa solennità. «Un materasso elettrico Relax 2000 con massaggiatore a quattro velocità incorporato. Un motoscafo Magnum 44. Dal terzo al primo, s'intende. Estrazione: domenica 11 aprile, alle undici in Piazza Grande dell'Isola Grande. Vino, musica e balli per tutti. Offre il nostro sponsor, Salvini & Salvetti. L'11 alle undici, facile da ricordare. La data è scritta anche qui, comunque. Buona fortuna e buon viaggio, signori miei» disse inchinandosi di nuovo, ma con meno impegno di quello che aveva riservato alla ragazza.

Finí il suo giro dalle tre puttane; per le due segaligne la lotteria doveva essere un affare serio, perché avevano già pronti i soldi contati e comprarono sei biglietti in due. La matrona invece se ne restò con le braccia conserte, e furono le due compagne a scegliere per lei. L'ometto si sistemò in tasca i biglietti che restavano e tornò a sedersi. Accanto a lui il suonatore dormiva sempre, e il venditore era seccato di trovarsi, alla fine del suo giro tutto sommato proficuo, proprio accanto all'unico disgraziato che non poteva permettersi di giocare alla fortuna. Accese un altro sigaro, e si girò dall'altra parte.

Si trovavano in un golfo abbastanza ampio, e ci vollero ancora un paio di miglia prima di arrivare in mare aperto. Lí l'acqua dimenticò ogni traccia d'azzurro, e si fece di un viola difficile da tenere a mente. Il vento si alzò, e diventò impossibile conversare senza sporgersi uno verso l'altro o rischiare di perdere il cappello. Una quiete attraversata dall'aria e dal sale s'impossessò della barca, spalancando la porta al genere di nostalgie che aspettano una precisa qualità di calma per uscire allo scoperto, e presto ognuno si trovò a viaggiare per conto proprio in un posto in cui non poteva essere raggiunto. Perfino il cane smise di abbaiare agli spruzzi, si avvoltolò su se stesso, si coprí il muso con una zampa e si addormentò.

Solo Martin rimase in piedi un po' annoiato, sprovvisto com'era di un passato e di pensieri da lasciare affiorare. Se ne andava su e giú lungo il parapetto a fabbricare ricordi, studiando il suolo blu puntellato di goccioline in rilievo ricoperte con troppa vernice, toccando uno a uno i parabordi e osservando, senza nessuna possibilità di seguirlo veramente, il folle vagare di una colonia di ragnetti rossi attorno a una vite arrugginita.

Mezz'ora dopo, alla loro sinistra, spuntò un assaggio di terra bruna e piatta, che diventò un'isola senza mai smettere di somigliare a uno scoglio. Il vento calò di nuovo, e tutti ripresero a parlare piú forte di prima, abbandonando il silenzio un po' di fretta e senza un vero commiato, perché l'arrivo era ormai vicino e le nostalgie che toccano terra non passano piú.

Dopo aver costeggiato l'isola per metà, la barca virò verso l'interno.

Il paesaggio si aprí allora come un frutto tagliato di netto: l'isola era formata da due parti distinte, tenute insieme da uno stretto capriccio di terra qui e lí cosparso d'erba e pressoché invisibile dal mare. Era difficile credere che fosse davvero venuta al mondo in quel modo; sembrava piuttosto che, all'epoca dei movimenti geologici, Oriente e Occidente avessero voluto dirsi addio per poi ripensarci sul piú bello, quando era troppo tardi per tornare insieme ma non per darsi la mano. Le due metà galleggiavano nel blu una di fronte all'altra come un punto e virgola buttato a caso su una prova di stampa e, pur essendo cosí vicine, non avrebbero potuto essere piú diverse. La parte che il traghetto aveva costeggiato prima di virare verso il porto era un promontorio appuntito e percosso dal vento, macchiato da una vegetazione testarda e sparuta. Era un paesaggio imponente e non privo d'inquietudine, che dava l'impressione di trovarsi di fronte a un qualche mistero irrisolto. Alle forme acute del suo vicino, l'altra metà rispondeva con rilievi pacati e sentieri tondeggianti. Basse dune di sabbia riparavano l'interno dal mare, e sopra la spiaggia spuntavano timide alture di un verde felpato striato di giallo.

La barca si accostò al molo con un paio di manovre, fece sbarcare i passeggeri tenendo il motore acceso e ripartí verso l'Isola Grande. Il suonatore, il venditore di biglietti, i due turisti, la signora col carrello della spesa e le puttane col cagnolino erano rimasti a bordo e, una volta a terra, gli altri si guardarono attorno un po' perplessi. Tom, Ottie e la ragazza con gli occhiali perché era la prima volta che mettevano piede sull'isola e non avevano idea di dove andare; gli operai perché non erano abituati a veder sbarcare altra gente insieme a loro. Dal molo un sentiero saliva fino alla fettuccia di terra che univa le due parti dell'isola; da lí si snodavano due strade, cosí diverse che si faceva fatica a pensare appartenessero allo stesso posto.

Ottie tirò fuori la sua Leica e iniziò ad andarsene su e giú per il pontile alla ricerca dell'inquadratura giusta per catturare in un unico colpo entrambi i paesaggi. Era deliziosa e fuori luogo come la maglia a pois che indossava. Tom, che la aspettava in cima al sentiero, prese in braccio Martin per fare spazio ai manovali che stavano salendo. Dietro di loro sfilò anche la ragazza. Per la seconda volta in quella giornata il suo sguardo e quello di Tom si incrociarono. Lei distolse di nuovo il suo, stavolta in modo meno rapido, come se il territorio straniero in cui erano approdati giustificasse una qualche solidarietà.

«Ho fame» disse Martin.

«Anch'io» rispose Tom. «Deve essere l'aria di mare».

«Perché l'aria di mare?».

«Perché contiene iodio. È una cosa che si dice, che l'aria di mare fa venire fame per lo iodio, anche se nessuno sa spiegarla meglio di cosí».

«Ma io avevo fame *prima* dello iodio».

Tom si voltò a guardare la strada in cerca di un segno che gli dicesse da che parte dovevano andare. Per qualche ragione dava per scontato che una volta sul posto avrebbe capito immediatamente come muoversi, e invece non ne aveva idea.

Gli operai nel frattempo erano saliti su una camionetta polverosa quanto loro, ed erano diretti verso la parte brulla dell'isola. La ragazza si era incamminata nella direzione opposta, con lo zaino sulle spalle e il passo deciso di chi magari non sa dove sta andando, ma non vuole perdere tempo per arrivarci.

«Noi da che parte andiamo?» chiese Ottie, che nel

frattempo li aveva raggiunti. Thomas non fece in tempo a risponderle che dal fondo della strada, tra grandi brontolii, spuntò un vecchio scuolabus dipinto di blu. Si fermò prima a caricare la ragazza, poi, senza richiudere le porte, arrivò a prendere anche loro. Alla guida c'era uno di quei bambini che sembrano spuntati come frutti in una giornata di sole, talmente abbronzato da aver perso tutti gli altri colori tranne il bruno. Indossava una tunica bianca, e ai piedi aveva un paio di scarpe da ginnastica che definire rosse sarebbe stato riduttivo. Li guardò dall'alto in basso con i suoi grandi occhi scuri poi, senza muovere altro muscolo al di fuori delle labbra, gridò: «Zelda!». Era il nome dell'hotel dello zio Valentino, ma pronunciato cosí somigliava piú a uno sparo: fece sobbalzare Ottie, tranquillizzò Tom e diede a Martin l'impressione che da quelle parti, per salutarsi, la gente usasse gridare.

Fu il suo modo di presentarsi, e una delle poche parole che il ragazzo avrebbe pronunciato di lí ai giorni successivi. Nemmeno il suo nome disse a voce alta, perché era ricamato sulla tunica che indossava. Si chiamava Bembo. C'era qualcosa di estremamente solenne nella trascuratezza di quel ragazzino; era una creatura provvista di un passato impossibile da figurarsi, aveva gli occhi pieni e lucidi di qualcuno che non aveva mai pianto, e una pelle talmente liscia che sembrava nata all'ombra di una grotta.

La ragazza con gli occhiali si era sistemata negli ultimi posti, e quando anche loro andarono a sedersi lei e Tom furono costretti a rivolgersi un saluto. La ragazza sorrise educatamente anche a Ottie, poi tornò a ignorarli come sempre, aiutata dal mitragliare del motore, che era vecchio come la sua carcassa. Bembo guidava tenendo entrambe le mani sul volante. Non accelerava mai, e raramente cambiava marcia. Quando la strada era sconnessa, oscillava con lei, e quando ridiventava pianeggiante smetteva di dondolare il mento. Non guardava nello specchietto, e non si interessava ai suoi passeggeri. Guidava, e quello era tutto. A metà tragitto – forse per scusarsi del suo silenzio, della strada cattiva, per coprire il rumore del motore o semplicemente avvertirli che il pullmino non era poi cosí scassato – accese lo stereo, e Peggy Lee riprese a cantare *Where or When* nel punto esatto in cui, chissà quanto tempo prima, era stata interrotta. Le casse però erano solo davanti, e in mezzo a quel frastuono nessuno la riconobbe.

Seconda parte
Hotel Zelda

Sólo recuerdo la emoción de las cosas,
y se me olvida todo lo demás;
muchas son las lagunas de mi memoria.

Antonio Machado

La vegetazione in quella parte dell'isola era talmente fitta che non si accorsero di essere vicini alla meta, e l'hotel Zelda apparve all'improvviso, alla fine di una curva un po' stretta. Dire che era circondato da un giardino sarebbe stato inesatto: per poco non ne era inghiottito, e sembrava che da quelle parti l'uomo fosse stato costretto a stringere con la natura un patto di non belligeranza. Il patto – che si era concluso a grande vantaggio della natura – concedeva all'uomo una piazzola di terriccio rosso e uno stretto sentierino puntellato di pietre rotonde, che attraversava il giardino da una parte all'altra e si interrompeva dal lato opposto del cortile per lasciare spazio a un belvedere a strapiombo sul mare. Tutto intorno, e sopra e sotto, c'erano solo foglie e cespugli, siepi e rami, piante umide e insolenti, antichissime e appena nate, fiere di poter rifulgere giorno e notte accanto a un forestiero cosí distinto.

Lo Zelda era un palazzetto di tre piani in tutto, piú largo che alto, dipinto di un ocra talmente chiaro che in alcuni punti pareva bianco. Non aveva vere e proprie terrazze; solo, al secondo e terzo piano, due alte balconate coperte, puntellate da cinque colonne affusolate e senza fregi. Sul lato nord spuntava l'insegna: un tempo era stata blu, ma adesso il colore si distingueva appena, e sia la D che la A erano per metà coperte da un'immane plumeria che nessuno da anni si prendeva la briga di potare.

L'ingresso era sul retro, dal lato della strada, ed era l'unico lato che la natura lasciasse in qualche modo in pace. La porta era un arco timido di legno scuro e liscio; da lí sei scalini di pietra scendevano verso il cortile con le forme morbide dei gusci di conchiglia. I muri si erano scrostati con una certa grazia, le persiane si chiudevano male ma erano di un magnifico carta da zucchero, le scale sbeccate in piú punti ma solide e ben sagomate e, nonostante gli evidenti acciacchi e la bizzarra storia di approdi, abbandoni e addii che doveva aver conosciuto, lo Zelda emanava il fascino indiscutibile delle vecchie signore che un tempo sono state ragazze incantevoli. I nuovi arrivati furono tutti sorpresi quando se lo trovarono davanti. Ognuno a modo suo: Ottie perché se l'era immaginato piú moderno; la ragazza con gli occhiali perché credeva sarebbe stato una specie di dammuso con le finestre scavate nella pietra, simile a quelli che aveva visto al porto. Martin perché era sicuro che sarebbe stato verde e rosso come la *finca* in cui l'aveva portato suo padre l'estate precedente.

Thomas, invece, fu colpito dal fatto che lo Zelda assomigliasse in tutto e per tutto a qualcosa che conosceva già, a ricordi che non sapeva nemmeno di custodire ed esotici ideali di bellezza che sua madre gli aveva trasmesso. Difficilmente i luoghi che non conosciamo sono come li abbiamo immaginati, cosí, quando ce li troviamo davanti e li scopriamo molto simili all'immagine che avevamo nella testa, ci sorprendiamo di piú che se fossero stati completamente diversi.

L'edificio non rispondeva a uno stile architettonico preciso. Aveva forme troppo arcaiche per essere definito neoclassico e, al contempo, emanava qualcosa di romantico con cui l'architettura mediterranea aveva poco a che fare. Era difficile indovinare cosa fosse stato prima di diventare un albergo, e ancor piú arduo immaginare cos'altro avrebbe potuto essere: quel posto – si disse Thomas quando se lo trovò davanti – era un mistero in piena luce. Eppure non c'era bisogno di chiedersi perché uno come lo zio Valentino avesse riversato lí i suoi sogni e i suoi soldi, e doveva essere in nome di un miraggio simile a quello se, dopo la morte del marito, Cecilia aveva deciso di abbandonare Londra per trasferirsi in Riviera. Certo, la villetta modernista vicino a Ramatuelle che la signora Edwards aveva comprato non aveva molto in comune con quella palazzina traboccante di verde e nostalgie; d'altronde i fichi d'india crescono forse in quel modo in Francia? E da quando in qua la vita che immaginiamo di avere è quella in cui poi finiamo per svegliarci davvero?

Immerso in questi pensieri, Tom stava tornando verso il pullmino per scaricare i bagagli, ma dall'ingresso Bembo gli fece segno che se ne sarebbe occupato lui. Riapparve qualche secondo dopo trascinando sul selciato un carrellino d'argento, reperto di mirabile inattualità giunto sull'isola, per vie misteriose, da un lussuoso albergo romano. Caricarono lí sopra le valigie, poi Bembo sparí tra le piante del cortile. La ragazza con gli occhiali stava guardando in punta di piedi il fiore di un'enorme carnivora attorcigliata intorno alle sbarre del cancello d'entrata. Si era tolta gli occhiali per osservarlo da vicino, e lo studiava come se dovesse estorcergli un segreto.

Martin, che quando erano scesi dal pullmino aveva adocchiato una lucertola, si era messo a inseguirla. La lucertola si era nascosta dietro a una ruota e lui la aspettava al varco rannicchiato su se stesso con la testa sotto la scocca ancora calda del motore.

Ottie doveva essere andata alla scoperta dell'altro lato del giardino, perché era scomparsa. Per un attimo Thomas ebbe la certezza e tutto sommato la piacevole sensazione che nessuno al mondo sapesse dove si trovava. Tirò un sospiro e, mentre saliva i gradini dell'ingresso, si arrese alle stranezze di quella giornata e a tutte le altre che quel viaggio gli avrebbe presentato.

All'interno le tende erano tirate, e arrivando dal giardino in quella semioscurità mobili e oggetti si distinguevano a fatica.

La tappezzeria della sala non aveva niente di marino come ci si sarebbe potuti aspettare da una villa isolana; era di un verde palustre rubato a una vecchia casa del Nord, e colorava la stanza con toni salmastri e riflessi d'argento. Il mobilio, né pregiato né originale, aveva il gusto educato delle cose di una volta. A guardare uno per uno i singoli oggetti li si sarebbe scoperti modesti e piuttosto malandati, ma visti nell'insieme l'impressione che davano era quella di una semplice armonia. Nell'angolo vicino alla finestra c'era un vecchio pianoforte a coda coperto di ninnoli e spartiti. Sopra al piano, da un enorme vaso di terracotta sospeso al soffitto, spuntavano le foglie di una pianta grassa talmente grande e rigogliosa che sembrava dovesse prendere la parola da un momento all'altro. Tre quarti della parete sinistra erano occupati da un camino di marmo scanalato, maestoso e inutilizzato, pieno di libri, atlanti nautici e vecchie riviste illustrate. Sulla parete opposta c'era quello che un tempo doveva essere stato il «bar», un mobiletto a specchio carico di bottiglie polverose e mezze vuote. Tutto il resto era immobile e poco vistoso, di colori timidi che il verde della carta da parati tendeva a inghiottire. Niente era fuori posto e al tempo stesso nessun angolo pareva abitato, e arrivando lí dentro dal disordine sensuale e vivo del cortile si aveva l'impressione di trovarsi non in un luogo, ma nel ricordo di un luogo. Tom stava ancora abituando gli occhi alla luce quando, dalla porta a vetri sul fondo della sala, gli si fece incontro un vecchio in canottiera. Avanzava lentamente trascinando i piedi, e ogni due o tre passi si schiariva rumorosamente la gola. Aveva le braccia pallide e la faccia rubizza, un codino di radi capelli bianchi, baffi ispidi ancora nerissimi e un'aria arresa e insieme arrogante; l'aria di chi nasce e muore senza pensare a nient'altro che a se stesso. La canottiera in cotone rigato era floscia e ingiallita; i lunghi calzoni di tela, da uomo di fatica quale non era, erano troppo spessi per non essere caldi e troppo stracciati per servire da riparo contro gli insetti. Le scarpe parlavano una lingua tutta loro: erano un paio di babbucce orientali al cui centro spuntavano due vezzose nappine, difficili da immaginare altrove che su un mercante mediorientale.

«Benvenuti» disse con la voce rauca di chi pronuncia la prima frase del giorno, «vi stavamo aspettando». Accarezzava ripetutamente, senza alcun affetto, la pianta grassa. «Un tempo era carnivora» ci tenne a precisare. «Ma da quando ha capito che qui di carne non ce n'è le vanno bene anche i funghi».

Era Gero Rutirò, il custode del posto. Si vedeva che un tempo era stato un bel ragazzo, ma l'indolenza e l'egoismo avevano a poco a poco riscritto i tratti del suo viso fino ad assumerne il controllo totale. Da anni vegliava su quelle mura senza rispetto per il loro passato e senza interesse per il loro futuro, e assicurava la sopravvivenza dell'hotel e dei suoi pochi clienti proteggendoli da bestie, eventuali mareggiate e altrettanto improbabili incursioni notturne.

Lo zio Valentino non lo aveva assunto, semplicemente se lo era trovato lí un mattino di tanti anni prima, quando l'hotel Zelda aveva cinque persone a servizio, poteva vantare una sola lampadina fulminata in tutti e tre i piani e si era da poco lasciato alle spalle, senza che nessuno se ne fosse accorto, il suo fulgore. Allo Zelda, Gero ci era arrivato con Nisida, la terza cuoca dell'hotel. La prima, Lisa, era stata assunta a ottant'anni ed era morta di vecchiaia; la seconda, Annette, era stata licenziata perché spiava nelle carte di Valentino, aveva un alito che sapeva di torba e metteva il cognac dappertutto.

Nisida Bonvino era una giovane vedova di città. Era arrivata sull'isola dopo che il marito era morto e il figlio partito per mare, e faceva su e giú con la terraferma perché aveva un padre malato ed era l'unica capace di occuparsene, o almeno cosí le dicevano i suoi fratelli. Gero allora lavorava un po' come manovale al porto e un po' come operaio nelle cave di rame che erano sulla punta orientale dell'isola. Aveva visto spesso Nisida salire e scendere dal traghetto, e le aveva lanciato occhiate intense che lei aveva ricambiato piú per goffaggine che per interesse. Un giorno l'aveva avvicinata. C'era un gran vento sul molo, i pollini gialli svolazzavano dappertutto e Nisida, che era allergica, continuava a tirare su col naso. Gero si era offerto di portarle la valigia in cima alla salita, poi giú lungo il sentiero e poi su per le scale, fino in camera, dove la cuoca qualche ora dopo si sarebbe addormentata senza pensare a suo padre, a suo marito e nemmeno a suo figlio. All'alba, Nisida era scivolata via dal letto, si era vestita facendosi il segno della croce ed era scesa al molo a scegliere il pesce dai pescatori che a quel tempo passavano ogni giorno anche da lí. Nessuno di loro l'aveva mai vista arrivare cosí presto. «Piangi?» le aveva chiesto uno piú giovane degli altri. «Sono i pollini» aveva risposto lei soffiando forte nel fazzoletto, anche se il vento era calato e i pollini non c'erano piú. Alle prime luci del giorno Gero l'aveva sentita muoversi nella stanza, ma aveva fatto finta di niente per non essere costretto ad alzarsi insieme a lei. Lo aveva svegliato un paio d'ore dopo, strappandolo a uno dei suoi goffi sogni di gloria, il ragazzetto di cucina che stava radunando i vuoti d'acqua in cortile. Gero si era tirato in piedi, aveva spalancato la porta con un pugno ed era uscito fuori al sole senza nemmeno infilarsi i calzoni. Aveva modi primitivi ma efficaci, e in un colpo solo, con un paio d'urla disumane, era riuscito a terrorizzare il garzone, svergognare la cuoca e pretendere che gli venissero serviti un caffè e una doppia razione di pane, ricotta e fichi d'india. Finito il caffè, si era infilato i vestiti, aveva acceso una sigaretta e chiesto di parlare col «titolare». Ma il titolare non c'era, impegnato chissà dove in chissà quali avventure.

«Allora lo aspetto» aveva detto Gero. E cosí aveva fatto. Erano passati giorni, poi settimane. Nisida nel letto non lo aveva piú voluto, e a malapena ormai gli rivolgeva la parola. Ma a lui non importava. Si ricavò un lettuccio dalle parti della cantina, mandò uno dei ragazzetti a dire a quelli del cantiere che non sarebbe piú tornato, si fece pagare la settimana che aveva fatto prima di finire a letto con la cuoca e si aggiudicò, se non la simpatia, almeno il beneplacito dell'allora maître dello Zelda, Bastiano, regalandogli una lepre che aveva catturato a mani nude nel bosco. Se la mangiarono al forno, con grande delizia di Bastiano, che viveva circondato dal mare ma detestava il pesce, e con sommo orrore di Nisida, cui toccò scuoiarla e arrostirla.

A terra Gero non tornò piú. Non aveva, d'altronde, niente che lo aspettasse, e in capo a un paio di giorni e di bestemmie per la betoniera che aveva lasciato seccare, giú in cantiere nessuno pensò piú a lui. Alla cava di rame poi c'era stato soltanto un paio di volte, lavorando talmente poco e talmente male che gli altri, quando capirono che non sarebbe tornato, si sentirono sollevati. Lo Zelda e il suo custode non avrebbero potuto essere piú diversi: il primo era il rifugio di un giramondo devoto all'esotismo, l'altro un paesano senza ideali né grazia. Il merito di Gero, se ce n'era uno, era stato intuire la mancanza di una figura come la sua: in alcune zone del mondo i perdigiorno locali sono parte del paesaggio, e prima o poi arrivano e prendono possesso del loro spazio.

Qualche mese dopo lo zio Valentino tornò dai suoi viaggi. Trovò Gero in giardino che coglieva le more. A quel rovo nessuno aveva mai fatto caso prima, e al «dottor Tilli» (cosí lo avrebbe chiamato Gero negli anni a venire) il gesto di Calogero Rutirò sembrò degno di ricompensa. Da quel giorno di anni ne erano passati tanti: ormai erano tutti partiti, morti, andati via per sempre, e nemmeno le more crescevano piú. Solo Gero era rimasto; se non aveva fatto niente per impedire la rovina dello Zelda, in fondo era anche l'unico a non averlo abbandonato e, come in tante storie mediocri ma longeve, dove l'amore aveva fallito aveva trionfato la fedeltà.

«Lei dev'essere il signor Tilli» disse il custode fissando Tom dritto negli occhi con una tale intensità da fargli rimpiangere, ancora una volta, di aver dimenticato gli occhiali da sole. «Io sono Calogero Rutirò».

«Thomas Edwards, piacere».

Gero non era tipo da chiedere se avevano fatto buon viaggio, cosí se la sbrigarono alla svelta.

«Vi abbiamo preparato la numero 555» disse rimestando pigramente in un coccio pieno di bigliettini da visita. «La camera preferita di suo zio. Dormiva solamente in quella, ogni volta che tornava dai suoi viaggi. Non voleva che fosse affittata a nessuno, neanche nei periodi di alta stagione. Bembo ha pensato che vi avrebbe fatto piacere dormire lí».

Tom si sorprese a immaginare quel ragazzino artefice di una simile premura. Gero, invece, ricordò tra sé che in quella camera lui ci aveva dormito un paio di notti, ma poi era tornato nella sua al piano terra, perché non c'era da salire le scale, faceva piú fresco e il sole, che laggiú arrivava solo la mattina tardi, lo lasciava riposare tranquillo.

«Grazie» disse Tom, «andrà benissimo. Ci sono cosí tante stanze nell'albergo?».

«No» ribatté il custode, «solo cinque, a dire la verità. Ma il dottor Tilli era fissato col cinquantacinque. Pensava fosse il suo numero fortunato. E allora lo metteva davanti a tutto. Pensi che era persino capace di ordinare cinquantacinque litri di olio o cinquantacinque litri d'acqua imbottigliata alla volta. Consegne veramente pesanti da scaricare. Ci volevano sempre due uomini... Signora, benvenuta».

Ottie li aveva raggiunti al banco. Aveva appoggiato la testa alla spalla di Tom, si sventolava con una grande foglia piatta che aveva raccolto in giardino e aveva dipinto sul volto il sorriso timido e insieme sfrontato di chi non conosce la lingua.

«La signora è straniera? Doppiamente benvenuta! Come diceva il dottor Tilli, un albergo senza almeno uno straniero non è un albergo che si rispetti».

Mentre il custode continuava a guardarsi intorno in

cerca della chiave, Ottie pregò Tom di chiedere se c'era una piscina. A lui non pareva proprio il genere di posto che ne avesse, ma non voleva contraddirla, e domandò lo stesso.

«Suo zio diceva che le piscine sono per i depressi e i malati terminali» rispose Gero mentre apriva uno dopo l'altro i cassetti della scrivania. «Una volta, tornando da una delle sue escursioni, sentí un cliente americano far notare al maître che in un albergo degno di questo nome una piscina non sarebbe dovuta mancare. Non disse nulla, lí per lí, ma l'americano e sua moglie bevvero caffè annacquato per il resto del loro soggiorno. Non che se ne accorgessero piú di tanto, s'intende» aggiunse quindi il custode, e scoppiò in una risata grassa che tradiva il suo tabagismo e il suo gusto del comico.

Thomas evitò di tradurre quel che aveva detto. Sorrise a Ottie, e le promise che l'indomani l'avrebbe portata a fare un tuffo in mare.

La 555 aveva tutto il fascino delle stanze che non sono soltanto stanze, ma desideri realizzati: soffitti alti, pale di legno, un pavimento di geometrie intrecciate e sempre nuove a seconda del punto in cui ci si fermava a guardarle. Le persiane erano aperte sulla luce che si preparava al tramonto; dalla finestra si vedeva soltanto mare a perdita d'occhio e, se ci si sporgeva in punta di piedi e si curvava un po' la testa, la selva verde del giardino pareva galoppare fino al cielo. Spuntavano qui e là oggetti che sembravano appartenuti a un'imbarcazione del secolo scorso: una vecchia ancora fermaporta, un barometro di ottone che da anni ormai era fisso su «change», una lampada da tavolo in rame e pietra rossa a forma di corallo. In bagno c'era una vasca di smalto chiaro coi piedini in bronzo, all'ingresso una chaise longue foderata in un delicato rosa Tiepolo e, appoggiata alla parete accanto alla finestra, c'era una piccola libreria fatta di mattoni e assi di legno tenuti insieme dal peso dei volumi. Se il mobilio delle parti comuni dell'hotel Zelda era stato messo insieme senza tradire una precisa personalità, si vedeva che ogni pezzo della 555 era stato scelto dalla stessa persona, e di quella persona raccontava il gusto e le inclinazioni.

Era chiaramente la stanza di un uomo solo: la madia in legno, stretta e poco profonda, a una coppia di sposi non sarebbe bastata neppure per la biancheria; c'era un solo abat-jour per leggere la sera e, di fronte al letto, una grande poltrona coloniale con i braccioli di vimini, su cui forse l'uomo solo doveva posare i suoi vestiti prima di andare a dormire, con le spalle rivolte al mare e la testa a chissà chi.

«*So sailorly*» disse Ottie guardandosi intorno mentre

Bembo sistemava i bagagli. Poi si chiese se sarebbero riusciti a dormire la notte con la finestra aperta e il rumore delle onde nelle orecchie.

Thomas non avrebbe saputo spiegare perché ma, da quando avevano messo piede sull'isola, sentire Ottie parlare inglese lo affaticava. La sua voce gli pareva stonare col luogo e con le circostanze. Scacciò quel fastidio dicendosi che un po' di riposo avrebbe certo aggiustato tutto.

Martin non aveva ancora finito di dare la caccia alla sua lucertola, e restò in giardino finché non fu quasi buio. Sembrava che con lui ci fosse qualcuno, perché la sua voce, che saliva fino alla finestra, si interrompeva di tanto in tanto come per dare all'altro il tempo di rispondere. Mentre il sole calava, Thomas si addormentò di schianto. Fu Ottie a svegliarlo poco prima delle otto, per presentarsi puntuali a cena come Gero aveva raccomandato.

«È tuo zio questo?» chiese Ottie nell'anticamera della sala da pranzo. Tra la porta a vetri dell'ingresso e una palmetta un po' rinsecchita campeggiava un massiccio mezzobusto di marmo. Era appoggiato su una colonna di legno, e raffigurava un signore con lunghi baffi, gli occhi troppo vicini e un sorriso beffardo scolpito sulla bocca.

«Non saprei» rispose Thomas perplesso. Si avvicinò al busto per guardarlo meglio: non aveva nulla di solenne, solo la prepotenza di un soprammobile smisurato, e il volto scolpito non somigliava molto alla faccia dell'uomo che Thomas ricordava di aver incontrato tanti anni prima. Anche il marmo era di seconda scelta, e in alcuni punti luccicava.

«È un'opera di Usai» disse Gero. Il custode era spuntato alle loro spalle, e indossava una vestaglia in *pied de poule* sopra una felpa col cappuccio. «È un artista del mio paese. Artista di secondo mestiere. Di primo fa il becchino. Ma i becchini hanno un sacco di tempo libero, soprattutto da queste parti. E in una terra di cave il marmo certo non manca. Bello, non è vero?» chiese. «A essere sinceri, a suo zio non piaceva molto» disse dopo una pausa, visto che nessuno aveva risposto.

«In un certo senso non mi stupisce» rispose Thomas senza riuscire a nascondere un certo sollievo.

«Secondo me il dottor Tilli era un po' timido, proprio come lei. Questo genere di omaggi lo mettevano in imbarazzo. Fatto sta che per anni l'abbiamo tenuto in cantina. Naturalmente può portarselo via se vuole. È suo, come del resto tutto qui» aggiunse il custode indicando la sala alle sue spalle. «Anzi, se a lei o alla sua signora interessa» proseguí mettendo su tutto a un tratto un'aria complice nello sguardo, «posso mettervi in contatto con Usai per farvi fare delle altre sculture. A Londra dovete pagarle una fortuna opere del genere, qui con pochi soldi potete portarvi a casa dei veri...».

«Non credo che ai signori interessi l'artigianato locale, Gero».

A risuonare nella sala era stata la voce di un uomo vestito di bianco che avanzava lentamente verso di loro. Indossava larghi pantaloni di lino, e si appoggiava a un bastone di canna chiara che aveva l'aria piú decorativa che utile. Fece qualche passo in silenzio, sorridendo ai nuovi arrivati con fare benevolo e vanitoso al contempo poi, mantenendo una certa distanza, si presentò.

«Piacere, signori, Guglielmo Gandini» disse scandendo piú del necessario. Gandini era uno dei clienti storici dello Zelda. Scrittore, era originario di Monza. Apparteneva a una famiglia di legali e commercialisti, e suo nonno era stato uno degli uomini piú eleganti della città. Era scomparso l'anno in cui Gandini era nato e, unita alle velleità artistiche, la leggenda del nonno bello e impeccabile aveva segnato l'infanzia del ragazzino e poi dell'uomo che Gandini sarebbe diventato. Aveva da poco compiuto sessantasei anni, e la sua esistenza poteva essere riassunta in questa espressione: darsi un tono. Si vestiva cosí per darsi un tono, si era messo a scrivere storie e non aveva fatto l'avvocato come suo padre per darsi un tono, arrotolava leggermente la erre sempre per darsi un tono. Si era addirittura sposato, per darsi un tono: la prima volta aveva preso la piú carina della città, la seconda invece la piú ricca, perché di libri non ne vendeva poi piú cosí tanti e i suoi completi di lino invece erano sempre altrettanto cari.

Allo Zelda Gandini veniva da otto anni, rigorosamente fuori stagione per «non avere seccatori intorno». In realtà, perché costava la metà di quanto sarebbe stato in alta stagione, e almeno un quarto di quello che gli sarebbe toccato pagare per un soggiorno simile in un posto meno sperduto.

Era arrivato la prima volta per curarsi i reni con l'acqua di fonte su consiglio di Sabine, la sua traduttrice tedesca, dopo un weekend di fuoco (nel ricordo di lui) e terme (nel ricordo di lei) che avevano trascorso a Marienbad. Da allora era tornato ogni anno: prima per scrivere, poi per pensare, infine per continuare a sentirsi uno scrittore anche se non scriveva e non pensava piú molto, ormai. Leggeva sempre, quello sí. Molti libri, ovviamente, tutti i bugiardini delle sue pastiglie e il giornale da cima a fondo, almeno due volte al dí. Da qualche tempo il suo piú grande interlocutore era il suo stesso diario: lo reputava il confidente piú arguto e lungimirante che aveva, e gli confessava angosce e *petitesses d'esprit* che di fronte ad altri non avrebbe mai ammesso.

Gandini alloggiava da sempre nella 558, la camera piú in alto e l'ultima prima della soffitta. Non era piú grande o piú bella delle altre, solo una manciata di gradini sopra tutte. «Lí si respira aria migliore» diceva, ma naturalmente anche preferire i piani alti non era che un altro modo per darsi un tono.

Detto ciò, Guglielmo Gandini non era affatto un uomo malvagio o superficiale, era soltanto prigioniero di una vita che, concepita per imitazione, lo deludeva di continuo. Gli altri dopo un po' non potevano non avvedersene, e per chi lo conosceva a fondo – la sua famiglia, i suoi figli, quelli che erano stati a servizio da lui o con lui avevano lavorato a stretto contatto – Guglielmo Gandini era esattamente questo: metà genio metà fallito. Non per alcuni un genio e per altri un fallito: contemporaneamente un genio e un fallito. Un fallito geniale, insomma, di quelli che potrebbero vivere tranquilli con quello che hanno e invece continuano giorno dopo giorno ad arrovellarsi in nome di qualcosa di piú, che sia amore delle lettere o brama di abiti confezionati a regola d'arte.

«Thomas Edwards, piacere. E lei è Ottie Davis».

«*Oh, enchanté, madame*» rispose Gandini. «*Delighted to meet you*» aggiunse subito dopo, perché adorava sottolineare che era in grado di salutare una donna in due lingue diverse. Chinò lievemente il capo, poi, come se il gesto gli avesse in qualche modo fatto perdere l'equilibrio, si strinse al bastone con entrambe le mani.

«Lei è stato... dall'isola?» chiese Ottie.

Tom sgranò gli occhi, stupito dal suo tentativo di articolare qualcosa in italiano. Gandini invece li spalancò perché non aveva capito la domanda.

«Le chiede se è di queste parti, insomma se è nato qui» spiegò Tom.

«Oh, no, signora» rispose lo scrittore. «Vengo da Milano, la conosce?».

Ottie fece cenno di sí con la testa felice che, per una volta, si parlasse di qualcosa che conosceva.

«*It's the only city in Italy I really know. I like it*».

Tom stava traducendo per lei, ma Gandini lo zittí facendogli segno che aveva capito.

«Oh, ma non mi dica, l'unica che conosce. È un vero peccato, signora mia! Non che Milano sia una brutta città, eh. Anzi, è l'unica in Italia in cui si possa vivere. Ma alla salute non fa bene. La gente non lo sa, ma ha bisogno di Sud. Soprattutto quelli al Nord, con quell'aria stagnante, davanti a quegli schermi, dentro quei viali tutti uguali. Hanno un disperato bisogno di Sud, ma non se ne accorgono, non lo vedono piú. Poi si ammalano, ed è troppo tardi. Le statistiche dicono il contrario, ma le statistiche a volte non capiscono niente».

«E allora perché vive al Nord?» chiese Tom.

«Perché ci sono nato. E perché bisogna pur vivere da qualche parte, caro ragazzo. E meglio non troppo lontani da dove si è nati, se possibile. Io a Milano ci abito, ma ho un disperato bisogno del Sud. Vengo qui tutti gli anni, almeno due settimane. E poi Palermo, Napoli, Roma, Bari, ogni volta che si può. Non bisogna stare troppo lontani dal Sud, dalla sua luce, da quest'acqua: fa male all'anima e alla pelle... E tu, principotto, quanti anni hai?». Martin si era rifugiato dietro la gonna di sua madre e guardava Gandini come uno dei personaggi delle favole che sua madre gli leggeva la sera.

«*He's seven. Say hi, Martin*» disse Ottie.

«Martin! Splendido ragazzino. Dovrebbe insegnare da subito l'italiano a suo figlio, Mr Edwards, come hanno fatto i suoi con lei. Altrimenti poi diventa tardi. Lo so per certo, il mio editore spagnolo ha sposato un'olandese. Hanno due gemelli dai nomi talmente ridicoli che non mi riesce mai di ricordarli. Qualcosa come Speck e Spank, o di altrettanto improbabile. Il problema è che nessuno è in grado di dire quale sia la loro lingua madre...».

«Lei è uno scrittore?» gli domandò Thomas mentre camminavano verso i tavolini della sala da pranzo.

«Cosí è scritto sui giornali. E spero che cosí sarà scritto anche sulla mia tomba».

«*Mr Gandini is a writer*» disse Tom a Ottie, guardandosi intorno per capire il possibile andamento della cena. C'era un solo tavolo apparecchiato, ed era per quattro.

«*Fiction? Essays?*» chiese Ottie cercando di far star buono Martin che aveva cominciato a dar pugni e calci all'aria.

«*Everything, Madam, everything*. Quando c'è un'idea la si può esprimere in qualunque forma... Traduce lei per me, Mr Edwards? Sa, non mastico tanto l'inglese, a dispetto del fatto che una vecchia leggenda famigliare – a cui non credo affatto, beninteso – vuole che i Gandini vengano da Malta, da un clan della contea di Norfolk... Oh, come sono contento di avervi qui. Non ci si annoia mai da queste parti, diciamo però che c'era un po' troppo silenzio in questi giorni, perfino per un'anima solitaria come me».

Un fruscio che proveniva dall'angolo opposto della sala richiamò la loro attenzione. Da dietro un enorme ficus lirata sbucò la ragazza con gli occhiali; si alzò sulle punte per raggiungere i rami alti della pianta, ne staccò un paio di foglie marce, le piegò in due e poi ancora in due. Cercò invano un cestino per buttarle, poi se le mise in tasca e si fece incontro agli altri. Si era cambiata e riposata, indossava una camicetta chiara e l'aria guardinga di cui aveva fatto mostra durante tutto il viaggio si era stemperata in un'espressione piú conciliante.

«Lei è un uomo fortunato, Mr Edwards» esclamò Guglielmo Gandini. «Viaggia con una moglie splendida e una signora altrettanto affascinante. L'Inghilterra mi ha fatto dei bei regali, oggi. Era dai tempi di *Downtown Abbey* che non me ne faceva di cosí belli uno dopo l'altro».

«A dire il vero con la signora non ci siamo ancora presentati» rispose Tom. «Piacere, Thomas Edwards. Lei è Ottie Davis, e il signore» disse indicando Gandini, «è il signor Gandini, un habitué dello Zelda e scrittore... E lui è Martin, che non vede l'ora di sedersi a tavola, non è vero? *You are hungry, Martin, aren't you?*».

«*It's because of the iodine*» rispose il piccolo.

«Olivia Lubic» disse la ragazza guardando a turno tutti i presenti negli occhi, e senza stringere la mano a nessuno.

«Un nome slavo?» chiese Gandini, che provava un intimo compiacimento nell'indovinare le origini delle persone per poi pontificare sul come e sul perché finissero con l'influire inevitabilmente sui loro destini.

«Quasi, triestino» rispose lei. Il tono era cortese, ma lo sguardo lontanissimo, e si ravvivava un po' soltanto quando si posava sul bambino.

«È venuta per la cura dell'acqua?» le chiese lo scrittore. Adesso che aveva capito che la giovane donna viaggiava da sola gli pareva opportuno mostrare una certa apprensione.

«Non proprio. Diciamo che sono qui per studiarla» rispose lei seccamente.

«Deve aver fatto anche lei un lungo viaggio per arrivare fin qui» commentò Tom cercando di metterla a suo agio.

«Ne ho fatti di peggiori».

«E cosa studia, signora Lubic, di quest'acqua miracolosa?» chiese Gandini pettinandosi la barba con due dita.

«*Leonis amaryllis ducatae*».

«*Plantae in aqua cultae?*».

«Niente affatto. Sono dei microrganismi che si riproducono solo in ambienti umidi, vulcanici, con determinate proprietà oligominerali».

«Mai sentiti nominare» commentò lo scrittore con aria stupita.

«Non mi sorprende, signor Gandini. Sono rarissimi e ancora semisconosciuti anche a noi studiosi».

«E come sono fatti, questi *amaryllis*?».

«Sono incolori, insapori, inodori e invisibili a occhio nudo. Sopravvivono solo intorno alla fonte e in precise condizioni climatiche, mal sopportano la luce del sole e i contatti con gli altri organismi» rispose la ragazza scandendo le ultime parole come in una lezione imparata a memoria che si annoiava a ripetere.

«Affascinante» disse Gandini, «e scommetto che fanno un'eccezione alla loro idiosincrasia per gli organismi altrui. Scommetto che in una notte di luna piena possono essere avvicinati e contemplati da una donna gravida di, quanto, sei mesi?, come in un magnifico racconto medievale».

Lo scrittore rise di gusto, strappando un sorriso anche a Tom e cominciando cosí a dissipare la diffidenza con cui lo aveva accolto.

«Proprio cosí» rispose di tutto punto Olivia Lubic, senza abbozzare nemmeno un sorriso di circostanza. «E, comunque, i mesi sono sette».

«Fantastico. Sa, nel mio romanzo *Paludi*, dell'86, c'erano degli esseri simili, i deopodotteri maculati. Il protagonista, Andreas, si immergeva in un lago e ne restava avvelenato. Non moriva, naturalmente. Lo salvava una donna, un'indigena del luogo. Poi si amavano. Senza speranza, naturalmente. Era un racconto intriso di realismo magico; alcuni l'hanno paragonato all'opera di García Márquez, per intenderci. Ma le consiglio di prendere questo accostamento con le molle».

«Non si preoccupi, detesto García Márquez».

«Solo trattati scientifici e autori austroungarici, suppongo?» rispose Gandini.

«Per niente, leggo di tutto, signor Gandini. Ma il realismo magico proprio non fa per me».

«Un vero peccato».

«Crede davvero?».

Gero annunciò che la cena era pronta, e Thomas ne fu quasi dispiaciuto: quel duello gli aveva messo allegria, e sarebbe rimasto a lungo ad ascoltarli.

«Signori, vi lascio» annunciò Gandini con una certa solennità. «Io mangio presto, di solito, e stavo giusto salendo in camera quando siete arrivati. Ho il mio piccolo patio, su in alto, che è una delle bellezze di questo posto. Non si vedono quasi mai navi all'orizzonte, ma splendide gibigiane, e talvolta qualche tempesta al largo. Quindi per stasera vi abbandono. Ma domani, se vorrete, sarò lieto di cenare in vostra compagnia». Si inchinò di nuovo, stavolta in una maniera meno ossequiosa, visto che non vedeva l'ora di congedarsi.

Olivia fu l'unica realmente sollevata di vederlo andare via. Tom si sorprese d'essere quasi divertito all'idea di trovarselo a tavola; a Ottie quel signore sembrava pittoresco quanto il panorama e la carta da parati del salotto, e aveva l'impressione che in sua presenza le toccasse sforzarsi di meno per seguire la conversazione. Martin saltellò allegro verso la tavola apparecchiata, e fu il primo a sedersi al posto che gli era stato riservato. Su richiesta di Ottie, Bembo aveva preparato per lui dei paccheri olio e parmigiano. Martin non aveva mai visto una pasta tanto grande, e si divertí a mandarla giú senza tagliarla, incastrando un pacchero dopo l'altro intorno alla forchetta.

Ai grandi, Bembo serví scaloppine al limone e un gratin di finocchi bruciacchiato. Mentre mangiavano scambiarono qualche parola, piú che altro per cortesia, e fu il genere di cena in cui i momenti di silenzio restano piú impressi che quelli di discussione. Olivia mangiava spedita. Il cibo non sembrava interessarle, e quando Ottie le chiese se aspettasse un maschio o una femmina rispose: «*It's a boy*» col tono di un militare interpellato sullo stato della cambusa.

«*A boy*» ripeté Ottie come se fosse quasi piú bello avere un maschio che non una femmina. Poi le chiese se avesse già scelto un nome.

«No» disse lei.

«*You have plenty of time*» replicò Ottie tanto per replicare qualcosa. Olivia Lubic annuí senza dire nulla. E da lí in poi, se non si contano (e non vanno contati) i consueti cerimoniali fra commensali, non si dissero praticamente piú nulla. Qualche tavolo piú in là del loro, verso la cucina, Gero stava guardando un talent show stravaccato su una sedia, commentando a voce alta le esibizioni dei vari concorrenti come se non fosse la tv a prendersi gioco di lui, ma il contrario.

Olivia fu la prima ad alzarsi da tavola; finito il gratin raccolse piatto, posate e bicchiere e si diresse verso la cucina, per evitare che Bembo dovesse sparecchiare al posto suo.

«Buonanotte» mormorò con un sorriso sbrigativo. «Ci vediamo domani».

«Non credo avremo altra scelta» le rispose Thomas, con una battuta che – si disse dopo che Olivia se n'era andata – avrebbe potuto fare Gandini.

Poco dopo arrivò Bembo con delle mele al forno ancora calde e del gelato al fiordilatte. Il dolce era senza dubbio la parte migliore della cena e, dopo aver finito il suo, Ottie ne rubò dei cucchiaini da quello di Tom. Quando tornarono in camera avevano le gambe pesanti, e in bocca il sapore della cannella. La luna sul mare non era ancora piena, ma mancava poco. Entrava diritta dentro alla 555, rotonda e bianchissima come un uovo dipinto da un cieco.

Martin crollò sul lettino preparato da Bembo nell'anticamera all'ingresso. Era cosí stanco che non volle nemmeno ascoltare la storia della sera.

Tom e Ottie si misero a letto poco dopo. Tom spense la luce ma lasciò le imposte aperte perché, disse, solo a dei poveri di spirito sarebbe venuto in mente di chiudere la porta in faccia a una luna del genere. Ottie con le imposte aperte faceva fatica ad addormentarsi, ma era cosí felice di quel momento che non disse nulla, e annuí dolcemente. Si accarezzarono stancamente, col rumore del mare che li cullava, e quella giornata, che a tutti era sembrata interminabile, di colpo scivolò fuori dalla finestra.

Thomas dormí un sonno profondo e senza sogni. Lo svegliò uno strillo. La luce nella stanza era già dappertutto e accanto a lui Ottie non c'era piú.

La trovò nella stanza accanto, pallidissima nella sua vestaglietta celeste; era appoggiata alla parete opposta alla porta, con le mani contro il muro e il corpo paralizzato dalla paura. Thomas ci mise qualche secondo a capire cosa fosse successo, e fu soltanto quando Ottie levò gli occhi in direzione della porta che si accorse del grosso serpente che si snodava placido lungo l'architrave. Si chiese cosa fosse meglio fare: trovare il modo di cacciarlo, o chiudersi la porta dietro sperando che se ne andasse da solo? Non ne aveva idea. A Shere, in campagna da loro, di serpenti non ce n'erano. I ragni nel Surrey erano frequenti, come lucertole e topi. Ma i serpenti, quelli no. L'unica volta che ne aveva visto uno era stato, forse, in volo. Un giorno lui e sua madre avevano trovato la tana di una volpe giú in cantina. Il signor Edwards come al solito non c'era e, nonostante Rupali – la governante indiana che all'epoca era a servizio da loro – l'avesse supplicato di non stare lí a prendere freddo, Thomas aveva passato la notte in cantina, convinto che prima o poi avrebbe visto la volpe tornare a casa. Quella non era tornata, ma il mattino seguente, mentre stava rientrando in casa tirando su col naso per l'umido che gli era entrato nelle ossa, Tom aveva visto un falcone attraversare il cielo davanti a casa loro con una biscia in bocca. «Meglio che niente, tesoro» gli aveva detto sua madre, distogliendo per un attimo gli occhi dalle alstroemerie che stava disponendo in un vaso, quando lui glielo aveva raccontato. E questa, a conti fatti, era piú o meno tutta l'esperienza che Thomas aveva accumulato alla voce «serpenti».

La bestia non sembrava avere intenzione di muoversi; Thomas attraversò la stanza per andare incontro a Ottie, e a quel punto il biscione iniziò di colpo ad andarsene pazzamente su e giú per il muro. Ottie ricominciò a urlare, ancora piú forte di prima, quasi che in quella pausa la paura avesse preso la rincorsa.

Richiamata dalle grida, Olivia si precipitò nella stanza.

«Che succede?» chiese guardando Thomas con l'aria di qualcuno che non abbia ancora ben chiaro il misfatto, ma abbia già individuato il colpevole.

Lui le indicò con lo sguardo il muro di fronte, dove il serpente adesso si era arrotolato attorno allo stipite. Olivia si avvicinò alla porta e – con un gesto lesto e un attacco rapido – afferrò l'animale per la testa.

Ottie, che per qualche secondo aveva trattenuto il

fiato, quando la vide girarsi verso di loro col serpente in mano cacciò un altro urlo e schizzò fuori dalla stanza.

«È solo un saettone, non è pericoloso» disse Olivia tenendo l'animale per la testa e lasciando che, con il resto del corpo, le si attorcigliasse intorno al polso. Non erano ancora le nove, ma la biologa era già vestita di tutto punto, elegante in un morbido completo beige, i capelli raccolti in uno chignon fresco di mattino. Con la pancia che tirava appena sotto la camicia e quel serpente in mano aveva un'aria vagamente divina. Si avvicinò alla finestra aperta, si sporse un po' in avanti e lo lasciò andare. Il serpente strisciò verso destra, poi veloce verso il basso, e sparí in un cespuglio di rosmarino.

Voltandosi, Olivia incrociò lo sguardo incantato di Thomas, e fu evidente a entrambi che quella era la prima volta in cui si guardavano veramente.

«Un saettone occhirossi» ripeté lei, «totalmente innocuo. Ce l'hanno tutti con i serpenti, ma la gente non sa proprio niente. Ci sono serpenti e serpenti. Questi non fanno male a nessuno. Le api sono molto piú pericolose. O i cani, ad esempio. Ci sono piú morti all'anno per il morso di un cane che per quello di un serpente, lo sapeva? E comunque si è spaventato almeno quanto voi. Non tornerà, rassicuri pure sua moglie».

«Come ha detto che si chiama?».

«*Zamenis lineatus*, o saettone occhirossi. Non so come si dica in inglese».

«Cercherò di ricordarmelo. *Zamenis lineatus*. In effetti non è un nome che suona tanto minaccioso».

«Sa» proseguí Olivia mettendo su il vago tono da maestrina che le veniva quando si trovava a spiegare le cose a qualcuno, «anch'io avevo il terrore dei ragni da piccola. Poi li ho studiati all'università, gli ho dato un nome e non ho piú avuto paura. Magari dovrebbe provare anche lei. Per sua moglie non so, forse non basta. Ma con suo figlio, almeno. Provi con lui».

«Lo farò» rispose Thomas. «Le dobbiamo un salvataggio mattutino» disse camminando verso la finestra. «Non cosí facile da ricambiare».

Fu tentato di dirle che Ottie non era sua moglie e Martin non era suo figlio, ma si pentí subito di quel pensiero. Olivia bisbigliò un saluto e uscí dalla stanza.

Anche se era ancora presto, il sole era già alto e il mare, liscissimo e blu vicino alla riva, al largo diventava viola e si increspava in riccioli capricciosi che arrivavano fino all'orizzonte. Deve esserci un bel vento, laggiú, pensò Thomas. Si stava appena riprendendo dal brusco risveglio, quando Martin entrò nella stanza correndo come un razzo, battendo le mani e facendo scricchiolare il legno del pavimento con i suoi passetti veloci. C'era un serpente? Dov'era? Com'era? Voleva sapere tutto. Tom gli disse che si chiamava saettone occhirossi, e prese il bambino in braccio per mostrargli, dalla finestra, la siepe in cui era nascosto.

Tornarono in camera, dove Ottie si stava vestendo. Lo yoga del mattino, per colpa del quale era scivolata senza far rumore nella stanza accanto, ormai era saltato. Tanto valeva proseguire con dei lunghi respiri per rilassare i muscoli e distendere il diaframma, mettersi addosso qualcosa di decente e cercare un altro modo per iniziare la giornata. Continuava a rovistare nella borsa da viaggio, ma le sembrava tutto umido e vecchio. O forse solamente si vergognava per aver gridato tanto.

La colazione era il miglior momento che la cucina dell'hotel Zelda avesse da offrire ai suoi clienti. Non veniva servita frutta esotica come ci si sarebbe aspettati: sull'isola, a quanto diceva Gero, non crescevano frutti commestibili, eccezion fatta per le more, ma neanche quelle crescevano piú tanto, e comunque adesso non era stagione. In compenso, ad attenderli, i nuovi ospiti trovarono un impeccabile breakfast all'inglese, con tanto di uova strapazzate con bacon, toast di tre diversi tipi di pane tagliati con cura e abbrustoliti con altrettanta maestria, yogurt, miele denso come ambra, un formaggio spalmabile in un sinuoso barattolino di ceramica e perfino una specie di sanguinaccio locale che nessuno aveva mai avuto il coraggio di mandare giú, ma che regalava alla tavola un'aria ancora piú imbandita. Il tutto era servito su un piano di legno stretto e lungo, che durante il resto del giorno era sgombro e coperto da una tovaglia e a quell'ora del mattino era pieno di caraffe, stoviglie in porcellana, fiori e foglie freschi e servizi spaiati di ogni foggia e provenienza. Si trattava di reperti piú o meno antichi e preziosi che il buon Valentino aveva, negli anni, portato a casa dai suoi viaggi. Affastellate cosí alla rinfusa, quelle vettovaglie mettevano allegria e nostalgia insieme, e davano l'impressione di appartenere a una tradizione centenaria custode di chissà quali delizie.

I bricchi d'argento non sembravano semplicemente contenere latte e caffè, ma rinforzarne il gusto e proteggerlo dai pericoli e dalle brutture del mondo, e pareva che, se solo si fosse stati capaci di dar retta al vetro smerigliato, ascoltare l'argenteria o interpretare il tedesco della porcellana di Baviera, ognuno di quegli oggetti avrebbe avuto la sua storia da raccontare.

Ottie non si era ancora liberata dall'imbarazzo che l'incontro ravvicinato con il saettone aveva suscitato in lei: sorrideva senza quasi parlare, e continuava a guardarsi intorno come se il pericolo non fosse del tutto scampato. Per farle tornare il buonumore, finita la colazione, Tom le propose di uscire insieme alla scoperta dell'isola.

«Vi porto io, se volete» disse Gero, «Bembo deve stare qui a radunare le cose per l'inventario».

Martin piantò un capriccio: da quando aveva sentito parlare del saettone aveva eletto il giardino a suo posto preferito, e voleva esplorarlo in lungo e in largo per scovare tutte le meraviglie che lí in mezzo erano nascoste.

«Può restare con Bembo» borbottò il custode cercando le chiavi del pullmino. «L'isola è piccola. Non staremo via piú di un paio d'ore».

Dal diario di Guglielmo Gandini

Sesto giorno sull'isola. Notte serena, *rêves pourtant singuliers*. Digestione nella norma, sete sensazionale al risveglio. Leggera emicrania, senz'altro dovuta al tempo che sta cambiando (vento zefirino da ovest, presagi di bella stagione, quello che Mutis chiamerebbe «promesse di felicità» dalle quali un uomo senza troppa anima si appresta a lasciarsi invadere in questo periodo dell'anno).

Mattinata meditativa, ma senza angoscia. Cercato invano di leggere l'ultimo Marías. Ci riprovo ogni volta, ma è evidente che ormai abbiamo perso anche lui. Finite le lettere di Claudel a Rodin iniziate il 13 marzo. Intuizione della bellezza di un romanzo solo epistolare. E se il prossimo fosse un saggio fatto solo di lettere? Un «trattato per corrispondenza». È già stato fatto? Ricordarsi, al rientro, di verificare i precedenti, e tenere a mente fin da ora: *la forma è sempre sostanza*, cosa che la prossima opera dovrà obbligatoriamente dimostrare.

Rimane sgombro il terreno per una storia pura e semplice, realistica, talmente classica da suonare innovativa. Va detto che un posto cosí incline ai miraggi e alle divagazioni fantastiche non mi aiuta a immaginarla. È arrivata sull'isola, ieri notte, una coppia di stranieri con infante al seguito. Sono inglesi; lei del tutto, lui per metà. Hanno qualcosa di curiosamente letterario che non ho ancora ben afferrato. Soprattutto lui, a dire il vero. È, se ho capito bene, nipote dell'uomo che ha creato questo posto. È qui per vendere tutto, e non pare farsene il minimo cruccio, o fingere di dispiacersi quanto dovrebbe per il fatto di trovarsi nella posizione di costringere un uomo come me a cercarsi un altro rifugio dal mondo. D'altronde non ha certo il fascino di suo zio, anche se ha un segreto da qualche parte, ed è questo che lo rende interessante. Un po' come il mio Milo di *Nessun luogo*, per intenderci, anche se in questo Thomas Edwards lo *spleen* britannico rende il tutto meno sentito.

Lei è rossa, composta e slavata. O meglio, *era*: pareva non aspettasse altro che metter piede qui per sciuparsi definitivamente. Sono tornati da una passeggiata come da una battaglia, riempiendo il pomeriggio di tensioni giornalistiche. Pare che in meno di mezza giornata lei sia riuscita a tuffarsi su una medusa, slogarsi il polso cercando di uscire dall'acqua, farsi assaltare da un tafano e intossicarsi con delle prugnette selvatiche. Non in quest'ordine, forse; ma poco importa. Attualmente giú di sotto si è formato un piccolo capezzale, e non si parla d'altro che di come fare a riportarla a terra. Risultato: le mie camicie non sono ancora state stirate, e sto aspettando il mio tè da quasi un'ora, con sempre meno speranza. Si viene qui per starsene in pace e ritagliarsi un po' di sogno, ed eccoci in corso Buenos Aires in un giorno feriale.

Potessi fare a meno di provare un insopprimibile fastidio per questo attentato alle mie abitudini, il tutto sarebbe senza dubbio *matière à roman*. Che nostalgia dei primi momenti qui. Venivo a sistemare i miei fantasmi, a mondarmi dentro e a cercarmi un futuro nella testa. Adesso invece l'acqua non sembra neanche farmi cosí bene, e questo di colpo è diventato un luogo cui dire addio.

Forse è il caso di cercare un nuovo rifugio in Francia. O magari in terra balcanica, per scongiurare i cliché? Ma il cibo è pessimo, da quelle parti.

Insieme alla coppia è arrivata anche una triestina, bionda e saccente. Ha uno di quei visi sveviani come non se ne vedono piú tanti in giro, eleganti e fastidiosi al tempo stesso, e un'insolente *pruderie* che neanche la maternità imminente riesce a stemperare. Solo qualche anno fa avrei tentato di sedurla. Adesso mi accontento di contraddirla.

Sdraiata sul divano del soggiorno, Ottie si stava sforzando di scovare il lato divertente della faccenda. La cosa non le riusciva neanche un po', stesa com'era con tre sconosciuti intorno, la spalla sfregiata da una medusa e la gamba destra dalle punture di un insetto indiavolato. Non la aiutava neanche incrociare lo sguardo di Tom, che mentre parlava con gli altri per capire il da farsi le gettava occhiate incredule che la facevano sentire ancora piú a disagio.

E dire che tutto era andato cosí bene fino a poco prima. Risveglio a parte, naturalmente, ma quello Ottie se l'era dimenticato non appena erano usciti. Scortati da uno svogliato Gero, dopo aver visitato la sorgente alle spalle dell'albergo erano scesi verso il mare, e avevano fatto il bagno in un punto nascosto fra le rocce, dove l'acqua sgorgava da una piccola cascata e le felci crescevano ignare del mondo sotto archi d'ombra azzurra. D'un tratto la vegetazione appariva meno impenetrabile, e le alture brulle della parte sud meno minacciose. Il loro *chauffeur* non era certo un campione di discrezione: era rimasto in piedi a fissarli anche mentre si cambiavano, e non aveva risparmiato occhiate a tutto quello che il costume intero di Ottie faticava a coprire. Gero aveva inoltre fumato per tutto il tempo, appestando l'aria già polverosa del pullmino e quella tersa della natura che avevano intorno.

Ma poco importava, Ottie era felice. Quello era il primo momento tutto per loro da quando erano arrivati; l'acqua gelida lasciava la pelle immacolata, le aveva scrollato di dosso i resti del viaggio e aveva scacciato via i brutti pensieri. Peccato che Martin non fosse con loro, aveva pensato quando una ranocchia gialla e viola le era spuntata davanti saltellando fra le pietre. Dopo il bagno lei e Tom si erano stesi l'uno accanto all'altra vicino a un albero carico di prugnette selvatiche; avevano sonnecchiato al sole senza dire niente, girandosi il nocciolo del frutto in bocca, intrecciando le dita e seguendo con lo sguardo le nuvole che passavano veloci sopra di loro. Una aveva la forma di un coniglio, un'altra per un po' era sembrata un quadrifoglio, poi si era allungata in una farfalla. Nessuna, neppure per un momento, aveva oscurato il sole.

Poi erano ripartiti; senza scendere dalla macchina, Gero li aveva guidati verso la parte opposta dell'isola, piú brulla e solitaria, con cespuglietti di verde che spuntavano qui e là sulla terra rossiccia. Nel bel mezzo del nulla, il custode gli aveva indicato una casa di pietre a strapiombo sul mare: lí per anni, si diceva, aveva vissuto il principe dell'Isola Grande con una sirena. Gero gli aveva quindi raccontato della miniera di rame sulla punta orientale, dove lui un tempo aveva lavorato e dove adesso – aveva pensato Thomas – dovevano trovarsi gli operai che avevano viaggiato con loro sulla barca. Il custode ci aveva tenuto cosí tanto a mostrargli il luogo delle sue fatiche che quando erano passati davanti ai baobab dello zio Valentino per poco non aveva dimenticato di rallentare. Gli alberi erano stati piantati troppo vicini, all'epoca, e i rami negli anni si erano intrecciati fino a formare un unico, immenso baobab dai tanti fusti. «Il dottore li portò dal *Magadàscar*» disse Gero con la stessa aria solenne con cui pronunciava male tutti i nomi che conosceva poco. Il resto erano pietre rosse e sterpi neri, e non era granché. Le bellezze dell'isola, se mai ce n'erano, gli aveva spiegato il custode, stavano tutte dall'altro lato, quello dello Zelda e soprattutto del vulcano, che un tempo aveva reso fertile il terreno e ora vegliava inutile e mansueto su tutto quello che grazie a lui era venuto al mondo. Thomas e Ottie gli avevano chiesto spiegazioni sulla forma dell'isola, ma naturalmente lui non ne sapeva niente, e quando gli avevano domandato il perché di quell'assurda fettuccia di terra che collegava le due metà, il custode – con quel genere di fatalismo isolano che non lascia possibilità di replica – aveva semplicemente risposto: «Lo sa Iddio».

Sulla via del ritorno si erano fermati su un colle a picco sul mare, dove i boccioli di ginestra e lentisco si preparavano a fiorire. Il panorama da lí era splendido; ci fosse mai stato un paese, aveva pensato Ottie, il belvedere di certo sarebbe stato lí.

Erano rimasti a riempirsi di aria e luce; la giornata era magnifica, e l'acqua, di un blu profondo, in alcuni punti si illuminava di turchese. Era stato allora, da una roccia poco piú in basso, che Ottie aveva deciso di tuffarsi. Con una certa grazia, va detto, perché i tuffi erano sempre stati il suo forte fin da quando era piccola. Nuotare non le era mai interessato veramente. Ma tuffarsi, sentire il corpo attraversare l'aria veloce, bucare l'acqua senza quasi spostarla, sprofondare chissà dove e poi tornare su, con la testa verso il sole, quello sí che la faceva sentire invincibile. Le meduse però tutto questo non potevano saperlo. Nemmeno la roccia scivolosa su cui Ottie si appoggiò col braccio mentre usciva dall'acqua. La natura è crudele, a volte; non si cura affatto dell'eleganza, e d'improvviso ti abbandona mentre continua a splendere senza sosta.

Tornarono allo Zelda di corsa. Nel tragitto, mentre Ottie era sdraiata nei posti in fondo del pullmino, un insetto non meglio identificato le diede il colpo di grazia. Una volta arrivati in albergo le contarono: ventuno punture. Il custode suggerí di giocare il numero al lotto. Bembo si precipitò alla ricerca di medicinali: tornò con una scatola di cartone piena di farmaci scaduti e di garze e cerotti increspati dall'umidità, e a quel punto iniziò un concilio generale tra gli ospiti per stabilire se fosse meglio cercare di portarla in città o accompagnarla su in camera e sperare che migliorasse.

Tom era preoccupato, Olivia pragmatica, Gero fatalista, Bembo muto come al solito, ma pronto a far quello che andava fatto. Martin, neanche lui diceva niente: quella mattina, dopo che era rimasto solo, aveva trovato la lucertola del giorno prima. Le aveva dato la caccia con un tagliacarte rubato alla reception e, quasi per sbaglio, le aveva tagliato la coda, verificando di propria mano quello che il suo compagno di classe Charlie gli aveva raccontato. Era vero, anche staccata dal corpo continuava a muoversi. Nel giro di un paio d'anni avrebbe dimenticato la lucertola e ricordato solo sua mamma sdraiata sul divano verde pastello, ma al momento i due eventi gli parevano di pari importanza.

«Non avete proprio niente contro le ustioni da medusa? È pur sempre un posto di mare, questo» chiese Thomas.

«Nossignore, è un posto *sul* mare. *Di* mare, neanche un po'» rispose Gero. «Non c'è nemmeno una spiaggia, difatti» ci tenne a fargli notare come se questo provasse la sua teoria in modo irrefutabile. «Qui la gente ci viene per bere l'acqua della sorgente, non per andare al mare. Solo suo zio si ostinava a fare il giro dell'isola a nuoto e a prendere il sole sulle pietre. Comunque non credo ci sia nulla. Ci guardi lei che è dottoressa, magari trova qualcosa» disse Gero a Olivia porgendole la scatola.

«Non sono un medico, sono una biologa» puntualizzò lei scuotendo la testa mentre passava in rassegna scatolette molli e flaconcini opachi.

«Sempre meglio di niente» rispose il custode ciabattando verso la poltrona piú vicina.

Ottie non capiva una parola di quello che la gente intorno a lei stava dicendo; guardava Tom con aria languida, girando di tanto in tanto gli occhi verso la pianta grassa o la finestra per cercare di trattenere le lacrime. Il serpente del mattino era un presagio, pensò. Come aveva potuto non accorgersene? Le tornò in mente un cartello che Manuel, il padre di Martin, si era fermato a fotografare in autostrada durante un viaggio che avevano fatto in Messico, lo stesso viaggio durante il quale sarebbe rimasta incinta e avrebbe capito che lui la tradiva con un numero imprecisato di donne. *No Maltrate Las Señales*, recitava.

«Forse la cosa migliore sarebbe trasportarla sull'Isola Grande» disse Olivia dopo aver restituito a Bembo la scatola del pronto soccorso. «C'è di sicuro una farmacia lí, e magari un'infermeria dove farsi medicare».

«Barche oggi non ce ne sono» ribatté Gero stravaccato in poltrona.

«Cantiere!» gridò a quel punto Bembo facendo sobbalzare tutti. Parlava cosí di rado che, ogni volta che apriva bocca, coglieva tutti impreparati.

«Cantiere!» gridò una seconda volta, con la stessa decisione.

«Sta dicendo» spiegò Gero agli altri che non capivano cosa volesse dire «che al cantiere ci sono gli operai. Ogni pomeriggio, quando staccano, tornano a terra con un gommone. Si potrebbe provare a farla andare con loro, se non sono già partiti» concluse aspettando una risposta da Thomas prima di alzarsi dal divano. Olivia aiutò Ottie ad arrivare fino al pullmino, Tom salí in camera con Martin a recuperare i bagagli; poi, scortati da Bembo e Gero, si fiondarono giú al porto.

Gli operai si stavano giusto preparando a partire. Sul gommone però non c'era posto.

«È da cinque» disse uno di loro indicando la barca e le tre puttane che erano con loro sul molo. «E noi ci andiamo già in sei, anzi in sette» precisò alludendo al cane, e lanciando un'occhiata complice alla puttana che lo teneva in braccio.

«E poi non andiamo a terra, ma sull'Isola Grande» disse un altro, piú grosso e vecchio del primo, mentre armeggiava col motore.

«Va bene anche quella» esclamò Tom.

«Non c'è posto, ve l'ho detto» ripeté il primo mentre controllava il motore dandogli le spalle. Tom fu tentato di chiedere aiuto alle puttane, ma quelle sembravano non aver voglia di immischiarsi nella faccenda. Il terzo operaio, seduto sul molo, guardava il cellulare con aria annoiata.

Ottie osservava la scena dal pullmino, in attesa di giudizio. Accanto a lei c'era Bembo, dritto e impassibile ai posti di comando.

«Quanto?» chiese a un tratto Thomas, sicuro di aver fatto la domanda giusta. Nessuno rispose. Uno dei due uomini scosse la testa, alzò le spalle, sputò nell'acqua e continuò a sbrogliare i nodi delle cime senza dire una parola.

Thomas non poteva sapere che gli operai erano cosí ostili con lui perché detestavano Gero. Il mondo in posti come quello era piú piccolo che altrove, e prima di finire sull'isola il guardiano dello Zelda aveva campato sulle loro spalle per anni: li faceva lavorare al posto suo, e faceva in modo che sgobbassero il doppio e guadagnassero la metà. Nei paesi la diffidenza e l'antipatia sono come la peste, e contagiano tutto senza distinzioni, applicandosi ai vicini dei nemici come ai nemici stessi: ecco perché due stranieri come Thomas e Ottie, che in altre circostanze avrebbero mosso a pietà o quantomeno risvegliato la curiosità della gente del posto, adesso erano ignorati.

Il gommone era ormai pronto a partire quando la piú grande delle puttane, la matrona, parlò.

«Posso restare io, giovanotto» disse rivolta a Tom. «Le mie amiche devono andare, in paese c'è la festa e nei giorni di festa si lavora il doppio. E poi devono tornare dai loro bambini, mentre io non ho fretta. Se scendo io, qui sopra c'entrano tutti e due, sia sua moglie che il piccoletto. Valgo doppio, sa» esclamò lanciandogli un sorriso d'intesa.

A Thomas non sfuggí il significato di quell'ultima affermazione e, qualche metro piú in là, al riparo dagli sguardi degli altri, le pagò la somma che lei giudicava il «doppio».

Tornò verso il pullmino e cercò di tranquillizzare Ottie, dicendole che la signora le aveva gentilmente ceduto il suo posto, e in mezz'ora lei e Martin sarebbero arrivati all'Isola Grande, dove avrebbe trovato la farmacia, la guardia medica e tutto quello di cui in quel posto dimenticato da Dio non c'era traccia. Si tenne in tasca un biglietto da cinquanta e le diede gli altri contanti che aveva; la rassicurò dicendole che il giorno seguente avrebbe sbrigato quel che doveva sull'isola, e il giorno dopo ancora, appena conclusa la vendita, li avrebbe raggiunti al porto.

Chiese quindi a Martin, un po' per scherzo e un po' sul serio, di fare l'uomo di casa, e insieme a Bembo aiutò la ragazza e il bambino a salire sul gommone. Poi, in tempo perché Ottie non lo sentisse, tornò dalle due segaligne e diede a una il biglietto da cinquanta che aveva in tasca pregandola, non appena fossero sbarcati, di indicare alla signora una farmacia e un buon hotel.

«Noi conosciamo solo i peggiori» rispose la puttana mentre piegava i soldi e li metteva nella borsetta. «Non si preoccupi, signore, era solo una battuta» disse l'altra con un sorriso cariato.

Sia Thomas che Ottie si sentivano in colpa: lui per averle proposto quel viaggio, lei per averlo rovinato. Si salutarono in fretta, con un abbraccio indeciso e sorrisi colmi d'imbarazzo. Non appena il gommone prese il largo, Ottie si lasciò scappare qualche lacrima. La puttana che aveva preso i soldi le offrí un fazzoletto e un cioccolatino. Ottie accettò entrambi, e divise il cioccolatino con Martin.

A terra, la grassona tirò un lungo sospiro, come se dovesse essere lei a farsi forza. Diede la sua valigia a Bembo, si alzò la gonna per camminare piú spedita e iniziò a dondolare verso il bus. Una valigia minuscola per una creatura mastodontica, notò Tom, mentre la osservava oscillare sul pendio.

Con tutto quel trambusto Bembo non aveva avuto modo di mettersi ai fornelli, e la cena fu servita in ritardo, con estremo disappunto di Gandini il quale, stufo di aspettare, pretese che gli venisse portato in camera un riso all'olio. Anche nei giorni normali la cucina dello Zelda lo esasperava, e quella era una delle ragioni per cui ogni tanto lo scrittore minacciava di cambiare posto di villeggiatura, senza per questo decidersi a farlo. Scese in giardino a fumare, e quando erano da poco passate le nove raggiunse gli altri in sala da pranzo. Thomas si era alzato da tavola per rispondere a una telefonata di Ottie, e camminava avanti e indietro di fronte alla porta a vetri della sala; Olivia e la nuova arrivata stavano mangiando in silenzio delle uova in camicia troppo salate e delle verdure al forno tagliate troppo spesse. Gandini non aveva ancora incontrato la nuova ospite, e quando se la trovò davanti non poté nascondere una certa meraviglia. Fu il primo, va detto, a presentarsi come si deve e a chiederle come si chiamava.

«Io sono Agave» disse lei.

«Un nome splendido» rispose lo scrittore fissandola con interesse. «È comune, da queste parti?».

«Non lo so. Mia madre me lo ha dato perché mentre mi partoriva aveva di fronte una di quelle piante. O almeno è cosí che mi ha raccontato» disse la matrona mentre aspettava, a braccia conserte, che Bembo tornasse con del pane per fare la scarpetta. «Se è cosí bello come dice non lo so, ma è l'unica cosa che mi ha lasciato, quindi me lo tengo stretto» aggiunse la donna, con decisione ma senza tristezza.

«È un nome che trasmette forza» le disse Olivia con un sorriso. Era stata la prima a sedersi a cena quella sera, e improvvisamente si era sentita in colpa per non essersi presentata. Era intervenuta nella conversazione per mostrarsi cordiale, ma non fece in tempo a prendere la parola che subito si lasciò sfuggire una riflessione tutt'altro che allegra. «Anche se a pensarci bene» disse «l'agave è una pianta monocarpica. In quanto tale ha qualcosa di inevitabilmente tragico e irrimediabilmente triste, non credete?». Agave e Gandini la guardarono attoniti; la prima perché non sapeva cosa volesse dire monocarpica, il secondo perché era sorpreso di scoprire una vena malinconica in quella donna che fino a quel momento gli era parsa poco incline alle divagazioni della fantasia. Quando si rese conto di quel che aveva detto, la biologa arrossí, abbassò lo sguardo sul piatto e dedicò la sua attenzione alle ultime zucchine rimaste.

«Lei è nata qui, Agave?» chiese Gandini mentre caricava con aria assorta la sua pipa.

«Ci sono nata e ci morirò» rispose lei alzando lo sguardo verso lo scrittore.

«Io invece qui sono tornato al mondo» replicò Gandini mentre controllava puntigliosamente la pressione del tabacco. Sperava che la puttana gli avrebbe chiesto perché, ma lei non chiese nulla, cosí restarono in silenzio, e quando Bembo tornò a sparecchiare si alzarono da tavola.

Mentre si avviava verso la scala per salire in camera, Olivia si girò verso la porta vetrata. Thomas era ancora al telefono; da come andava avanti e indietro con la testa bassa, da come teneva in tasca la mano libera, dal modo in cui si era voltato verso la sala quando Bembo aveva fatto cadere una forchetta in terra si capiva che non era innamorato della donna con cui stava parlando. Basta cosí poco – si disse la biologa mentre tornava in camera – per capire gli altri e le loro storie, indovinare gli equilibri su cui si fondano. Perché quando si tratta di noi invece fatichiamo tanto, e ogni volta finiamo per mischiare tutto fino a non capire piú niente?

Nella 557, Olivia rimase sveglia a lungo. Riordinò gli appunti sugli *amaryllis* che le servivano per il sopralluogo del giorno dopo; lesse dall'inizio alla fine un nuovo capitolo del *Cosmos* di Humboldt – l'uomo della sua vita, aveva sempre pensato, se solo lei fosse nata in Prussia alla fine del Settecento e lui non fosse stato omosessuale – e riscrisse per tre volte una mail che rimase nelle bozze. Era un messaggio per Jonas Vilevich, che non era solo l'unico uomo oltre ad Alexander von Humboldt per il quale Olivia avesse mai perso la testa, ma anche il professore del suo dottorato, il capo del laboratorio in cui lavorava e il padre del bambino che, fra poco piú di due mesi, avrebbe tenuto in braccio.

Trentasei dei quarantanove messaggi rimasti in bozze nel suo computer erano indirizzati a Jonas. Quelli inviati, a oggi, erano solo sette. Da quarantanove quella sera i messaggi diventarono cinquanta, e quando Olivia si mise a letto erano da poco passate le due. Si addormentò un po' a fatica; la pancia sempre piú grande la obbligava a rimanere sul fianco, e addormentarsi in quella posizione non le era mai piaciuto.

Ad Agave era stata assegnata la 553, al primo piano. «Quella con meno scale possibile» aveva risposto quando il custode le aveva chiesto se preferisse vista mare o vista giardino. Non era mai stata in una camera d'albergo da sola prima d'ora, e si addormentò al centro del letto come una regina.

Gandini invece ormai da tempo non dormiva piú di quattro ore a notte. Soffriva di un'insonnia *controllabile*, come lui stesso amava definirla, ovvero aveva la fortuna di poter scegliere in quali ore dormire e quali vegliare e, se di solito preferiva coricarsi abbastanza presto e svegliarsi all'alba, quella sera invertí l'ordine. Dopo che tutti erano tornati in camera rimase in giardino a fumare, e una volta salito in stanza lesse Dylan Dog fino all'una passata: ormai i romanzi scritti bene lo infastidivano quanto quelli scritti male, cosí lo scrittore si era dato alla saggistica e aveva ripescato i fumetti, che in giovinezza aveva abbandonato per snobismo e ora riesumava per la stessa ragione.

Nella 555 Thomas crollò senza nemmeno rendersene conto, mentre sfogliava un libro illustrato che Martin aveva dimenticato. Si risvegliò di colpo: era ancora vestito e il cielo aveva da poco iniziato a schiarire. Spense la luce sul comodino che era rimasta accesa e andò alla finestra. Il mare era calmissimo, senza un suono. E cosí le piante del giardino e gli oggetti intorno a lui nella stanza. All'orizzonte il profilo dell'Isola Grande si intravedeva appena. Pensò a Ottie e Martin, e li immaginò addormentati l'uno accanto all'altra.

Si girò verso la libreria, e sfilò un volume dallo scaffale facendo attenzione a non turbare il fragile equilibrio di assi e mattoni. Aprí il libro a caso; era in inglese, e l'occhio gli cadde su una frase sottolineata in rosso: «*I suppose all we can really share with people is a taste for the same kinds of weather*».

Sfogliò qualche altra pagina; c'erano altre frasi segnate qui e là, ma nessuna catturò la sua attenzione come la prima. Richiuse il libro e guardò l'orologio. Le cinque e venti, a Londra. Non si sarebbe piú riaddormentato. Scese a farsi un caffè mentre le cose immobili uscivano dalla notte. In lontananza sentí qualcuno russare.

In tutta un'altra parte del mondo erano da poco passate le sette di sera, e Sophie Selwood stava tornando a casa in bicicletta. Il furgoncino che usava di solito per andare al mercato era dal gommista, e Sophie pedalava tenendo in equilibrio tre sacchetti della spesa da un lato e tre dall'altro. Fra qualche minuto il sole sarebbe scomparso nell'oceano, ma lei non l'avrebbe visto scendere giú, perché la strada del lungomare tirava dritta, lasciandosi il sole e il mare a fianco. Sophie pedalava nella parte della strada che era al sole, perché quello era un gioco che faceva sempre, come centrare le mattonelle con il piede o fare con gli occhi lo slalom delle linee tratteggiate in autostrada. Da piccola pensava che un giorno, quando sarebbe diventata grande, avrebbe smesso di fare cose come quelle. E invece era ancora lí, fedele a quei riti senza importanza. Cambiava il gioco e cambiavano i posti; lei era sempre la stessa.

Spesso, quando si è giovani, le storie memorabili durano un'estate. Per Tom e Sophie non era stato cosí: il loro era stato un amore invernale, nato in autunno e finito all'inizio di una primavera timida, con la neve che non la smetteva di cadere, e un sole che non appena tramontava lasciava tutto gelato.

Il clima nell'amore è importante. Perché mai, altrimenti, terremmo d'occhio il meteo delle città in cui vivono quelli che amiamo? Che razza di abitudine è, se non un altro sciocco modo di essere fedeli ai nostri sentimenti? Ci leghiamo per anni a qualcuno solo perché, senza nemmeno accorgercene, abbiamo studiato l'evolvere del suo guardaroba nel corso delle stagioni. Ci siamo inspiegabilmente affezionati a certi suoi golf di lana, arresi il giorno in cui, al ritorno da una gita al mare, abbiamo scoperto il segno dell'abbronzatura sulla schiena. Capitoliamo davanti alla comparsa delle lentiggini, spalanchiamo il cuore dopo una mattina passata a disperdere il fiato nella neve e ritroviamo la speranza ai primi di maggio, con il ritorno delle camicie azzurre, quando le cose sembrano, come per magia, tornare di nuovo al mondo. C'è gente che ha deciso di sposarsi perché era domenica e fuori non la smetteva di piovere; ci fosse stato il sole, o anche solo il cielo nuvoloso, magari sarebbero rimasti fidanzati tutta la vita. E quante volte abbiamo capito che era finita un sabato pomeriggio, al ritorno della bella stagione, mentre la luce filtrava tra gli alberi e noi non avevamo niente di divertente da raccontarci, niente di cui ridere insieme, solo un po' di nostalgia verso giorni di cui ormai ricordavamo poco o niente?

Il clima nell'amore è importante, e attraversare le stagioni è uno dei privilegi degli amori felici. Privilegio che Tom e Sophie non avevano avuto, perché il loro non era stato un amore felice. Quando si erano incontrati erano insieme a qualcun altro, qualcuno che avevano tradito ferito abbandonato e infine dimenticato in modo irrimediabile. Ma non era certo quello ad aver reso infelice il loro amore: di lí a poco erano esistiti insieme, ed erano stati l'uno per l'altra tutto quello che si potesse desiderare. Non serve chiedersi com'era andata, perché la loro storia fosse finita o se fosse finita davvero: era iniziata e finita come tante altre storie d'amore. Forse come la vostra. Quella che vi portate dietro mentre fate tutt'altro, mentre viaggiate in treno o vi infilate sotto le coperte la sera, quella che fa capolino quando rifate il letto o cercate parcheggio, mentre fate l'amore con qualcun altro o, in piedi su una sedia, date la caccia a una zanzara.

Tanto vale ammetterlo che quella storia c'è, ancora oggi, che da qualche parte esiste sempre dentro di noi, cosí come tanto vale ammettere che, se qualcuno ci chiedesse di farlo, oggi non riusciremmo neppure a raccontarla, tanto confusi e banali si sono fatti i suoi contorni nel tempo. Cerchiamo nei libri quello che non capiamo della vita, e nella vita quello che leggiamo nei libri. Forse è questa, la nostra condanna all'infelicità: cercare risposte e trovare solo commozione. Un tempo Sophie e Thomas erano stati felici come noi e infelici quanto noi, e quel tempo gli era rimasto dentro, perché non c'era un altro posto in cui quel tempo potesse andare. Era *dentro*, e dentro era rimasto.

Proprio come accade con il clima, molto spesso gli amori difficili dipendono dallo spazio e dal tempo. Altri fattori e argomenti non sono che scuse cui la gente si aggrappa per sopravvivere, e non scivolare via da se stessa. Cosí, se proprio siamo qui per trovare una ragione, diremo che tra loro era finita perché si erano incontrati al momento sbagliato. Esiste davvero il momento giusto, nella vita? Probabilmente no, ma ci rassicura pensare il contrario. Se poi ci fosse stato un tribunale per giudicare queste storie, sarebbe venuto fuori che era stato Tom a rovinare tutto, e lo stesso tribunale, probabilmente, avrebbe stabilito che all'inizio aveva sofferto piú lei, poi aveva sofferto piú lui. Lui aveva capito di amarla solo dopo che l'aveva persa. Lei non aveva fatto che aspettarlo fino al giorno in cui non lo aveva mandato via. Adesso che erano passati quasi sette anni, sempre il fatidico tribunale avrebbe stabilito che lei era andata avanti e lui no. Che lui aveva rimorsi e lei rimpianti. Che lui la cercava nelle cose che vedeva e lei lo nascondeva in fondo a quello che faceva.

Ecco come si erano spartiti quella storia d'amore, e chi fosse in credito e chi in debito nessuno – neppure il tribunale – avrebbe potuto stabilirlo.

Quando lei lo aveva mandato via aveva pensato di morire. E invece si era messa a vivere, senza quasi accorgersene, presa com'era dal non morire. Oggi la Sophie Selwood che tornava in mente a Thomas Edwards non esisteva piú. Lui poteva anche aspettarselo, che fosse diventata un'altra, ma non riusciva mai a crederlo veramente, come quelle mamme che vedono i figli crescere e non si capacitano mai fino in fondo del fatto che adesso siano dei ragazzoni barbuti con piú appetito che cervello. Questo certo non le fa smettere di amarli, ma si aspettano sempre che da un momento all'altro il bambinetto biondo sporco di gelato a cui per anni hanno pulito il naso sbuchi da qualche parte, e torni finalmente ad abbracciarle.

Era partita lontano, Sophie; si svegliava che a Londra era ancora notte, e parlava una lingua che non era la sua, ormai talmente bene che anche i sogni, a volte, la sceglievano per sé. Ma c'era sempre qualche parola da imparare. I nomi delle piante, per esempio, e poi gli aggettivi, e i tagli di certe carni; i nomi degli utensili da cucina, i verbi che avevano un significato solo e quelli che ne avevano decine a seconda di cosa gli mettevi davanti. Tutto era diverso, laggiú. Quello che piú le mancava del mondo di prima era la pioggia. I lunghi giorni grigi, cangianti o senza speranza, che la aiutavano a guardarsi dentro, a cambiare idea senza aver paura. Dove viveva adesso c'erano le stagioni dei temporali, ma non era la stessa cosa; lí il sole andava e veniva come il verde ai semafori. Sophie sentiva la mancanza del tempo cattivo, delle sue ore lunghe e vuote senza tenerezza né rispetto. Non provava certo a spiegarlo a chi le stava intorno. Non avrebbero potuto capire, e avevano ragione: se non sei nato con la pioggia, della pioggia non sai che fartene.

Ogni tanto si chiedeva se un giorno sarebbe mai tornata da dove veniva. O si sarebbe mai spostata da qualche altra parte. Ma il futuro adesso aveva smesso di sembrarle urgente. Forse era questo diventare grandi. Non era certo smetterla di camminare nella parte assolata della strada. Era fare quello che andava fatto e non aspettarsi qualcosa in cambio, senza smettere di prendere sul serio gli arcobaleni, i riflessi sull'acqua e le scritte sui muri. Di quelli non avrebbe mai potuto fare a meno. Lo diceva sempre anche a Javier, suo marito. E lui sembrava capire. Per lui cose come quelle non contavano molto, lei lo sapeva, come sapeva che lui avrebbe dato la vita per salvarle, perché era chiaro che senza di loro Sophie sarebbe stata perduta. A Daniel tutto questo non c'era neanche bisogno di dirlo: quel bambino era proprio come lei.

«Il busto pesava troppo, non siamo riusciti a portarlo fin qui, ma ovviamente troveremo il modo di farglielo recapitare». A Gero pareva scontato che, tra le cose dell'inventario che Thomas avrebbe portato via, l'opera di Usai non sarebbe mancata. Thomas, dal canto suo, non aveva nemmeno preso in considerazione l'ipotesi di trascinarsi quella tonnellata di marmo fino a Londra. Per togliersi d'impaccio, si limitò ad annuire e a ringraziare.

Istruito dal custode, Bembo aveva fatto il giro delle stanze dell'albergo e aveva radunato in una saletta al piano terra un numero impensabile di oggetti. C'era di tutto: ninnoli e ammennicoli di ogni tipo, servi muti in legno, bronzo e metallo, paraventi ricamati, cuscinetti poggiapiedi e materassini gonfiabili, vecchie stampe arrotolate dentro a carte nautiche e mappe geografiche, ritratti di sconosciuti colorati a pastello, libri vecchi e nuovi, alcuni in lingue esotiche e incomprensibili, servizi di argenteria e set Ikea per la cottura al vapore, elettrodomestici piú o meno malandati, attrezzature per la pesca, il giardinaggio, il tennis e il fai da te, cappelliere vuote e calzascarpe in legno massello, due stecche dorate di Kent – «*The world's finest cigarette*» –, masserizie piú o meno pregiate e piú o meno ingombranti, vecchi dvd e decorazioni di Natale, servizi da tè e coltelli per la carne, etichette adesive, vassoi porta lumache e coperte elettriche.

Il piano, secondo le spiegazioni laconiche di Gero e quelle puntigliose di Miss Dunn, era che Thomas scegliesse quello che gli piaceva, lo portasse via con sé o se lo facesse spedire. Il resto sarebbe passato al Nuovo Proprietario.

La saletta che adesso fungeva da deposito era stata per anni il *fumoir* dello Zelda, e l'aria lí dentro sapeva di legno e tabacco. Una sola finestra, bassa e stretta, si affacciava sul cortile interno, e, anche se la stanza si trovava al piano terra, l'impressione era quella di entrare in una mansarda.

«Abbiamo portato qui solo le cose piú piccole» disse Gero. «Ma ovviamente ci sono tutti i mobili, i lampadari e volendo anche le tende e tutta la biancheria» aggiunse prima di andarsene e lasciare Thomas nel mezzo di quel marasma. Bembo stava finendo di impilare una dentro all'altra delle ceste di paglia, e quando finalmente trovò il modo di tenerle insieme senza farle cadere sgusciò via dalla stanza anche lui.

Se fosse finito in un robivecchi del genere mentre era in giro per il mondo, probabilmente Thomas ci avrebbe passato delle ore, e comprato chissà cosa. Adesso invece si muoveva lentamente, guardando gli oggetti senza osservarli davvero e senza neppure prendere in considerazione l'ipotesi di portarsene via qualcuno. Non mancavano, anche solo per gusto dell'eccentrico, alcuni pezzi notevoli: un bell'arazzo orientale, dei portacandele a forma di antilope, una pila di fotoromanzi dipinti a mano, e un fermaporta a forma di ancora identico a quello che c'era nella 555, solo un po' piú arrugginito.

Ma non appena prendeva in mano un oggetto per guardarlo da vicino, Thomas aveva l'impressione di sottrarlo a un ordine estraneo e indecifrabile. Forse, se le avessero lasciate in giro per l'hotel al loro posto, quelle cose non gli avrebbero fatto quell'effetto. Gli pareva che avessero senso solo tutte insieme, ammonticchiate cosí, immerse in quella luce, e che prese singolarmente fossero solo vecchie cianfrusaglie piene di pretese. Andò a sedersi accanto alla finestra; si accorse che c'erano delle crepe sul soffitto, e notò una grossa macchia d'umidità in un angolo. Fra la finestra e il muro, un ragno era immobile al centro della sua tela: lui sí che doveva conoscere davvero quel posto, si disse Tom. Ma lui? Chi era lui, per decidere di portarsi via qualcosa? Solo un lontano parente, un nipote appena intravisto, distratto e insensibile. Le eredità proprio non facevano al caso suo. Quando era morta sua madre, la cosa peggiore era stata decidere cosa fare di tutti i suoi vestiti. Ci aveva messo dei mesi solo per radunarli, sparpagliati com'erano in tre case diverse, dentro armadi che nulla sapevano l'uno dell'altro.

C'erano gli abiti che Cecilia metteva sempre, che odoravano di lei e avevano preso la sua forma. C'erano quelli che non indossava quasi mai, che sapevano di naftalina e di amido e avevano il cartellino della lavanderia spillato sull'etichetta. C'erano vestiti che Tom si ricordava di averle visto addosso ma che da anni, ormai, la signora Edwards non metteva piú. Avevano un odore complicato, quelli, di umido e acqua di rose, zucchero filato e naftalina: l'odore del tempo che passa indisturbato senza che nessuno lo veda, dentro alle cuciture, attraverso le asole, in fondo alle fibre del lino e tra i capricci del falpalà. Ce l'avevano, quell'odore, un abito azzurro da cerimonia, e un cappotto verde di tweed con i bottoni di metallo che Cecilia aveva portato tutti gli inverni per anni, al tempo in cui Tom era alle elementari. Poi tre o quattro bottoni erano caduti uno dietro l'altro, e lei di colpo aveva smesso di indossarlo. Ce l'aveva, quell'odore, una stola di visone che Oliver le aveva regalato quando erano ancora fidanzati, e Cecilia, che detestava le pellicce scure, doveva averla messa in tutto tre o quattro volte, solo per fargli piacere.

Quando, la domenica dopo il funerale, Thomas si era trovato davanti tutti quei vestiti, aveva passato l'intera giornata ad annusarli, toccarli, stenderli sul letto uno accanto all'altro. Erano rimasti sparsi nella stanza per una settimana ancora, poi, il venerdí successivo, li aveva regalati. La maggior parte a un'associazione di volontariato, altri – quelli piú vistosi o sofisticati – alla compagnia di un teatro di Londra. Erano un collettivo di attori emergenti e patiti di Sarah Kane, si chiamavano The Bride, ed erano stati i primi ad avergli dato un lavoro al tempo in cui, piú che un architetto delle luci, era un giovane confuso che cercava di diventarlo. Nella compagnia recitava una ragazza con cui era uscito per un paio di mesi, Charlene. La stola di visone l'aveva voluta lei. Una sera che erano in casa di Tom, Charlene aveva preso ad andarsene in giro con solo quella addosso. Ogni tanto si fermava, beveva un sorso di whisky e sorrideva di sfuggita nello specchio, e lui aveva avuto la certezza che non sarebbe stata mai una brava attrice.

Di vestiti dello zio Valentino non ce n'erano, lí in mezzo. Dovevano pur tenerli da qualche parte, pensò. Solo i fantasmi non hanno vestiti. O forse suo zio era davvero una specie di fantasma.

Guardò fuori dalla finestra; l'unica cosa che avrebbe voluto portarsi via da quel posto era la luce: quella immacolata del mattino e quella arrogante del mezzogiorno, le fitte ombre del giardino e i riflessi salmastri della tappezzeria in salotto.

«Trovato qualcosa d'indimenticabile?» chiese Gandini affacciandosi nella stanza con l'aria di chi non offre compagnia, ma ne è in cerca.

«Non direi» rispose Tom, alzandosi in piedi.

«Le devo confessare» disse lo scrittore «che stamattina hanno bussato alla porta della mia stanza per prendere le cose anche da lí, ma ero al lavoro e non li ho fatti entrare. Naturalmente, se dopo vuol salire a dare un'occhiata, la accolgo volentieri. C'è uno scendiletto che non è male. Il tessuto non vale molto, ma il motivo – indiano, credo – ha qualcosa di interessante. Tolti i Maugham, non penso vi siano cose di un qualche valore».

«I Maugham?».

«Somerset Maugham, il romanziere. Ci sono un paio dei suoi libri in prima edizione italiana. È stato a lungo uno dei miei preferiti. Pensi, avevo perfino un cane che si chiamava come lui, tanto tempo fa».

«Lei aveva un cane che si chiamava Somerset Maugham?».

«Non sia ridicolo, ragazzo mio. Solo Somerset. Sommy, anzi, per mia moglie e i miei figli. Mi contrariava un po' questo diminutivo, ma in effetti quando combinava disastri a chiamarlo Somerset ci si metteva troppo. Era uno splendido bracco di Weimar, ha presente? Sono quelli del colore di un Turner dopo la pioggia...».

A Thomas sembrò ridicolo che Gandini scomodasse un pittore per parlare del pelo di un cane, ma dovette riconoscere che la sua definizione era azzeccata.

«Può tenerli lei i Maugham, se le fa piacere. Ne sarei felice».

«Grazie. Io li conosco a memoria, ormai. Ma certi libri fa piacere anche solo averli vicino. A volte tengono piú compagnia delle persone. E poi da quando alloggio qui dormiamo nella stessa stanza, e mi sono abituato ad averli accanto. Sa com'è, in mancanza di altre dolci compagnie...» bisbigliò rivolgendo a Thomas uno sguardo che si sforzava di essere piú allegro di quanto non fosse.

Sguardo di cui Thomas non si accorse, visto che Olivia era spuntata alle spalle dello scrittore, catturando tutta la sua attenzione. Quella mattina indossava un lungo camicione bianco che aveva qualcosa di studiato e di negletto insieme e, rispetto alle mise inappuntabili dei giorni precedenti, raccontava un altro tipo di bellezza di cui quella donna era capace. Piú matura e scomposta, incurante del prossimo. Da dietro la montatura dorata i suoi occhi chiari fissavano il viso di Thomas con un'intensità cristallina.

«Venga a dare un'occhiata, signora Lubic» disse lo scrittore facendosi da parte per lasciarla passare. «Entri, guardi qui, c'è l'anima dello Zelda, mia cara!» esclamò agitando un braccio da un lato all'altro della stanza. «Anni e anni di nostalgie accumulate negli angoli, sulle pareti, accanto ai letti. Guardi, guardi che meraviglia, c'è di tutto» continuò con brio, come se quella fosse la sua roba in vendita sul banco. «Cani di porcellana, arazzi di dubbio gusto, portauovo dipinti a mano... Dei portauovo decenti fanno sempre comodo, in effetti» pensò ad alta voce dondolandosi sul bastone da passeggio. «Sicuro che non vuole prendere neanche quelli, signor Edwards?».

«Sono tutti suoi, signor Gandini» rispose Tom divertito. L'ingresso della stanza era cosí ingombro che si camminava appena, e Olivia per poco non inciampò nei tiranti di un'amaca messicana.

«Tutta questa roba finirà buttata o chissà dove» le disse Tom porgendole il braccio per aiutarla a scavalcare i mucchi di roba che c'erano sul pavimento. Quindi se c'è qualcosa che le interessa lo metta pure da parte e se lo porti via».

«Da dove saltano fuori tutte queste cose?» chiese Olivia tirando su da una delle casse una vecchia marionetta.

«E chi lo sa» le disse Tom. «Tutta roba che se ne stava in giro da chissà quanto tempo. Non l'hanno svegliata, stamattina, per svuotare anche la sua camera?».

«No. O almeno non credo. Sono uscita presto per le ricerche, e sono appena rientrata. Come sta sua moglie? È riuscita a parlare con un medico?».

«Sta bene. Cioè, sta meglio. Starà bene solo una volta che saremo tornati a casa, penso. In farmacia però le hanno dato tutto il necessario. E ha trovato un albergo "modesto ma pulitissimo", mi ha detto. Magari ha detto cosí solo per non farmi preoccupare. Ma anche Martin al telefono sembrava tranquillo. E lui non dice certo una cosa per un'altra solo per farti piacere».

«Meglio cosí». Quella mattina la signorina Lubic aveva un'aria vagamente cordiale. Forse era solamente rilassata. No, a guardarla bene era un po' stanca. E le donava.

«E questa? Questa dovrebbe prenderla» disse Olivia avvicinandosi a una vecchia cassetta d'acqua minerale. Era poggiata in un angolo, e serviva da base a uno sgabello rovesciato. Dentro c'erano sei bottigliette da mezzo litro di vetro chiuse da un tappo a corona. Tom spostò lo sgabello e ne sfilò una dalla cassetta per guardarla da vicino: l'acqua si chiamava Zelda come l'hotel e, nonostante il tempo avesse scolorito il rosso in rosa, l'arancio in giallo e il nero in grigio, il disegno dell'etichetta non aveva perso la sua grazia. Foglie frutti corde si attorcigliavano gli uni sugli altri, formando un'onda dai contorni frastagliati, al centro della quale campeggiava una zeta in stampatello minuscolo riempita d'oro. Due piccole stelle marine sembravano respirare attraverso la filigrana della carta, e fu tra quelle forme e colori che, piú che in ogni altro posto, a Thomas sembrò di ritrovare l'uomo dallo sguardo appannato che aveva incrociato tanti anni prima. Gli parve di riconoscere i suoi modi d'altri tempi nelle minuziose venature delle foglie, e la sua indole selvatica nel ruvido intreccio dei nodi marinari che sparivano uno dentro l'altro. L'impressione nitida però durò poco e, un secondo dopo averla intravista per intero, l'immagine che gli si era composta nella mente scolorí di nuovo.

«Chissà da quanto è qui» disse. «Sarà scaduta» aggiunse senza sapere bene perché.

«L'acqua minerale non scade mai veramente, soprattutto quella in vetro» rispose Olivia. «Ma poi non la deve mica bere. Fossi in lei queste non le lascerei qui. Sarà un bel ricordo da portarsi via, non crede?». La biologa stava osservando la bottiglia in controluce con tanto interesse che anche Gandini si avvicinò a guardarla. Al contrario degli altri due, lo scrittore sembrava poco interessato all'articolo. Bembo imbottigliava per lui dell'acqua di sorgente un giorno sí e un giorno no, e quelle vecchie bottigliette gli mettevano solo malinconia.

«Io, se non vi dispiace, passo» disse intromettendosi nella conversazione. «Viaggio solo con bagaglio a mano, e i liquidi di questi tempi sono una vera corvée. Questi, in compenso...» ribadí guardando i portauovo e abbassando gli occhiali sul naso per controllare che la ceramica non fosse scheggiata.

Olivia e Tom scoppiarono a ridere.

«Credo che la signora Lubic provasse a convincere me, signor Gandini. Lei comunque può prendere tutto quello che vuole. "Sommy", i portauovo e anche lo scendiletto indiano, se le fa piacere».

«Per carità. Quell'affare sarà pieno di acari» replicò Gandini, improvvisamente sulle sue. «Vogliate scusarmi» disse aggiustandosi il cappello sulla testa. «La mia passeggiata del mattino mi aspetta. A piú tardi» aggiunse rimettendo i portauovo al loro posto, e avviandosi con il bastone inclinato in segno di fastidio.

«Non è cosí insopportabile come sembra, mi creda» disse Tom rivolto a Olivia. «Come si dice in italiano, quando uno è prigioniero del suo personaggio?».

«Prigioniero del suo personaggio».

«Non c'è una parola?».

«No. In inglese c'è?».

«In effetti non credo».

«Sarà come dice» disse Olivia. «A me ricorda mio padre. Un genere di carattere che non posso sopportare».

«Anche suo padre faceva lo scrittore?».

«No, lui faceva l'autista» rispose lei, e da come lo disse si capiva che non voleva le venisse chiesto altro sull'argomento. «Magari Agave qualcosa lo vorrebbe» gli fece notare cambiando discorso.

«Chi è Agave?».

«La signora che è arrivata qui ieri».

«Non sapevo si chiamasse cosí» disse Thomas, e anche lui pensò che fosse un bellissimo nome. «Prenda qualcosa anche lei, la prego. I portauovo come ha visto sono già prenotati, ma abbiamo degli splendidi sale e pepe» scherzò Thomas agitando due nanetti tirolesi con la testa bucata. «Dei ritratti nobiliari di una certa importanza» continuò indicando l'arazzo di un setter irlandese ricamato al mezzo punto, «o aggiornatissimi manuali di botanica illustrata» proseguí porgendole un librone polveroso che qualche minuto prima Gandini aveva sfogliato con un certo interesse.

«Figuriamoci, io già non so dove mettere quello che ho» rispose Olivia posando il libro senza neanche aprirlo. Si capiva che si riferiva al pancione, e al bambino che c'era dentro. E che, anche in questo caso, non voleva dirne niente di piú. Poteva anche essersi svegliata all'alba come diceva, ma piú che di una che si era alzata molto presto, pensò Thomas, le sue erano le occhiaie di una che era andata a dormire molto tardi.

Non avevano mai parlato cosí tanto prima d'ora, e infatti di lí a poco non ebbero piú molto da dirsi. Si vedeva che sarebbero volentieri rimasti insieme, ma la mancanza di argomenti e un velato imbarazzo resero loro difficile restare nella stessa stanza. Tom prese la cassetta di Zelda, e la mise in un angolo, un po' in disparte dal resto; uscirono insieme in corridoio e si salutarono davanti alla porta. Olivia stava tornando alla sorgente per continuare le sue ricerche, Tom doveva trovare Gero e dargli istruzioni sull'inventario. Tranne le bottigliette di Zelda, tutto il resto poteva tenerlo o darlo via, gli avrebbe detto.

«Quando vede il custode lo avverta che non torno per pranzo» gli disse lei.

«Ma non è già stata alla sorgente stamattina?».

«Voglio raccogliere campioni in diverse ore del giorno. Per studiare l'evoluzione».

«Capisco. Cioè, non capisco ma mi fido. Vuole che le faccia mettere qualcosa da parte?».

«Un piatto di quello che c'è andrà benissimo» rispose lei quando già era sulla porta. «Grazie» gli sussurrò tornando indietro per un attimo prima di mettersi in cammino.

Forse non era una ragazza complicata, pensò Tom immaginandola camminare con la sua aria da soldatino lungo il sentiero. Forse era solo tante ragazze semplici tutte insieme. Una era quella con le occhiaie, una quella col pancione, un'altra ancora quella con lo chignon stretto che la teneva sull'attenti. Doveva essere cosí, solo che nessuno se ne accorgeva. Neppure lei.

Gero in soggiorno non c'era, e neppure in giardino; in sala da pranzo Tom trovò Agave davanti alla tv, seduta su tre sedie; su una strabordava col corpo, mentre le altre due le usava per tenere in alto i piedi. Stava guardando un programma di cucina di metà mattina, con le telefonate da casa e la presentatrice scollata. Guardando e basta, letteralmente, perché il sonoro non c'era.

«Ha visto Gero?» le chiese Thomas.

«Chi?» rispose lei senza smettere di fissare lo schermo.

«Il custode».

«Ah, quello. Meglio non trovarlo, mi sa. Comunque no, ho visto solo il ragazzino, quello che non parla. Ma come è apparso cosí è scomparso. Mi pare che corrano tutti, qui dentro. Ma non siete in vacanza?».

Agave non aveva sempre fatto la puttana. Per tre anni, tanto tempo prima, aveva fatto la bidella, poi per almeno altri sette la chiromante e la cassiera (alla Conad di via Auriga, dove aveva lavorato, spesso capitava che le cose coincidessero). Da una decina d'anni, in seguito a eventi che lei stessa amava definire «una tragica serie di opportunità», si era data al mestiere.

Agave non andava mai a letto prima delle due e non si svegliava mai prima delle nove. Dei tempi in cui lavorava a scuola le mancavano le facce dei bambini, le ferie pagate e le foto di fine anno. Ma le levatacce mattutine, quelle proprio no. Quando poi era «di riposo» le piaceva aspettare le dieci per alzarsi. Cosí aveva fatto anche quella mattina, ma quando era scesa in sala non aveva trovato nessuno. Giusto un caffè sul tavolo coperto dal piattino, e il resto della colazione – pane nero, uova, marmellata, formaggio e il solito sanguinaccio che nessuno voleva – sotto un tovagliolo di stoffa ricamato con le costellazioni dello zodiaco e con piú buchi di tarme che stelle, visto che i tovaglioli senza buchi o quelli poco bucati Bembo li aveva portati tutti nella stanza dell'inventario.

«E che ci siete venuti a fare allora fino a qui?» chiese a Tom quando lui le spiegò che l'unico che era lí per un soggiorno di piacere era il signore vestito di bianco.

«La ragazza è una biologa, ed è qui per studiare la sorgente. Io sono qui per questioni di famiglia».

«Ma lei non è straniero?» chiese Agave, come se non le paresse possibile che un forestiero avesse delle questioni di famiglia da risolvere da quelle parti.

Thomas allora le raccontò dello zio Valentino, senza perdersi in dettagli ma senza neppure tralasciare niente. La raccontò meglio ad Agave, quella storia, di quanto non avesse fatto con Ottie, e malgrado la puttana fosse seduta su tre sedie con le gambe aperte e lo fissasse con quegli occhi color ghiaccio che tanto per il sottile non andavano, a parlare con lei Thomas si trovava stranamente a suo agio.

«E quindi adesso tutto questo è suo» chiese lei alzando gli occhi verso il soffitto quando Thomas ebbe finito il suo racconto.

«Tecnicamente sí». Guardò in alto anche lui. C'erano tre enormi ragnatele in un angolo. Lassú Bembo non sarebbe potuto arrivare nemmeno salendo su una scala.

«Anche la sorgente?».

«Anche quella. La conosce?».

«No. Però l'acqua Zelda era famosa dalle nostre parti, a un certo punto. Si raccontavano un sacco di storie».

«Che genere di storie?».

«Storie. Su quelli che ci venivano, su quello che faceva l'acqua a chi la beveva. Le solite storie. Non me le ricordo piú, adesso».

«Ho chiesto al custode, ma non ha saputo dirmi granché».

«Quello non sa niente, lo lasci perdere, dia retta a me. Le storie su di lui è meglio che non gliele racconto».

Alla tv nel frattempo avevano iniziato a friggere delle melanzane. Le inquadravano da vicino, la presentatrice le indicava col dito e commentava la ricetta con un sorriso idiota. Ma ad Agave adesso non interessavano piú.

«Non per farmi gli affari suoi, eh» disse a un certo punto togliendo i piedi dalle sedie come se si stesse preparando ad alzarsi. «Ma la pagano bene almeno per tutta la baracca?».

«Il giusto, sembrerebbe» rispose Tom un po' a disagio.

«Fossi in lei» proseguí la puttana assestandosi nella sua nuova posizione, «avrei parlato prima con uno del posto. Non proprio di qui; questa è sempre stata una landa desolata. Ma avrei chiesto a qualcuno dell'Isola Grande. Sa, quella dove è andata sua moglie».

«È la mia ragazza» rispose Tom. «E il bambino è suo figlio» precisò già che c'era. «Sono venuti solo per accompagnarmi. Loro sí che erano in vacanza, in teoria».

«Alla faccia».

«Prego?».

«No, dico, ci doveva venire dall'Inghilterra a ridursi cosí, quella poveretta» disse Agave, e scoppiò in una risata rauca e sguaiata che mise a disagio Tom, e lo fece pentire di aver raccontato tutte quelle cose a una sconosciuta. Fissò il grosso neo carnoso che la donna aveva accanto alla bocca, e gli venne da pensare che, se non lo avesse avuto, sarebbe di certo stata una persona migliore. Si girò infastidito verso lo schermo con l'aria di chi vuole chiudere una conversazione, ma la matrona continuò a parlare.

«Perché vende l'albergo, se gliel'hanno appena dato?» gli domandò con voce tranquilla.

Tom distolse lo sguardo dalla tv e si girò verso Agave. Aveva occhi ridenti, di chi è ancora incuriosito da qualche aspetto della vita. «Be'» confessò, sbrigativo ma sincero, «c'è qualcuno che vuole comprarlo, e io un posto del genere non saprei come usarlo. Cosa farmene, quando venirci, come prendermene cura».

«Non mi pare una grande idea vendere tutto» gli rispose lei. «A meno che non abbia bisogno di soldi, ma – con tutto il rispetto – non mi pare il tipo».

«Cosa glielo fa pensare?».

«Con tutti i lavori che ho fatto se c'è una cosa che ho imparato è inquadrare la gente. Specie con l'ultimo: sa, fare la puttana a credito è peggio che fare la puttana e basta. Comunque magari tra un po' le viene in mente cosa farci. A disfarsi troppo presto delle cose c'è solo da perderci, mi creda». Rimasero qualche secondo in silenzio uno accanto all'altra, poi lei riprese a parlare. «Quand'ero piccola mio padre mi regalò un ombrello» disse, «un bell'ombrello, di quelli col manico di legno e la foderina per riporlo. Io però sul momento ci ero rimasta male. Che diavolo ci faccio con un ombrello, pensavo. Qua non piove praticamente mai, stiamo sempre a morire di caldo, e quando piove mica usciamo. Stiamo in casa a toglierci le pulci e ad aspettare che smetta.

Lo guardavo, e mi veniva una rabbia. Soprattutto perché non mi aveva mai regalato nient'altro, mio padre. Cioè, una volta era tornato a casa con una bicicletta rubata, ma tempo due giorni se l'era ripresa per rivenderla. Mica contava, quella. Invece l'ombrello l'aveva proprio scelto, pagato e tutto, o almeno cosí diceva. Cosí quel suo regalo mi faceva rabbia due volte. Perché io di tutto avevo bisogno tranne che di un ombrello. Ricordo che in camera mia non lo volevo. L'avevo messo in un angolo in corridoio, ma avrei voluto buttarlo giú dalla finestra, o in fondo al mare. A mio padre ovviamente non dissi niente, tanto lui a casa non c'era mai. Mia madre però se n'era accorta che quel regalo non mi era piaciuto. Strano, perché mia madre non si accorgeva mai di niente, e difatti guardi come sono finita. Però quella cosa dell'ombrello l'aveva notata, e l'aveva riposto su una mensola in alto della mia camera, dove non potevo vederlo. Poi un giorno è venuta, e mi ha detto: "Tuo padre è morto". Pioveva di brutto, quel giorno, e anche quello dopo. E indovini un po'?» disse Agave girandosi a guardare Tom dritto negli occhi. «Al funerale io e mia madre ci siamo andate con l'ombrello. Gli altri non ce l'avevano mica, e dopo un po' erano tutti fradici, i miei fratelli anche, con l'acqua fin dentro le mutande, perché lí sotto non ci stavamo mica tutti. Io e mia madre no, però. Noi eravamo asciutte».

Agave a quel punto tacque e girò la testa verso la tv, come per cercare lí dentro il finale della storia, o qualche dettaglio importante che aveva trascurato.

«Insomma, capito? Bisogna pensarci bene, prima di buttare via tutto».

Thomas annuí, e d'un tratto si sentí irrimediabilmente triste, non sapeva se per via della storia dell'ombrello, per via di quella bambinetta che era diventata una puttana o dei suoi fratelli sotto la pioggia. Per tutte quelle cose nell'altra stanza che non avevano piú un padrone e nemmeno una casa; per il fatto che Ottie per seguirlo si fosse ridotta in quello stato, perché suo zio era morto solo come un cane, perché anche sua madre era rimasta sola, e cosí, gli sembrava, sarebbe capitato a tutte quelle strane persone che si trovavano con lui in quello strano posto.

Il programma di cucina nel frattempo era finito, e adesso davano la pubblicità. «Non le dà fastidio, guardare la tv senza sentire niente?» le chiese per cambiare discorso.

«Sempre meglio del contrario» disse Agave inarcando le sopracciglia.

«In che senso?».

«Sempre meglio che sentirla senza vederla, intendo».

Era la puttana piú ottimista che avesse mai conosciuto, pensò Tom. Non che ne conoscesse molte altre, in effetti. Ma lei di sicuro era la piú ottimista.

«Nella stanza accanto all'ingresso c'è un sacco di roba che non si sa bene che fine farà. Vada a dare un'occhiata, e se c'è qualcosa che le piace la prenda pure».

«C'è un giradischi, per caso?».

«Non mi pare. Ma non si sa mai, da lí può saltare fuori di tutto. Perché un giradischi?».

«Ma niente, un regalo che vorrei fare».

«Non sarà una storia triste come quella dell'ombrello?».

«Ti è sembrata una storia triste?» gli chiese lei passando improvvisamente al tu.

«Diciamo che non guarderò piú un ombrello allo stesso modo».

«Allora la storia del giradischi è meglio che non te la racconto» disse Agave appoggiando le mani alle ginocchia e preparandosi ad alzarsi. Tutti quei programmi le avevano messo appetito e – con un gesto che sembrava costarle una fatica immane – si tirò in piedi e si diresse verso la cucina in cerca di qualcosa da sgranocchiare prima di pranzo. Si allontanò senza fretta, cantando in dialetto. Thomas non capiva una parola di quello che diceva, ma non poteva che essere una canzone d'amore.

Gero non si fece vedere fino a mezzogiorno, quando si ripresentò in sala con un piccolo anticipo sugli altri, pronto non per servirli, ma per essere servito prima di loro. Ingoiò un piattone di pasta al sugo, due melanzane ripiene e tre uova in camicia; poi, con la scusa dei conti da chiudere e delle carte da ordinare prima dell'arrivo del Nuovo Proprietario, si ritirò quando i commensali si erano appena seduti.

Il Nuovo Proprietario e il suo avvocato erano attesi per l'indomani. Non c'erano barche previste per quel giorno, ma a quanto pare il Nuovo Proprietario ne aveva una personale, e poteva cosí andare e venire quando voleva. Thomas aveva deciso di chiedergli un passaggio per l'Isola Grande, per raggiungere Ottie prima del previsto.

Quello era quindi, a tutti gli effetti, l'ultimo pranzo «ufficiale» nella storia piú bizzarra che gloriosa del vecchio Zelda, ma nessuno sembrava tenere in gran conto la cosa: Olivia non era ancora tornata dalla sorgente, e Agave era di nuovo imbambolata davanti alla tv; Bembo apparecchiava e sparecchiava impassibile come sempre, e Thomas approfittò della quiete che segue il pasto per lavorare un po'.

L'unico a immalinconirsi a dovere fu Gandini. Già quando era stata servita la pasta aveva messo su un'aria pensierosa, ma soltanto dopo il caffè si abbandonò definitivamente alle sue nostalgie: strofinava tra le dita il lino della tovaglia verde acqua con l'aria di chiedersi se un colore simile potesse esistere altrove, e il suo sguardo languido si posava ora sulle sedie, ora sui quadri, ora sulla porta a vetri affacciata sul giardino. La tv senza sonoro rendeva il tutto ancor piú struggente e, per un curioso effetto di rifrazione tipico delle giornate di primavera, la luce traballante lungo le pareti accanto alla finestra per qualche minuto gli fece credere che fosse già l'ora del tramonto, e non quella del riposino pomeridiano. Quando la malinconia ebbe raggiunto un livello esemplare, lo scrittore si decise a parlare.

«Come ha detto che si chiama, signor Edwards, il signore che si è aggiudicato tutto questo?» chiese facendo oscillare lievemente il bastone.

«Non credo di averglielo detto» rispose Thomas.

«E io non credo di averglielo chiesto, giovanotto. Si usa cosí, nel nostro paese: a volte per scoprire delle cose facciamo finta di averle dimenticate».

«Il nome non me lo ricordo. Muso-qualcosa. Musante. Ecco, Musante».

«Mai sentito» disse Gandini un po' deluso, tornando a guardarsi intorno. «Uno con quel nome non promette niente di buono, ma di questo si renderà conto anche lei. Certo, questo posto cade a pezzi. Ci vorrebbe perlomeno un milione per rimetterlo in sesto. Meglio goderseli in qualche altro modo, tutti quei soldi. Con la nostalgia non si fanno buoni affari. Lo so io che le ho dedicato una vita, e lei una vita ha voluto in cambio. Al massimo ci si va in pari, con la nostalgia. Meglio averla in affitto che diventarne padroni».

Quel giorno, pensò Thomas, a quanto pare avevano deciso tutti di dargli lezioni un po' criptiche, delle quali intuiva la profondità ma non capiva il senso fino in fondo. «Lo scrive anche nei suoi libri, questo?» chiese a Gandini.

«Come dice?».

«Non so, mi sembrava una frase da libro» rispose Thomas. «È un complimento, si intende» precisò subito dopo, visto che negli occhi dello scrittore gli sembrò di scorgere un'ombra permalosa.

«Io se potessi» proseguí Gandini «credo proprio che porterei via il busto che è di là e mi presenterei all'Accademia di Brera, dove terrei una lezione dal titolo *Cattiva scultura,* lezione che avrebbe come scopo quello di rintracciare il punto esatto in cui l'artigiano dovrebbe sapersi fermare per non diventare ridicolo, o andare avanti per scongiurare la banalità. C'è sempre, nelle opere mediocri, un dettaglio che le inchioda. Potrei tenere un intero seminario su questo, grazie a un busto del genere. Ma credo proprio che lo lascerò qui, e mi accontenterò dei benefici di un soggiorno di salute. Comunque, busto a parte, doveva essere un grand'uomo, questo suo zio. Lo dicono tutti».

«Cosa dicono?» chiese Thomas, che faticava a star dietro alle elucubrazioni dello scrittore.

«Che suo zio era un uomo fuori dal normale. Un signore d'altri tempi. Lo dicono tutti, clienti e inservienti, e quando qualcuno mette d'accordo clienti e inservienti, allora è un grand'uomo».

Thomas annuí, poi si azzardò a chiedergli: «Posso farle una domanda personale?».

«Prego, faccia pure».

«Perché viene proprio qui? E da Milano, per giunta. Voglio dire, di posti belli ce ne sono quanti ne vuole, in Italia. Piú comodi da raggiungere, meno cadenti, senza dubbio piú eleganti. Insomma, piú adatti a uno come lei» aggiunse al solo scopo di lusingarlo. «Perché proprio qui allo Zelda?».

«Intanto già solo il nome dell'albergo vale una mezza pensione, non trova? E poi... be', vuole la risposta vera o quella falsa?».

«Come dice?» rispose Thomas imbarazzato.

«È una domanda personale, come ha detto anche lei. Come tutte le domande personali ha una risposta ambigua. Ovvero, ne ha due. C'è quella che potrei dare a mia moglie e quella che metterei in un libro».

«La prima è quella vera e la seconda quella falsa?».

«Esattamente il contrario, signor Edwards. Si vede che non è sposato da molto tempo».

«Le vorrei sentire entrambe, se non le dispiace».

«A mia moglie direi perché questo clima e quest'acqua sono gli unici a far bene alla mia artrite».

«E la risposta vera?».

Non parlò subito, Gandini. Osservò prima le pieghe delle tende, le venature del marmo del pavimento, e infine un punto imprecisato del viso di Tom tra gli occhi e la fronte. Poi disse: «Perché qui, tanto tempo fa, sono stato felice...».

Lasciò scivolare il finale della frase lungo una fila di puntini sospesi che suggerivano avventure galanti e slanci creativi di un certo peso, anche se in realtà Guglielmo Gandini allo Zelda c'era sempre venuto da solo, e davvero a curarsi i calcoli e l'artrite, e a iniziare o finire libriccini dentro ai quali aveva smesso, da tempo, di mettere se stesso.

Entrambe le risposte che aveva dato erano quindi false, e anche la seconda alla verità si avvicinava soltanto senza riuscire a toccarla, solo a indicarla da lontano, come una casa su un monte che ci accontentiamo di osservare da un binocolo senza neppure immaginare che sarebbe possibile raggiungerla a piedi.

Era talmente convinto di quello che per anni aveva raccontato a se stesso e agli altri che ormai, con i ricordi posticci, Gandini riusciva perfino a inumidirsi gli occhi. La verità era un'altra, e nemmeno lui la conosceva: se Guglielmo Gandini tornava allo Zelda ogni anno da otto anni, era perché quello era uno dei pochi posti in cui poteva sentirsi vecchio nel modo in cui gli piaceva. Ai festival letterari si sentiva sorpassato, in casa sopportato, a cena col suo editore falsamente lusingato, e anche a colazione con una bella donna, giornalista, ufficio stampa o lettrice che fosse, oscillava tra il blandito e il raggirato. Nei posti come lo Zelda, invece, poteva essere vecchio nel modo giusto, e diventare quello che gli sarebbe piaciuto essere: un solitario e raffinato signore vestito di bianco, che ne sapeva di mare anche se arrivava dalla Brianza e che, dopo tanto girare, si era scelto il suo posto. Avesse dovuto per sempre recitare una parte fino alla tomba, avrebbe scelto quella. Ecco perché, ogni anno, tornava fino a lí, anche se alla fonte ormai ci andava solo di rado e di sicuro non scriveva meglio nella 558 di quanto facesse nel suo studio a Milano.

Proprio allo Zelda, a dirla tutta, Gandini aveva capito di essere invecchiato in modo irreparabile. Quindi propriamente felice non era stato, perché di diventare vecchi non si è mai contenti. Aveva, in compenso, stabilito che quell'età gli si addiceva piú di ogni altra. «Siamo tutti nati per avere un'età» aveva fatto dire una volta a uno dei suoi personaggi, e Gandini ci credeva davvero. Lui evidentemente era nato per averne sessantasei o giú di lí, e dopo una vita passata a sentirsi in difetto, non abbastanza ricco, spigliato o famoso, allo Zelda Gandini aveva finalmente trovato se stesso.

«Ecco, non le pare una buona motivazione? Anche se mio padre diceva sempre che la felicità è roba per le farfalle e le bolle di sapone. Ma si sbagliava, e non solo su quello. A restare sempre al Nord, a non viaggiare mai, si diventa cosí, purtroppo».

«Mio padre ha viaggiato in tutto il mondo, ma avrebbe detto la stessa identica cosa, mi creda» rispose Thomas sorridendo.

«Forse ha ragione. È solo questione di temperamento» disse lo scrittore fissando le piastrelle blu della sala da pranzo. «Ci toccherà brindare stasera, a questo punto» esclamò quindi alzando la voce e tornando improvvisamente allegro. «Qualche bottiglia di vino decente dovranno pur averla da qualche parte. Chiedo al nostro maître, quando lo vedo. Col suo permesso, s'intende».

«Aggiudicato» rispose Tom alzandosi da tavola, e sorrise al pensiero che Gandini chiamasse Bembo maître per coltivare l'illusione di trovarsi in un posto elegante.

Erano da poco passate le due, e fuori il sole cadeva a picco. Accanto alla porta vetrata c'era un'immensa magnolia: rubava luce e allegria ai pasti consumati in sala, ma regalava al giardino un'ombra rotonda e grassa di foglie. In mezzo al verde c'erano due lettini robusti e scoloriti. Tom ne trascinò uno al confine tra il sole e il tetto ombroso dell'albero e si distese. Il tessuto marinaro era tiepido, e scricchiolava sotto di lui; il cielo sopra la sua testa era alto e immobile come se non dovesse mutare piú e, all'orizzonte, il profilo dell'Isola Grande si distingueva alla perfezione, con l'esattezza delle ore del giorno in cui il mondo sembra un'invenzione semplice.

Chissà se su quelle rocce scoscese aveva mai messo piede qualcuno. E chissà com'era la gente laggiú. Aveva sentito Ottie, prima di pranzo; al telefono aveva risposto con la voce bassa e gli aveva chiesto di aspettare. «Sono in una chiesa» aveva bisbigliato. Quando era uscita aveva parlato un po' piú forte, ma a Tom era sembrato ci fosse qualcosa di fragile in fondo alle parole che diceva, qualcosa che lui non poteva indovinare e che disegnava una distanza irrimediabile tra loro. «È bello qui» aveva sussurrato lei. «Tutto bene, veramente. Anche Martin ti saluta», come se i bambini salutassero *davvero* gli adulti che parlano al telefono con altri adulti. Stavano andando a pranzo, gli aveva detto, l'avrebbe chiamato piú tardi, aveva aggiunto in un soffio gentile prima di mettere giú. E poi?

Dopo essersi guardata un po' intorno aveva scelto un posto coi tavoli fuori, aveva ordinato per lei e per Martin leggendo dal menu, sorridendo educata e sfoderando il suo italiano di sopravvivenza. Aveva pronunciato male le doppie e le *ch*, assaggiato il pane con l'olio mentre aspettava che arrivasse la pasta. Solo un assaggio, niente di piú, spezzando il pane in bocconcini che non avrebbero sfamato un uccellino ma saziavano la vista di chi li osservava. Forse, mentre aspettava che li servissero, aveva notato una scritta sul muro dall'altra parte della strada, si era chiesta cosa volesse dire senza riuscire a capirlo e si era alzata a scattare qualche foto mentre Martin giocava con il pane e il cameriere arrivava con i piatti. Dopo pranzo, lei e Martin avevano camminato in un vicolo pieno di sole, si erano trovati davanti due gatti che rovistavano nella spazzatura, e un gabbiano che li osservava un po' piú in alto da un palo della luce. Nel senso opposto al loro, verso la fine del vicolo, era passata una donna bellissima, di quelle isolane impossibili da guardare negli occhi. Ottie aveva desiderato essere come lei, e le espadrillas che si era portata da Londra di colpo dovevano esserle sembrate molto sciocche, i capitelli delle chiese troppo carichi, il dolce che aveva mangiato davvero troppo dolce e forse mezzo guasto. Poco dopo, mentre passeggiavano, Martin aveva detto qualcosa che l'aveva fatta ridere, e due uomini appoggiati a una macchina, quando gli erano passati davanti, avevano smesso di parlare. Avevano attraversato una corte rotonda con una chiesa senza tetto, con gli alberi che ci crescevano dentro e le finestre piene di cielo e, arrivati dall'altra parte della piazza, Ottie aveva dimenticato. Di essere solo una turista fra tante, di avere le garze sul braccio e la pomata sulle gambe, di non sapere cosa fare, come trascorrere il pomeriggio. Aveva dimenticato e aveva sorriso, o almeno cosí Thomas se la immaginava. La vedeva passare attraverso tutte quelle scene, sapeva perfino che in qualche modo erano davvero accadute.

Ma di tutto questo lei non gli avrebbe mai detto niente, perché non c'era niente che potesse esser raccontato. «Tutto bene» avrebbe detto quando si sarebbero sentiti di nuovo al telefono. «Tutto bene, e tu?». E questo era tutto, quasi certamente. Ed era un peccato che nella vita non si potesse discorrere di cose cosí. Che faccia aveva il cameriere che ti ha servito. Come ti stanno i capelli oggi. Che odore c'era, per strada, mentre tornavi a casa camminando senza fretta. Era un peccato perché il mondo, a volte, era fatto di quello. I viaggi lo erano, e certe giornate che anziché giudicarti sembravano solo volerti misurare.

Ma il mondo di cose del genere non sapeva che farsene. Poi c'erano le isole: per quei dettagli sembravano fatte apposta. Per trovargli una casa, vederli in azione. Forse le isole erano *nate* da dettagli del genere; non erano che sviste minuscole di un mondo che le aveva create mentre andava da un'altra parte e le aveva dimenticate in fretta, senza guardarsi indietro.

Il mondo non sapeva cosa farsene, ma isole e dettagli esistevano ogni giorno, e chi li scopriva non poteva fare a meno di portarseli dietro sempre, e di crederli tutto sommato piú veri di qualunque altra cosa. Sophie era un'isola, e per questo l'avrebbe amata sempre, anche quando non l'avrebbe amata piú. Ottie no, non era un'isola. E nemmeno Olivia. Eppure aveva le labbra rosse quella mattina, rosse come sono rosse dopo che mangi le fragole. C'era da appassionarsi, per un rosso del genere su una bocca cosí. Ma Tom questo non glielo avrebbe mai detto. Sono cose che non si dicono, nemmeno quelle, eppure è proprio quello che dovremmo dirci, ogni giorno che Dio manda in terra. Hai la faccia stanca, oggi, Olivia, la faccia di una che non ha dormito per amore. Che odore c'era nel bosco mentre tornavi alla sorgente? Cos'hai sognato, che non puoi raccontare e neppure nascondere? Hai le labbra rosse, Olivia. Come si fa a farle sorridere un po'?

E quella puttana, allora? Anche lei era un'isola? Per un attimo il mondo gli sembrò cosí diviso. Isole e no. Era solo un altro stato d'animo destinato a non durare, lo sapeva, ma per un istante, sdraiato in bilico tra l'ombra e la luce, oltre che bello quel pensiero gli parve vero. Esisteva ancora Londra, in quel momento, da qualche parte? Si addormentò senza quasi accorgersene, e in modo tanto profondo che non sentí le nubi arrivare alle sue spalle e poi addensarsi sopra la sua testa, il vento alzarsi pian piano poi sempre piú forte, sette uccellini cercare riparo tra i rami e tredici fiori di sambuco staccarsi uno dopo l'altro per poi cadere a terra girando impazziti intorno al loro stesso centro, come se una fine non esistesse e sulla terra non ci fosse nient'altro.

Lo svegliò il rumore di una porta che sbatteva, e gli parve di aver dormito a lungo tanto la luce era diversa. All'orizzonte l'Isola Grande era scomparsa. Il vento, che soffiava dal mare, sollevava da terra un fastidioso pulviscolo, e un nuvolone viaggiava verso il sole già pallido, oscurato da uno di quei lattiginosi veli d'aria che i pittori faticano a dipingere.

La porta della sala da pranzo non si apriva. C'era una finestrella proprio lí accanto; Tom ci infilò la testa e chiamò prima Bembo poi Gero, ma nessuno rispose. Fece il giro per entrare dall'altro lato, ma anche la porta principale era chiusa. Provò a suonare il campanello, ma il pulsante era arrugginito: bussò una, due volte, poi una terza e una quarta con entrambe le mani. Quando ormai si stava chiedendo come avrebbe potuto arrampicarsi fino alla balconata del primo piano, venne ad aprirgli Olivia.

«Meno male che c'è lei» le disse sgusciando veloce all'interno e chiudendosi la porta alle spalle. «Domani chiederò al Nuovo Proprietario di mettere una targa in suo onore: "A Olivia Lubic, incantatrice di saettoni e apritrice di porte al momento giusto". Dove la preferisce, in giardino o in sala da pranzo?» chiese rimboccandosi le maniche della camicia e cercando di togliersi un po' di polvere di dosso.

«Non poteva suonare?» rispose Olivia imperturbabile, arricciando appena il naso per il pulviscolo. In mano stringeva una bottiglietta d'acqua Zelda.

«Il campanello è fuori uso dal 1993».

«E lei come lo sa?».

«Era solo un modo di dire» rispose Thomas quasi sconsolato.

Quella ragazza mancava completamente di humour, pensò. Detestava dormire al pomeriggio, e si era svegliato di malumore. Camminarono in corridoio uno dietro all'altra senza dirsi piú nulla. Quando arrivarono in salotto tutto intorno a loro si incupí: le nuvole dovevano aver raggiunto il sole, e ogni cosa entrò di colpo nell'oscurità.

«Sta cambiando il tempo» disse Tom.

«Crede davvero?» rispose Olivia. Lui la guardò incredulo.

«Era solo una battuta» replicò lei facendogli il verso. «Di queste ne prenderei un paio, se non le dispiace» aggiunse sollevando verso di lui la bottiglia che aveva in mano.

«Faccia pure. Ci tengo che ognuno torni a casa col suo souvenir. A proposito, nella stanza degli orrori ha per caso visto un giradischi?».

«Non credo. Ma sono entrata e uscita solo per prendere questa. Perché proprio un giradischi?».

«Niente di importante».

«Lei non ha idea del favore che mi fa» disse Olivia osservando l'acqua in controluce, e abbassando d'improvviso la voce anche se erano soli in salotto. Di colpo parlava senza smettere di sorridere, ed era tutta diversa da quella di qualche ora prima. Sembrava la sorella piú giovane, o piú simpatica di quella che Tom aveva conosciuto. Non aveva piú le labbra rosse del mattino. In compenso però le brillavano gli occhi. Per la prima volta, perché dal primo momento in cui l'aveva vista Olivia gli aveva rivolto occhi arguti, profondi, convincenti. Ma luminosi, mai.

«Stamattina dopo che ci siamo visti sono tornata alla sorgente» disse quasi bisbigliando.

«Ha scoperto qualcosa di sensazionale? Siamo ricchi? Santi? Famosi?».

«Nessuna delle tre cose. Ma le ricerche hanno dato risultati sorprendenti».

«Buoni?».

«*Buoni* in campo scientifico non significa molto. Sorprendenti, come le ho detto».

«Nell'acqua c'erano degli organismi diversi da quelli che cercava?».

«No, ma ce n'erano circa mille volte di piú del normale. Mai visto niente del genere».

«E questo che significa?».

«Ancora non lo so, di preciso. Ma certo è un risultato strano. Vede, è come se lei partisse per un paesino che non conosce e si aspettasse di trovarci che so, la solita chiesa, il mercato e il palazzo del comune. E invece, quando ci arriva trova duemilaottocentosessantatré chiese. Ci sono settanta case. Trecento anime. Un mercato e una piazza del comune, come aveva previsto. Ma le chiese sono duemilaottocentosessantatré. Capisce?».

«Perfettamente».

Olivia lo guardò perplessa.

«Strano» rispose. «Non sono mai stata brava con le metafore. Me lo diceva sempre, René».

«Chi era René?».

«Un mio vecchio fidanzato. Lei lo sa che la maggior parte delle metafore si usa nelle discussioni d'amore? L'ho letto in una rivista specializzata, qualche tempo fa. Me la tiene un momento?» gli disse porgendogli la bottiglia, e tirando fuori dal taschino del vestito una provetta non piú grande di un pollice. «Ecco, qui dentro ci sono circa due milioni novecentotrentamilaquattrocento *amaryllis*. Uno piú uno meno, s'intende» concluse serissima.

«Devono star belli strettini, lí dentro. E qui invece quanti sono?» chiese Tom indicando la bottiglia che aveva in mano.

«È proprio questo il punto» esclamò lei. «In teoria, lí dentro nemmeno uno. Sa, gli *amaryllis ducatae* sopravvivono solo poche ore in acqua non corrente. Se cosí non fosse, be', potrebbe rivelarsi una scoperta interessante. Molto interessante» ripeté in un'esaltazione che mal le si addiceva. Sembrava che ci fosse, nelle sue parole, una punta di ambizione vendicativa, come se quelle ipotesi di scoperta fossero dirette a guarire qualche dolore. O almeno questa fu l'impressione che ebbe Thomas ascoltandola parlare. Le disse che poteva portarsi via tutte le bottigliette che voleva, e la invitò a unirsi a loro quella sera per un brindisi allo Zelda e alla sua scoperta.

Olivia rispose che sarebbe venuta, ma prima gli fece promettere che non avrebbe detto nulla agli altri a proposito degli *amaryllis*. Come se a qualcun altro potesse davvero importare qualcosa dei suoi invertebrati d'acqua dolce, pensò Tom. Eppure quegli esserini erano gli unici che fossero riusciti a restituirle il sorriso. Qualcosa di speciale dovevano averlo.

Il vento nel frattempo si era alzato ancora, e adesso tutti – persino le posate e i coprisedia di raso – sentivano che la pioggia sarebbe arrivata da un momento all'altro. Quel giorno era un sabato, ma dopo il tramonto una strana malinconia da domenica sera contagiò tutti i commensali. Durante la cena la conversazione faticò a decollare, e ognuno sembrava concentrato su qualcosa che gli altri non potevano vedere. Era stato servito un Frappato, uno dei pochi vini educati che le vigne del Sud regalano. Dopo i tannini impietosi dei giorni precedenti, quella mescita delicata diluí gli umori senza eccitarli e, anziché sintonizzarli l'uno sull'altro, finí per sfasarli in modo irrimediabile. Un tocco maldestro proveniva poi dalle stoviglie con le quali era stata apparecchiata la tavola. Il servizio buono dello Zelda era stato radunato per l'inventario, e Bembo quella sera se l'era dovuta cavare con i rimasugli dei vari cassetti. I commensali si trovarono quindi a bere vino in bicchieri senza piede, a spiluccare macedonia servita in vasetti per le conserve e addirittura a bere caffè senza piattino, pratica che di certo avrebbe mandato su tutte le furie il dottor Tilli, come ebbe a far notare Gandini, che si serví di un sottobicchiere di silver plate per posare la tazzina.

Poco prima di cena, un colpo di vento aveva mandato in frantumi il vetro di una finestra della sala. Il cartone che Bembo aveva incastrato contro il muro non riusciva a soffocare gli spifferi, che freddarono la minestra di tenerumi prima del tempo e innervosirono lo scrittore per tutta la durata del pasto. Da tempo Gandini aveva iniziato a perdere i capelli, e da diversi mesi ormai, per tenerli in ordine, li pettinava ogni due ore. La piú piccola folata lo innervosiva, e per tenere a bada la chioma lo scrittore si distraeva da quello che stava dicendo. Lo irritava terribilmente non riuscire a guardarsi, restando seduto, nello specchio che aveva di fronte, e gli toccava ripiegare sul rovescio di un cucchiaio, sulla formaggiera in acciaio o, peggio ancora, sul collo opaco del Frappato. Dopo un po' rinunciò sia a domare i ciuffi ribelli che a tenere banco; smise di parlare e prese a far domande agli altri, ascoltando distrattamente le loro risposte mentre si guardava intorno. Quando erano a metà del secondo, Gero venne a sedersi con loro, e si mise a fumare per due e a sindacare per quattro.

Parlò del Nuovo Proprietario: disse, con quegli accenti epici che riservava sempre a coloro che considerava ricchi e potenti, che era molto ricco, un uomo che si era «fatto da solo». Che aveva dieci macchine rosse in garage una piú bella e cara dell'altra, ma si muoveva solo su una macchina nera con un autista perché odiava guidare e le macchine, lui, le comprava solo per guardarle. Tom ascoltò le sue chiacchiere per educazione, Gandini con vaga curiosità letteraria, Agave senza nessun interesse. Olivia non le ascoltò affatto, presa com'era a scarabocchiare su un tovagliolo di carta.

«Chissà che altro ci toccherà, adesso» concluse il custode usando la tazzina del caffè per spegnere la cicca e piegando la testa verso Bembo.

«Perché non se ne va da un'altra parte?» gli chiese Gandini.

«La mia terra non la lascio» ribatté Gero in un modo che poteva essere scambiato per fierezza ma era pigrizia, una pigrizia immane che avrebbe portato il custode a lasciarsi vivere a qualunque costo, e a qualunque condizione, purché nessuno venisse a chiedergli di rimboccarsi le maniche.

«Le mancherebbe il mare?» chiese Tom cercando di addolcire la conversazione con una domanda cortese.

«Lo odio, il mare. Io vengo dall'interno. Sul mare ci sono finito. Non ci sono nato e, fosse per me, nemmeno ci starei» disse Gero, facendo seguire a quella frase un monologo di venti minuti sulle bellezze incompre-se e i mali strutturali della regione interna cui nessuno prestò ascolto, e a quel punto non restò che sciogliere la tavolata.

Caro Jonas,

spero che tu stia bene. Io sto bene. Noi stiamo bene, *ti scriverei, se non fosse cosí patetico. Sono su un'isola del Sud Italia, sono arrivata qui per le mie ricerche senza troppe aspettative, e invece penso di aver trovato qualcosa di interessante. Ma non è per questo che ti scrivo. Non ti scrivo nemmeno per dirti quante volte al giorno io ti trovi nelle cose, perché immagino capiti anche a te. Il punto è un altro: sparisci, Jonas. Sparisci. Per tutto quello che abbiamo fatto e non abbiamo fatto. Per il modo in cui sei arrivato nella mia vita e quello in cui te ne sei andato. Per come mi sentivo quando ero con te. Per quello che ero, con te. Per quello che eravamo dopo che ti alzavi e te ne tornavi a casa. A Natale. Le sere d'estate. La domenica sera. Per tutto quello che avrei dovuto dirti e non ti ho detto, perché pensavo sarebbe arrivato un momento piú giusto che invece non è arrivato mai. Io sto bene.* Noi stiamo bene. *Ecco, l'ho detto. È patetico, ma è proprio cosí. E forse sei piú patetico tu, seduto a cena accanto a una donna che indossa il collo alto anche a primavera. Una donna che è diventata brutta e stanca aspettando che tornassi a casa. Una donna che non ami dal giorno stesso in cui è diventata tua. Che hai tradito nei corridoi dell'università, nelle sale riunioni. Sulla tua ordinata, meschina scrivania. Sparisci, Jonas, anche per lei. Mi verrebbe da salvarla, se non fossi tanto impegnata a salvarmi a mia volta. Che benedizione è stata, andarmene. Forse mi ci è voluto tutto questo tempo per capirlo. Forse l'ho capito davvero soltanto adesso, qui dove non mi aspettavo niente e ho trovato tanto. Tutto il contrario di quello che è successo con te.*

Oggi di colpo mi è sembrato tutto chiaro. Stavo camminando in un bosco, l'erba in alcuni punti era alta, e mi è tor-

nata in mente quella volta insieme in campagna, fuori Zagabria. Com'è che si chiamava quel posto? Era all'inizio di tutto, dovevamo nasconderci. «Trieste mi guarda» dicevi, e neanche la Slovenia ormai bastava piú. C'era quel campo di lino, ricordi? Io non ne avevo mai visto uno. Abbiamo fermato la macchina e siamo scesi a guardarlo. Non era ancora fiorito, gli steli erano altissimi, due volte piú lunghi di noi, talmente sottili che sembravano d'oro. Erano perfetti, cresciuti ognuno per sé e cosí vicini l'uno all'altro, e a camminarci sopra cadevano in un modo che sembrava disegnato. Si poteva andare avanti per ore e ore, davanti e intorno c'era solo lino, c'eravamo solo io e te. Ma tu hai messo su la tua aria intensa e hai preso a camminarci dentro da solo, senza parlare, senza nemmeno guardarmi, portando dietro soltanto te stesso. Io ho disegnato il mio di cammino, dentro a quel campo, con i miei passi, stupita al pensiero che, se tu non fossi stato qualche metro piú in là, mi sarei di certo sentita meno sola. È una cosa piccola da raccontare, troppo piccola, e per questo non l'ho mai detta a nessuno. O forse perché l'ho capita davvero soltanto oggi. Non c'era nessuno a cui dirlo, talmente nessuno che lo dico a te. Se non ti fa né caldo né freddo, pazienza: non sarà la prima volta. Ma sarà l'ultima, almeno.

Sparisci, Jonas. Sparisci.

O.

Dal diario di Guglielmo Gandini

Diana
Nessuno è mai stato piú bello di noi due, finché siamo stati soltanto amici. Dava feste magnifiche sulla sua terrazza, in cui non ci si sentiva mai soli e si rompevano un sacco di bicchieri. Chissà che fine ha fatto. Penserà ancora oggi che le ho rovinato la vita?

Clara
Vedevo troppi film, all'epoca. Non riuscivo a scrivere e non facevo altro che andare al cinema. Lei aveva gambe fantastiche. Impossibile resistere. Ma che sbaglio ha fatto a lasciare il marito. D'altronde io non glielo avevo mica chiesto.

Francesca
Dio, quanto parlava. Riusciva a sfinirti. Ma era ricca e aveva occhi distanti. All'epoca stavo scrivendo il primo romanzo. Mi ha mantenuto un anno e mezzo. Io non pensavo che a scrivere, e a scoparla in ogni angolo della mansarda. Poi un giorno, di punto in bianco, ha cambiato la serratura. Era il primo dell'anno, e io non sapevo dove andare. Sono tornato da Clara, finché Umberto non mi ha prestato il suo studio. Gran donna, comunque.

Karla
Un pomeriggio al Cairo. Cento rose gialle l'avevano convinta a uscire da quella stanza d'albergo con le tende tirate e a venire a sedersi con me lungo il Nilo. Era pallidissima, Karla. Le ho strappato un bacio, poi mi ha

raccontato di un certo Mister V., diplomatico. Il suo unico vero amore. Alla fine piangeva. Se ne stava immobile, con una rosa in mano, e piangeva.

Anna

Ho sbagliato tutto, con lei, c'è poco da dire. Tutto, anche quello che pensavo di non poter far male. «Lo sapevo» è stata l'ultima cosa che mi ha detto. E il giorno dopo è arrivato il successo.

Anne

Le ho parlato la prima volta in un caffè di Batignolles. Lei era con un altro che, come nei migliori film francesi, era scomparso dietro a un'altra. Anne non si è scomposta: si è avvicinata al bancone e, sbuffando, ha ordinato due Ti' Punch. Abbiamo parlato e riso tutta la notte. Solo al mattino mi ha detto come si chiamava. Mi è parso un segno. Una nuova possibilità. Non abbiamo mai piú bevuto Ti' Punch insieme. Forse nemmeno parlato davvero.

Sabine

È stata lei la prima a raccontarmi di questo posto. Quanti anni aveva allora? Meno di trenta, questo è sicuro. Matta, matta come un cavallo, la piccola Sabine. Voleva sempre essere schiaffeggiata prima di colazione: diceva che teneva lontano i folletti e i pensieri cattivi. La prima volta in quelle terme quasi ci rimango secco. Non ho mai piú toccato erba da allora, ma la cicatrice non mi è mai passata. Non mi piacevano le sue scarpe. Avevano qualcosa di arcigno, di infelice. Troppo tedesche, forse.

Natalia

La piú bella scollatura di Firenze. Una donna nata madre prima che ragazza, l'unica piú grande di me con cui sia mai stato. Tutte quelle madonnine dorate sparse per casa come un avvertimento. I suoi vestiti a fiori che toccavano per terra ma rimanevano sempre impeccabili. La sua insalata di pomodori e le sue fresie, dalle quali dipendeva l'umore del giorno. La radio sempre accesa in cucina. Suo figlio Edoardo, quel buono a nulla che non mi poteva vedere, una cosa vera una volta me l'ha detta: «Tu piú che un padre pari un nonno, o un figlio». Avrò avuto quarant'anni allora, ma adesso so che è proprio cosí: essere padre non mi viene bene. È come il calcio, o lo sci: che debbo farci?

Lou

Era una mitomane, niente da dire. Ma nessuno mi ha mai amato cosí. Non *cosí tanto, non cosí,* in quel modo. Essere amati da una mitomane conta doppio, in un certo senso.

Mi fa venire in mente quella frase di Joel McCrea quando, dopo *I dimenticati,* rifiutò di fare un altro film con Veronica Lake. «La vita è troppo breve per due film con Veronica Lake» disse. Ecco, la vita è troppo breve anche per due Lou. Ma che ce ne sia stata una fa colore, e non un colore qualunque. McCrea comunque un altro film con la Lake lo fece, poi.

Gioia

Il contrario del nome che portava. Non c'entro nulla con quello che ha fatto. Erano mesi che era finita, ma ancora oggi penso che avrei potuto salvarla. Ci eravamo incontrati per caso, su un treno, qualche giorno prima. Valle a chiamare coincidenze, cose del genere. Sentivo che c'era una parte di lei che non si faceva prendere da nessuno. Sembrava fatta per abitare in un quadro fiammingo, non certo per quel condominio alla periferia di Bologna. Non era fatta per il mondo, Gioia. Non per questo.

Rita

Di cosa parlavamo per ore in quella trattoria in via Fiori Chiari in cui andavamo sempre? Un vero mistero, ma eravamo sempre gli ultimi a ordinare il caffè. Aveva spalle magre e larghe, Rita, alla Charlene di Monaco, ma senza quella tristezza nello sguardo. Ho smesso di amarla una sera a cena: stavo parlando, quando una mosca le si è posata sulle labbra. Lei non si è accorta di nulla. Non ricordo se fossimo in Fiori Chiari o altrove. Ma ricordo la mosca, come fosse ieri, e il rossetto rosso su cui era posata.

Mme De Koog
Un festival a Boston. Quel freddo che solo l'oceano. Non mi sono fermato a dormire.

Piera
Che tipo, la Piera. Aveva anche il brevetto da pilota. Se c'è una cosa che rimpiango è non essere mai stato a fare un giro in aeroplano con lei. Ogni volta che vedo uno di quei trabiccoli ci penso.

Guardare Agave dormire aveva tolto a Gandini il po' del sonno che aveva. Era come se ci fosse già lei a riposare al posto suo, e lui non potesse far altro che vegliare su quei pensieri che forse, senza la presenza della sconosciuta, non sarebbero venuti fuori. Dopo cena, mentre stava tornando in camera, l'aveva invitata a salire da lui. Era ancora presto, pioveva a dirotto e non aveva voglia di stare da solo. Meglio un po' di compagnia, si era detto lo scrittore, ma appena si erano ritrovati uno di fronte all'altra nella stanza si era accorto che non aveva nessuna voglia di chiacchierare. Per fortuna Agave si era addormentata quasi subito. Doveva essere stato quel bicchierino di sherry che le aveva offerto appena erano entrati. La puttana se l'era scolato in un lampo, si era allungata in poltrona e, altrettanto velocemente, aveva chiuso gli occhi. Lui era rimasto un po' a guardarla dormire. Era aggraziata nel sonno, piú di quanto non fosse da sveglia, e la sua presenza regalava all'ambiente un piacevole tepore. Gandini si era servito da bere, si era seduto al tavolo accanto alla finestra e si era messo a scrivere. Negli ultimi anni aveva ripensato spesso ai suoi amori, ma non li aveva mai radunati insieme prima d'ora. Andò avanti con il suo elenco per un paio d'ore, aggiungendo una decina di conquiste che fino a quel momento non gli erano venute in mente e cancellando quelle che non gli parevano cosí interessanti. Vedere quelle donne spuntare sulle pagine una accanto all'altra regalava allo scrittore un'inspiegabile leggerezza. Di tanto in tanto sollevava gli occhi dal taccuino, e tornava a guardare Agave. Che dormiva, non sapeva e non giudicava. Che se ne fregava, ed era perfetta. Verso l'una Gandini rilesse il suo elenco dal basso verso l'alto. Non era arrivato neanche a metà. Avrebbe continuato domani, si disse, e poi l'indomani ancora e ancora oltre, finché non ne fosse rimasta neanche una. Si chiese se sarebbe riuscito ad andare avanti senza di lei, fuori dal casuale e perfetto equilibrio di quella notte. *Forse dovrei prenderla con me,* si disse immaginandosi di portare Agave a Milano, nel suo studio o per le strade. Si sarebbe dovuta sdraiare sul sofà, perché lui di récamier non ne aveva. L'avrebbe portata alla trattoria toscana, la sera presto, e poi sarebbero tornati a casa a lavorare ancora, fino a tardi, lei a dormire lui a scrivere. La donna di servizio l'avrebbe di certo guardata con sospetto. Sua figlia con disgusto. Il portiere avrebbe fatto mostra di una finta deferenza. Non era uno splendido modo per sparigliare le carte, ricominciare, cambiare qualcosa senza sconvolgere tutto e lasciare che la vita prendesse un altro corso? Guardò il bicchierino di sherry pieno fino all'orlo: anche lui aveva sonno ormai. Si preparò un'ultima pipa, e stava per accenderla quando qualcuno bussò alla porta.

Dopo tutte quelle ore passate tra i suoi fantasmi, Gandini non era del tutto lucido; si girò istintivamente verso Agave, ma lei non si era mossa di un millimetro. Non fece in tempo a dirsi che magari quel rumore se l'era sognato che seguirono altri due colpi, piú forti del primo. Aprí la porta, e subito non vide nessuno, poi dall'oscurità comparve Bembo: era scalzo, e indossava un camice scuro. Nel buio, l'unica cosa che spuntava era il bianco dei suoi occhi. «Acqua!» gridò non appena i loro sguardi si agganciarono uno all'altro. «Acqua!» ripeté una seconda volta, prima di dirigersi verso le scale con passo deciso.

Gandini uscí sul corridoio per capire cosa stesse succedendo; camminò fino alle scale, ma oltre al rumore della pioggia c'erano solo delle porte che sbattevano. Tutte le luci erano spente e Bembo era sparito. Faceva freddo, tutto a un tratto, come se qualcuno al piano di sotto avesse dimenticato le finestre aperte. Lo scrittore si strinse nella vestaglia, ma era fredda anche lei.

Svegliare Agave non fu semplice: dormiva un sonno profondo, e ci vollero due bei pizzicotti – uno sul braccio e uno sui polpacci – per farle aprire gli occhi.

«Non ho capito cosa sta succedendo di sotto» le disse Gandini mentre si sfilava la vestaglia e si rimetteva il gilet, «ma fossi in lei mi rivestirei, e tornerei subito in camera». Pronunciò la frase come se quello fosse un consiglio disinteressato; in realtà temeva di farsi trovare in camera con una puttana.

Agave, che di clienti come Gandini ne aveva avuti a decine, non si turbò affatto. Gli chiese i suoi soldi e se li mise in tasca; poi si assestò i seni dentro alle coppe, perché dormendo il reggipetto le si era spostato verso l'alto. «Cos'è, pensava che me li sarei messi tra le tette come nei film americani?» disse mentre raccoglieva le scarpe da terra. Infilò anche quelle con esasperante lentezza, prima la destra poi la sinistra, come se le stesse provando per la prima volta e il numero non la convincesse del tutto. Stava ancora allacciando uno dei due cinturini quando sulla porta comparve Olivia.

Portava una camicia da notte lunga fino ai piedi e aveva i capelli sciolti. Stringeva in mano il computer e un quaderno, e aveva l'aria titubante di chi non è sicuro di entrare nel posto giusto. Lasciò lo zaino e una borsa di tela accanto alla porta poi, fissando un punto a metà strada tra Agave e Gandini, disse: «Di sotto si sta allagando tutto. È stato il custode a dirmi di venire qui» aggiunse per giustificare la sua intrusione. «Dice che questa è la camera piú in alto di tutte, e quindi la piú sicura».

«Si accomodi» le disse Gandini facendole segno di entrare e tirando un colpo di tosse per l'imbarazzo. Agave si stava ancora riabbottonando la camicetta. Lei e Olivia si guardarono senza dire niente, e poco dopo arrivarono anche Tom e Bembo. Il ragazzino aveva con sé delle coperte, due sedie pieghevoli e una specie di cestino da picnic. Gero li raggiunse per ultimo, a mani vuote, inguainato in un paio di boxer aderenti e con ai piedi delle galosce da idraulico: fu chiaro a tutti che nemmeno in quella circostanza sarebbe stato d'aiuto.

«E che vi devo dire, stiamo imbarcando acqua» disse prima di mettersi a guardare fuori dalla finestra. «Dopotutto siamo su un'isola» aggiunse quando si accorse degli sguardi allibiti che gli altri gli rivolgevano.

«Non credo di capire» disse Tom.

«Sfido io!» disse Gandini. «Che significa che "imbarchiamo" acqua? Non siamo mica su una nave. Siamo un hotel. E in collina, per giunta».

«È già capitato?» chiese Olivia.

«Non mi pare» rispose il custode senza battere ciglio, pulendo la punta dello stivale contro lo stipite. Non sembrava crucciato dalla faccenda: quel che piú gli dispiaceva era senz'altro dover dar retta a tutta quella gente nel cuore della notte.

«Però una volta l'Isola Grande è andata in secca» disse Agave.

«Io non c'ero» ribatté lui facendo spallucce.

«Nemmeno io» replicò Agave, «ma che c'entra. È successo tanto tempo fa, me lo raccontava mia madre quando voleva spaventarmi. L'isola è rimasta in secca per tre giorni e tre notti. Non c'era piú il mare, proprio. Cioè, c'era ma iniziava da molto, molto piú giú; sul continente non si poteva piú andare, e dal mare non si poteva raggiungere l'isola. Tutto bloccato, per tre giorni e tre notti. Era emerso di tutto, intorno alla costa. Relitti, fossili preistorici, vecchie carrozze, biciclette, morti, palline, squame, ombrelloni, divani, parrucche, friggitrici, manichini, capitelli, scooter, topi, frigoriferi, tranquillanti, scrivanie, reggipetti, garofani, tende da campeggio, pistole, denti, marionette e persino smeraldi. Sarà stato cent'anni fa, comunque. Ma che l'acqua *salisse,* questa non si era mai vista» concluse Agave scuotendo la testa e avvicinandosi anche lei alla finestra.

Thomas e Gandini si avventurarono in corridoio e poi per le scale per cercare di capire cosa stava succedendo. Scesero insieme fino al piano terra, ma il pavimento era allagato e, dopo essersi scambiati pareri confusi, furono costretti a fare marcia indietro. La convivenza forzata – nei matrimoni come nei rapimenti e nelle catastrofi naturali – crea una curiosa forma di complicità: fu cosí che, dopo giorni di chiacchiere svogliate, una volta che gli ospiti capirono che avrebbero trascorso la notte insieme trovarono naturale darsi alla conversazione.

Ognuno provò a dire la sua: Olivia tirò in ballo le maree, Thomas le maledizioni famigliari dei Tilli, Gandini l'epica neocavalleresca e l'intempestività dei servizi marittimi, Gero certi debiti con l'idraulico che lo zio Valentino non si era mai deciso a saldare, Agave una preghiera alla Madonna. Alla fine della discussione ne sapevano meno di prima.

«Non ci resta che aspettare il giorno e la bassa marea» concluse Gero.

«Ma fin dove è arrivata l'acqua?» chiese Agave.

«Mica al pianoforte?» tirò a indovinare Olivia.

«Piú o meno».

«Ho sempre amato i soffitti alti» disse Gandini.

«Che lei sappia le isole affondano, Olivia?».

Tom stava osservando una carta nautica delle isole Comore appesa vicino al letto. Gli era sembrato di vederne una identica quella mattina nella stanza dell'inventario. Ormai doveva essere fradicia.

«Be', ci sono degli esempi» rispose la biologa. «Santa María, al largo delle coste cilene, ha fatto su e giú diverse volte dai tempi di Darwin e FitzRoy. Le Kiribati, nel Pacifico, si dice che verranno sommerse in poco piú di cinquant'anni. A Malé, alle Maldive, hanno costruito una diga intorno alla costa proprio per non rischiare che l'isola potesse sprofondare sotto il peso delle case, e nelle Isole Salomone, in Oceania, ogni anno la gente migra da un posto all'altro quando un'isola affonda portando via con sé case e vite di intere famiglie di indigeni che...».

«Affascinante» la interruppe Gandini, «ma non credo di voler abbordare la questione proprio stasera. Magari potete parlarne voi due in disparte. C'è un bagno abbastanza grande di là» disse indicando la porta in fondo alla stanza, «c'è anche una grande vasca, volendo potete lanciarvi in delle simulazioni...».

«Le isole non affondano in una notte, signor Gandini, stia tranquillo».

«E lei come lo sa?».

«Non è mai successo. E questa non sarà la prima volta».

«Per una volta sarà adorabile darle ragione, signorina» continuò lo scrittore. «Non ci resta che accomodarci, direi» continuò tirando un lungo sospiro e apprestandosi, visto che erano tutti in camera sua, a fare gli onori di casa. «Con quelle dovremmo arrangiarci» disse indicando le sedie che aveva portato Bembo. Andò alla scrivania, chiuse i suoi taccuini e li ripose con cura uno sull'altro, come se avesse paura che le sue donne volassero via dalla pagina, o che gli altri le sorprendessero nude, arrabbiate o infelici come le aveva lasciate. Gli cadde l'occhio sulla K di Karla, e per un attimo la vide di nuovo sfilare lungo il Nilo.

«Su, prendete posto dove volete. Lo spazio non è granché, ma io posso benissimo sistemarmi su quella poltroncina...».

«Sulla poltrona ormai ci sto io» disse Agave dirigendosi con decisione verso il récamier. Thomas e Olivia ebbero appena il tempo di scambiarsi uno sguardo divertito che di colpo saltò la luce. «Fuoco!» gridò Bembo, prima di scivolare nel buio alla ricerca del cestino da picnic con cui era arrivato.

Di candele vere e proprie nel cestino ce n'erano sí e no un paio. Tutte le altre erano candeline decorative o per le torte, già usate o ammuffite dentro qualche pacchetto decrepito. Ce n'erano di classiche, a elica, a forma di numero e di cuoricino, di elefante, d'iguana e di gatto. Ce n'erano con la base e senza, con lo stoppino bianco o colorato, intatto, consumato o fallato, che quando lo tiravi verso l'alto si rompeva. C'erano candeline grandi come una penna, altre sottili come un cerino. Ce n'erano di bianchissime, di rosse e di azzurre, da maschio o da femmina, e ce n'erano di gialle, che andavano bene per tutti.

«Suo zio a un certo punto le collezionava» disse Gero pescando le piú grandi e passandole a Tom, che le accendeva e le passava a Olivia e a Bembo, che le sistemavano a loro volta nella stanza. Ogni tanto ne saltava fuori qualcuna con una forma davvero improbabile – una coppietta sadomaso, una coscia di pollo, un cono gelato con la testa e le gambe, una fetta di Sachertorte con tanto di marmellata strabordante. Quelle piú strane, sia Tom che Olivia si fermavano a guardarle come reperti di una civiltà scomparsa; poi, in base alla grandezza o alla praticità, le accendevano o le rimettevano nel cesto. In capo a dieci minuti, la 558 si trasformò in una gigantesca torta di compleanno.

«Se non teniamo un po' aperto finiremo tutti soffocati» disse Gandini, a cui tutto quel fuoco metteva l'affanno, e se ne andava in giro a controllare che le fiammelle fossero lontane dai suoi libri e vestiti. Si avvicinò alla finestra vicino al letto e la aprí, ma fuori il vento soffiava indemoniato, e una folata spense tutte le candele che si trovavano in quel lato della stanza.

«Moriremo soffocati, d'accordo» disse lo scrittore richiudendo la finestra. Si avvicinò alla scrivania per accendere la pipa che aveva preparato prima dell'inizio di quell'improbabile riunione notturna, ma Olivia lo fulminò con lo sguardo.

«D'accordo, morirò *soffocato fumando in bagno*» disse. «Anzi, peggio, in corridoio, come un reietto qualunque».

«Non potrebbe non fumare affatto, per una volta?» gli disse lei.

«Non potrebbe essere gentile, per una volta?».

«Non potreste finirla, una volta per tutte?» disse Tom scoppiando a ridere. «Sembrate una vecchia coppia».

«Ho due esigenze, al momento, signor Edwards. Fumare la mia pipa e prestare dei pantaloni a questo signore» disse Gandini riferendosi a Gero. «A rischio di risultare impopolare non credo di poter ignorare nessuna delle due. Anzi, devo proprio soddisfarle in tempi ragionevoli». Aprí l'armadio e tirò fuori un paio di calzoni per il custode. Erano pantaloni alla zuava che aveva comprato, anni prima, al termine di una presentazione a Brunico. Non si decideva mai a indossarli, ma li portava con sé in tutti i suoi viaggi, aspettando che arrivasse il momento giusto per decidersi a farlo. Lo stesso gli succedeva anche con un costume da bagno a fiori che aveva preso in Israele, ma quello oramai da diverso tempo aveva rinunciato a metterlo in valigia. Senza voglia ma neppure obiezioni, Gero si diresse verso il bagno, e si ripresentò poco dopo al pubblico vestito come un personaggio di Čechov. «C'è la soffitta per fumare» disse.

«E allora perché non siamo andati tutti lassú?» chiese lo scrittore. «È senza dubbio piú sicuro che starsene qui».

«Non è arredata, e il soffitto è alto sí e no un metro e mezzo. In piedi lí dentro non ci sta nemmeno Bembo» disse Gero indicando il ragazzetto.

«Per fumare in ginocchio allora tanto vale non fumare affatto» rispose Gandini spazientito. «Insomma, signori, una buona volta, prendete posto. Vedervi cosí mi fa diventare nervoso. Io eleggo a *fumoir* il corridoio. Staremo al buio, in piedi, come soldati. Qualcuno viene con me?». Nessuno rispose, e lo scrittore uscí in corridoio per conto suo.

Gli bastò trovarsi lí fuori per capire di non aver nessuna voglia di fumare, e di non essersi mai sentito tanto solo. Stare in piedi in quel buio lo affaticava, ma rimase per un po' contro la parete a sentir la pioggia cadere. Se la sua vita fosse finita in quel momento non gli sarebbe importato. Aveva avuto già altre volte pensieri del genere, nel corso degli anni, ma adesso sentiva che era la verità. Non sarebbe morto, comunque, sapeva anche questo. Miss So Tutto Io aveva ragione. Le isole non affondano, non cosí. Non sarebbe finito nulla, quella notte: i libri avrebbero voluto essere scritti, i figli incoraggiati, gli editori rassicurati e le mogli intrattenute, come è normale che facessero gli editori e i figli e i libri e le mogli, del resto. Si girò verso il fascio di luce che arrivava dalla porta. Non l'aveva già sognato quel momento, o vissuto in qualche altra vita? Nei sogni non piove mai, si disse, e quindi di certo un sogno non era stato.

Fuori, la pioggia continuava a cadere, ma il cielo era talmente buio che potevano solo sentirla.

Bembo era andato avanti ad accendere candele, e nella stanza adesso l'unico angolo scuro era quello vicino alla finestra. Lí si era sistemato Gero, che dondolava su una sedia e si stava pulendo le unghie con un fiammifero. Vicino a lui, allungata sulla sua poltrona come una badessa, Agave stava sfogliando uno dei Somerset Maugham che Gandini aveva ereditato quella mattina. Quel tipo di luce però non era certo adatta a leggere, cosí dopo qualche pagina la matrona richiuse il libro e lo rimise dov'era.

Tom e Olivia erano sul letto, lei seduta in punta, lui sdraiato con le braccia incrociate dietro alla testa. Quel modo di stare su un letto come se fosse su un prato o in spiaggia sotto un cielo stellato era una delle tante cose che a Ottie piacevano di lui, e una delle poche che aveva avuto il coraggio di confessargli. Da allora, ogni volta che si accorgeva di essere in quella posizione, a Thomas capitava di pensarla. Fortuna che avevano trovato il modo di farla andare via, si disse. Una situazione del genere l'avrebbe esasperata. Per Martin invece un po' gli dispiaceva: lui di certo in tutto quel bailamme si sarebbe divertito.

«Scommetto che questo non lo avevano previsto i suoi *amaryllis*».

«Già» rispose laconica Olivia. Continuava a venirle in mente la mail che aveva scritto con tanta decisione solo qualche ora prima a Jonas: adesso le sembrava ingenua e ridicola, e probabilmente anche le sue scoperte sugli *amaryllis* dovevano esserlo. A notte fonda si dubita di tutto, e quando si è in cerca di risposte la scienza non ci aiuta granché.

«Era mai stata qui, prima d'ora?».

«Mai».

«Siamo arrivati in tempo per il gran finale».

«Perché non c'era mai venuto, se era di suo zio?» gli chiese Olivia, girandosi a guardarlo.

«Lui e mia madre non si vedevano piú da anni ormai. Si volevano molto bene, ma non sapevano niente l'uno dell'altra. Sa come vanno queste cose, no?».

«Non esattamente. I miei parenti sono il contrario: non si sopportano da quando sono nati, ma si vedono tutte le domeniche».

«Non so cosa sia peggio».

«In effetti» rispose Olivia dondolando i piedi e osservando la grande carta nautica che era appesa alla parete di fronte a lei. Il letto era un baldacchino piuttosto alto, e seduta lí sopra la ragazza sembrava una bambina arrampicata su un albero. «Che tipo era questo suo zio?» domandò a un tratto, incuriosita dalle cose che avevano intorno. «Che vita ha fatto per arrivare fin qui?».

«Non so molto di lui» rispose Thomas. «So che la città in cui era nato gli andava stretta. Se n'era andato via presto, da lí e la sua fortuna se l'era costruita in giro per il mondo. Non so di preciso come ci fosse riuscito:

dopotutto era uno che compra un'isola che affonda. E assume gente del genere» disse sottovoce per non farsi sentire da Gero, che nell'altro lato della stanza continuava indisturbato la sua manicure.

«Però lui almeno qualcosa l'ha fatto. Voglio dire, un tempo si facevano cose come questa».

«Si fanno ancora».

«Crede davvero? Io no. O almeno non cosí, come non si fanno piú i pavimenti di graniglia o... le spazzole di pelo di tasso. Si fanno altre cose, oggi. Ma non queste. Guardi questo posto. È piuttosto malandato e davvero poco pratico, non ha altro scopo che se stesso, eppure... Eppure senza lo Zelda il mondo sarebbe senza dubbio peggiore, non trova? Io non so cosa ho fatto» proseguí la biologa, «o cosa potrò fare, nella vita, che assomigli a qualcosa del genere. E non mi dica un figlio perché non è certo quella la risposta» aggiunse poco dopo. Abbassò quindi gli occhi sul pavimento, imbarazzata dalla sua stessa confessione. «Un figlio possono farlo tutti, in fondo» aggiunse pensando ad alta voce. «Un posto cosí no».

«Un posto come?» le chiese Thomas, anche se credeva di sapere quello che Olivia intendeva dire.

«Ha qualcosa di gentile. E di esatto».

«È un marchio di famiglia, quello» le disse sorridendo tra sé e sé. La ragazza lo guardò perplessa. «Non parlo di me» precisò Thomas. «Io in questo ho preso tutto da mio padre. Un certo calvinismo dev'esserci finito nel sangue, non so. Comunque io non c'entro. Mia madre un po' magica lo era davvero, però».

«Cosa intende per "magica"?».

«Non so spiegarglielo di preciso. Non è affatto qualcosa di preciso, a dire il vero. Anzi, tutto l'opposto. Ma ecco, per dirne una mia madre avrebbe trovato delizioso essere qui adesso. E credeva che le cose deliziose, in un modo o nell'altro, avrebbero salvato il mondo. "*When in doubt, do the kind thing*", e anche quando diceva cosí intendeva proprio qualcosa del genere, ne sono sicuro. Tutto quello che faceva, in un modo o nell'altro, aveva a che fare con una sghemba, timida idea di bellezza, di fedeltà a cose minuscole e apparentemente inutili. Adesso che ho visto questo posto so che anche mio zio era come lei. Vede, Olivia, nonostante la sua compagnia adesso sono tutt'altro che deliziato. Ho i piedi freddi e male al collo. Penso che fra poco rimarrò senza sigarette. Trovo suggestiva l'atmosfera di queste luci, ma finora questo viaggio mi ha creato piú fastidi che piaceri. So che ci sono tantissime email cui devo rispondere, che la mia ragazza per colpa mia è finita quasi all'ospedale, e ora è su un'altra isola e sta dormendo, un po' triste, in qualche pensioncina un po' triste anche lei. Non riesco a non pensare a tutte queste cose, ecco. Mia madre no, lei viveva diversamente».

«Vuol dirmi che sua madre al posto suo non sarebbe stata stufa o preoccupata?».

«Oh, niente affatto. Sarebbe stata tutte queste cose, ci può scommettere. Ma, vede, quelli come lei – e come mio zio, del resto – è come se avessero spesso delle priorità diverse dagli altri. Apparentemente niente di "vitale", almeno non nel modo in cui la gente lo intende. Diciamo che possono mostrarsi inflessibili su dettagli microscopici, e spesso hanno l'aria vagamente imbecille quando hanno a che fare con il genere di cose che il mondo chiama "le grandi questioni". Non si sforzi di capire. Non deve. Lei non è cosí, e del resto nemmeno io».

«E chi è "cosí"?» chiese. «Sua moglie?».

«La mia ragazza vuole dire».

«Credevo fosse sua moglie. Sono giorni che la chiamo cosí, poteva dirmelo».

«Non mi pareva una puntualizzazione carina».

«In effetti non lo sarebbe stata».

«Comunque no, Ottie è fantastica, ha un gusto pazzesco e grande talento. Ma *quella cosa lí* non ce l'ha. Forse Martin; nei bambini è difficile dirlo, però mi è capitato di pensarlo».

Era la prima volta che Tom formulava quel genere di

pensieri ad alta voce, ed era sorpreso dalla sua stessa lucidità al riguardo di una questione che senza dubbio a buona parte del mondo sarebbe apparsa irrilevante, ma che nella sua vita occupava da sempre un posto di rilievo.

«E conosce molti altri che ne siano provvisti?».

«La signora» disse Tom sottovoce indicando Agave, che nel frattempo aveva chiuso il libro e se ne stava sdraiata con gli occhi chiusi e le mani giunte come una divinità etrusca.

«Ma la conosce appena, come lo sa?».

«Non serve tanto, per capirlo. Si vede subito. È, come posso spiegarle...» disse prendendo tempo per cercare le parole giuste. «È come il riflesso dello sguardo che abbiamo sulle cose».

«Un riverbero».

«Un cosa?».

«Un riverbero».

«*Re*, indietro, *verber*, colpo: colpire di rimbalzo. Il latino: mi dica se non è una lingua magnifica». Gandini aveva fumato la sua pipa ed era rientrato. Se ne stava in piedi appoggiato allo stipite della porta, e chissà da quanto li stava ascoltando.

«Interessante teoria quella che stava esponendo, signor Edwards» proseguí. «Anch'io l'ho sempre pensato».

«Cosa?».

«Che il mondo fosse composto da milioni di miliardi di milioni di sfumature, ma prima di tutto si dividesse in due parti».

«E quali sono?» gli domandò Olivia.

«Oh, questo non so dirglielo» rispose lo scrittore lisciandosi la barba con le dita. «Non hanno un nome, o perlomeno nessuno gliene ha dato uno preciso. Ma Occidente e Oriente, Destra o Sinistra, Mare o Montagna, Arte o Scienza sono tribune che non contano poi cosí tanto. Il mondo si divide in chi ce l'ha e in chi non ce l'ha».

«Cosa?» domandò la ragazza, che a quel punto non era piú sicura di seguire quello che i due stavano dicendo.

«Quello di cui stava parlando il signor Edwards. Non saprei come chiamarla. Questa cosa... Il "non so che". Un filosofo ha provato a spiegarlo, a un certo punto. Un russo, mi pare. Ma i filosofi sono il contrario dei poeti: complicano sempre tutto. E questo qui ha messo in mezzo troppa roba e nessuno ci ha capito piú niente. Comunque diciamo che le cose stanno cosí: una metà del mondo ne è sprovvista, e quindi non ne sente la mancanza. All'altra metà non c'è bisogno di spiegarla, non potrebbe vivere senza e non ha un nome per nominarla. Io sono convinto che anche il piccoletto ce l'abbia» sussurrò poi Gandini indicando Bembo, che se ne stava rannicchiato in un angolo con la testa incastonata tra due enormi cuffie per la musica. «Si capisce dal modo che ha di tagliare il pane a colazione».

«E lei?» gli domandò Olivia, a bruciapelo. «Lei ce l'ha?».

«Non credo di esserne stato sprovvisto. Ma arrivato alla mia età ogni tanto mi viene il dubbio di averla usata male, e non potrebbe esserci niente di peggio. Perché una cosa come quella o la si ignora o le si dedica una vita. Le vie di mezzo sono terribili» decretò Gandini portandosi istintivamente la pipa alla bocca. «Non so proprio perché mi sto lasciando andare a tante smancerie, dato che, almeno stando alle sue previsioni, non moriremo. Che ore abbiamo fatto?» disse sollevandosi gli occhiali e avvicinando l'orologio al viso per leggere le lancette. «Le tre meno venti, santo cielo. Di questo passo non farà mai giorno. Comunque non volevo interrompervi, e tantomeno confondervi». Gandini camminò verso la finestra e si avvicinò al vetro per guardare fuori. «Gesú, per tutta la vita ho evitato di scrivere libri o sceneggiature con l'arrivo del gran diluvio ed eccomi qui, protagonista di un nubifragio. Se la vita non è curiosa, alle volte. A ogni modo forse dovremmo approfittarne per essere lieti, stare insieme, dire cose che non abbiamo mai detto, fare cose che non abbiamo mai fatto. Situazioni come queste dovrebbero generare sorprese, non rimuginii. Mio padre per esempio mi raccontava sempre di una notte di guerra, durante i bombardamenti, erano tutti nel rifugio, talmente poco sicuri di arrivare al mattino seguente, e lui aveva fatto l'amore con una suorina...».

«Certo che suo padre le raccontava un sacco di cose» disse Olivia. Aveva assunto di nuovo la sua aria da maestrina, ma si vedeva che i racconti di Gandini, piú che indispettirla, adesso la divertivano.

«Suo padre dovrebbe vergognarsi» esclamò Agave, tirandosi a sedere. Di cose fuori della grazia di Dio ne aveva viste, fatte e anche sentite in vita sua, ma al Signore credeva e le suorine le adorava. «Non c'è niente da mangiare qui?» chiese guardandosi intorno. «A forza di stare sveglia mi è tornato l'appetito. Non so come fate, voi. Campate d'aria! Specialmente lei, signora, me lo lasci dire, dovrebbe mangiar per due nel suo stato».

«Io ho delle pastiglie di Vichy, se vuole» disse Gandini tirandole fuori da uno dei cassettini dello scrittoio.

Agave lo guardò di traverso. Thomas e Olivia ne presero una a testa, poi per un po' nessuno disse piú nulla, e il silenzio calò come una seconda notte.

Le candele bruciavano lentamente; da lontano sembravano un miracolo, da vicino un pericolo. Bembo si arrotolò su se stesso come un gatto, si tolse le cuffie e si voltò verso il muro. Gandini spostò una sedia contro la parete, allungò le gambe sul tavolino che aveva di fronte e chiuse gli occhi anche lui. Riprese a passare in rivista le sue donne, ma dopo un po' quelle gli si mischiarono in testa formando una grande, spaventosa creatura con gli occhi dell'una, il sorriso dell'altra e la scollatura di un'altra ancora. All'ennesima visione lo scrittore le allontanò dalla mente e si abbandonò ad altri pensieri. Olivia se ne stava rannicchiata in un angolo del letto col computer acceso, indecisa se dedicarsi alla microbiologia o alla posta non inviata: nel dubbio, ripiegò su un solitario. Gero si era addormentato con la bocca aperta e i pugni stretti, mentre Agave girava per la stanza con aria annoiata.

«Lei fuma?» le chiese Thomas, in piedi vicino alla porta.

«Ho fumato un giorno in vita mia, per sapere cosa si provava. Mi ha dato la nausea, e non l'ho piú fatto» rispose lei senza smetterla di gironzolare tra i mobili. «Però magari se fumo mi passa la fame» bisbigliò tra sé e sé, e raggiunse Thomas in corridoio.

«Ho conosciuto un altro inglese che fumava come un turco» disse una volta usciti. Se ne stavano uno accanto all'altra nel buio, illuminati soltanto dalla fiammella di una candela a forma di barchetta che Tom si era portato dietro come posacenere.

«A Londra siamo rimasti in pochi, gliel'assicuro» rispose lui mentre la faceva accendere. «Il mio socio mi prende sempre in giro».

«Era un cliente. Un archeologo» proseguí Agave avvicinando la sigaretta alla fiamma. Aspirò una gran boccata e ingoiò il fumo senza tossire, come se per lei fosse un gesto abituale. «Veniva tutti gli anni in vacanza con la moglie. Anche lei era archeologa, o almeno credo. Si vestivano sempre uguali, con dei cappellini e delle camicie a quadri. Erano di quelle coppie buffe da vedere, che le noti una volta e non te le dimentichi piú. Arrivavano di questa stagione, e affittavano sempre la stessa casa vicina al faro. Poi la moglie è morta, e lui ha continuato a venire da solo».

«E che faceva, quando veniva da solo?».

«Quello che faceva quando era ancora viva lei: affittava la stessa casa, stava seduto al bar a scrivere nei suoi taccuini, si faceva fregare dai commercianti giú al mercato, passeggiava di buon mattino in posti in cui noi non mettevamo mai piede, si bagnava in mare quando noi uscivamo ancora col cappotto. Però si era messo a fumare, a fumare in continuazione».

«Ed è diventato suo cliente».

«Sí. Ma non t'immaginare chissà che» proseguí Agave. «Era cliente come quello là» disse inclinando la testa verso la stanza. «Di quelli che vogliono compagnia e basta. Ce ne sono parecchi, sempre di piú. Fatto sta che veniva una volta la settimana, a volte anche due, nei giorni di mare grosso in cui non poteva nuotare. Stava un'oretta, beveva un caffè. Toglieva le foglie ingiallite dalle piante del mio davanzale. Cose cosí. Poi un giorno è partito e non è tornato piú».

«Avrà cambiato isola» disse Tom.

«Magari è morto» rispose lei. «Giovane non era, e con quello che fumava» aggiunse, e poi tossí. Piano una volta, poi piú forte, come per scacciare dai polmoni il fumo che ci era appena entrato.

«Era un tipo strano. Magro magro, con la pelle bianchissima, sempre curvo su quei quadernini. Una volta gliel'ho chiesto, perché veniva proprio da me. Lui mi disse che non lo sapeva. Che gli piaceva stare lí ma non sapeva perché».

«Non mi stupisce. Lei ha qualcosa di rassicurante, gliel'hanno mai detto?».

«Questa poi» rispose la puttana divertita. «Vai a dirlo a mia figlia» aggiunse prima di tirare un'ultima, lunga boccata di fumo. Poi appoggiò una mano alla parete, tirò su un piede e spense la sigaretta sotto la suola della scarpa. Non ne aveva fumata nemmeno metà.

«Lei ha una figlia?» domandò Thomas sorpreso porgendole il posacenere.

«Dammi del tu, ti va?» rispose lei infastidita mentre schiacciava la cicca contro i bordi della candela. «Non ci sono abituata, a tutte queste moine» borbottò abbassando gli occhi nel buio. Agave si era macchiata la camicetta con lo sherry che Gandini le aveva offerto, e la stoffa era ancora bagnata; si inumidí l'indice e iniziò a strofinare il cotone tra le dita, prima delicatamente, poi con decisione, un lembo contro l'altro. La macchia però non se ne andava.

«Una lavata e sparirà» disse alzando di nuovo lo sguardo e ritrovando il filo del discorso. «Sí, ho una figlia. Vive a Napoli, o almeno credo. Non la vedo da molto tempo» aggiunse. Lo disse senza tristezza, ma Thomas si pentí comunque di averglielo chiesto. Stava già pensando a come cambiare discorso, ma Agave si appoggiò con la schiena al muro, tirò un sospiro e riprese a parlare: «Mi taglierei un braccio per lei, e avrei fatto di tutto per suo padre, tanti anni fa. Lui sí che era speciale, per me» disse fissando il buio di fronte a lei. «Non era come gli altri, ma soprattutto non era come me: aveva qualcosa che io non potevo avere, che potevo solo riconoscere e desiderare. E quando l'ho visto, l'ho seguito. Potevo fare altro? L'ho seguito dove ha voluto, ho lasciato tutto per lui, ed eccomi qui. L'hai piú visto, tu?».

Tom cercò di immaginare quell'uomo, la sua faccia, le sue spalle e le sue mani. Lui e Agave insieme tanto tempo prima, una domenica a passeggio su un molo. Fu un pensiero fugace, che le successive parole della puttana dileguarono di colpo: «Vi ho sentiti, prima. Quella storia della magia, di cui parlavate. Dai retta a me: è una cazzata. Mettiamola cosí: io quanti anni ho? Venti piú di te? Fidati di quello che ti dico. E poi: cosa hai detto che fai, per vivere?».

«Disegno luci».

«Ecco, disegni luci. E va benissimo. Non so bene che significa, ma va benissimo. Ma forse io, con rispetto parlando, un po' di esperienza in piú del mondo ce l'ho. Inoltre vengo da un posto in cui la "magia", o come volete chiamarla, è roba di tutti i giorni. Le cose non sono mai neutrali da queste parti, e noi ci siamo abituati. Ci siamo nati. Qui tutto ci fa bene o ci fa male: non c'è niente di innocente, se capisci quello che voglio dire. E posti come questo producono certezze. Una delle quali è: la gente magica non esiste. Nessuno è magico. C'è l'Onnipotente, si intende, e i Santi e la Madonna. Ma quella è un'altra cosa. Dividere il mondo cosí non funziona. In buoni e cattivi sí. Ricchi e poveri pure. Speciali e no, è una cazzata».

«Lei parla troppo bene per...».

«Per fare quello che faccio? Stai dicendo che parlo troppo bene per essere una puttana?».

«Qualcosa del genere, credo».

«Be', la bidella l'ho fatta per tre anni e non avrei potuto farla per un giorno in piú. E quello che so davvero sulla gente non l'ho imparato facendo la chiromante o la cassiera, credimi. Comunque grazie, lo prendo come un complimento».

«Lo era».

«Ma?».

«Ma cosa?».

«C'è un ma, nel tono della tua voce».

«È vero. Non credo di essere d'accordo».

«È normale, sei troppo giovane» disse Agave sorridendo.

«Ho trentacinque anni».

«E allora? Si è giovani molto a lungo, credimi. Si può *morire* giovani. La vita non va sempre cosí di fretta. Non per tutti» aggiunse incrociando le braccia davanti al petto e girandosi a guardarlo. «Non fare quella faccia, non ce n'è bisogno. A passare dall'altra parte si fa sempre in tempo, e non sto mica dicendo che di qui si stia meglio, anzi. Basta un attimo, una persona, e tutto cambia. Ma questo lo sai. Anche tu sembri aver perso qualcuno, lungo la strada. Non è cosí?».

«Come lo sa?».

«A volte fissi il vuoto senza una ragione precisa. Anche quando ridi non sembri mai davvero contento. E poi te l'ho appena detto, no? Non si hanno vent'anni in piú per niente. Da quanto non la vedi?».

«Sei, sette anni».

«Meno male».

«Cosa?».

«Che non hai tenuto il conto dei giorni. Sono terribili, quelli pronti a sfoderarti i mesi e le settimane. Buon segno, dai retta a me. E di chi è la colpa?».

«Sono terribili anche quelli che chiedono di chi è la colpa».

«Vero» disse Agave dondolando le spalle. «Soprattutto quando la colpa è nostra» aggiunse. I suoi occhi erano tornati buoni, e di nuovo ridenti. «Com'è che si dice in questi casi: ce l'ha un nome?».

«Sophie» rispose Tom. Non pronunciava quel nome da chissà quanto tempo, e scandire quelle due sillabe gli diede l'impressione di aver pronunciato un segreto nel cuore della notte.

«E dov'è adesso, Sophie?».

«E chi lo sa».

«Hai fatto qualcosa per rivederla?».

«No. Ma è l'unica donna che abbia mai amato».

«Sarà».

«Come?».

«Da queste parti ragioniamo diversamente. Se vogliamo qualcosa o qualcuno ce lo andiamo a prendere».

«Ma cosa si fa se si ha la certezza che quel qualcuno sta molto meglio senza di noi?».

«Te l'ho detto: non ci facciamo tutte queste domande».

«Comunque amare qualcosa a distanza ha la sua bellezza» aggiunse Thomas subito dopo. Non voleva giustificarsi, stava solo svelando a quella donna un'altra parte di se stesso.

«Questo è sicuro». Agave aveva staccato dal muro un pezzo di intonaco che l'umidità aveva sollevato. Lo spezzettava a poco a poco, e lo lanciava davanti a sé, come se stesse tirando delle briciole di pane ai pesci.

«Sai» disse dopo aver lanciato l'ultimo pezzetto e strofinandosi le dita l'una contro l'altra, «dicono sempre che l'amore fa male quando se ne va. Io ho piú l'impressione che la vera tragedia è l'amore quando resta. Ma bisogna smetterla di sentirsi speciali, per continuare a esserlo. E lo stesso vale per gli altri. Una volta capito questo, molte cose tornano a posto» disse poi stirando le braccia verso l'alto e lasciandosi scappare un lungo e profondo sbadiglio. «Rientriamo? A stare in piedi ci patisco, dopo un po'».

La luce delle candele aveva perso ogni magnificenza: molte si erano spente, altre lampeggiavano stanche, e adesso la 558 era solo una camera umida in cui si respirava aria viziata.

Gandini aveva abbandonato la sedia per il letto, e russava senza ritegno. Anche Gero e Bembo russavano ma, diversamente dallo scrittore, lo facevano in modo regolare, e la prevedibilità dei loro mugugni rendeva piú facile ignorarli. Agave si sfilò le scarpe e sprofondò nel récamier. Tempo cinque minuti dormiva anche lei; piuttosto in silenzio, per fortuna.

Olivia aveva steso cuscini e coperte sul pavimento; se ne stava rannicchiata in un angolo di fronte alla finestra e fissava fuori dal vetro con lo sguardo nel vuoto. Dopo mesi di smalti al peperoncino, aveva improvvisamente ricominciato a mangiarsi le unghie.

«Niente sonno?» le chiese Tom.

La ragazza non rispose. Thomas si sedette vicino a lei senza dire nulla; guardò anche lui fuori dalla finestra, anche se non c'era niente da guardare, perché era ancora notte fonda e non c'erano luci a illuminare quello che avevano davanti.

«Anche volendo non vedo come potrei dormire» disse lei tenendo lo sguardo dritto davanti a sé. Aveva smesso di mordersi le unghie adesso, e si stava tormentando una ciocca di capelli. La faceva girare attorno all'indice, e quando era tutta attorcigliata la lasciava cadere e ricominciava daccapo. Con l'altra mano si accarezzava lentamente la pancia dal basso verso l'alto, fermandosi ogni tanto come se da quel gesto si dovesse riposare. Thomas la osservò di profilo, nella luce tenue delle candele.

«Le stanno bene i capelli sciolti» disse.

«Non ci si metta anche lei adesso» rispose lei, con voce umida e arrabbiata.

«Qualcosa non va?».

«Non ci ha sentito strillare?». Olivia lasciò andare la ciocca di capelli e si girò verso di lui: aveva gli occhi lucidi, e sembrava sul punto di piangere.

«Strillare? Chi?».

«Io e quella specie di scrittore».

«Cos'è successo?».

«Dopo che siete usciti è venuto da me e ha cominciato con le sue domande assurde: "Dov'è il padre di suo figlio?", "Non dovrebbe riposare *nel suo stato*?". Io gli ho chiesto gentilmente, giuro gentilmente, di farsi gli affari suoi, e lui allora ha pensato bene di cambiare discorso e dirmi che avrei dovuto sempre portare i capelli sciolti, che se l'avessi fatto la *donna che era in me* mi avrebbe ringraziato. No, dico, ma si rende conto? La *donna che è in me*. Esiste ancora della gente che pensa delle cose del genere, capisce?».

Thomas strinse le labbra senza rispondere.

«Allora io gli ho detto» proseguí la ragazza agitando nervosamente le mani «che probabilmente lui non ce l'aveva una moglie, visto quello che faceva. E che quel riporto ridicolo che aveva in testa era perfetto per il viscido che era. E sa cosa ha avuto il coraggio di rispondermi allora, quello lí?» continuò senza quasi riprendere fiato. «Che ero solo una viziata che non capiva niente della vita, che lui di donne *come me* ne aveva conosciute tante, e che finivano sempre infelici, pentite di aver fatto quello che avevano fatto e di non aver fatto quello che non avevano fatto».

«E poi?».

«E poi... l'ho schiaffeggiato».

«L'ha schiaffeggiato?» ripeté Thomas, senza riuscire a trattenere un sorriso.

«Schiaffeggiato, sí» rispose Olivia. Accennò un sorriso e abbassò gli occhi sul tappeto. Due grosse lacrime le caddero sulla camicia da notte. «Solo una volta, eh. Ma schiaffeggiato, sí, non saprei come altro descrivere la scena. Si è chiuso in bagno per un po', e credo che abbia preso dei tranquillanti, e dei tranquillanti forti, perché poco dopo è uscito, si è steso sul letto e ha iniziato a russare. Non mi guardi cosí» disse quando si accorse che Thomas la stava fissando, «non avevo mai alzato le mani prima d'ora. Anzi ho sempre pensato che la violenza fisica non fosse una soluzione a nulla, e del resto ne sono ancora convinta, ma certo quando quell'uomo ha iniziato a...».

Quando Thomas la baciò, Olivia non si mosse. Non indietreggiò, non disse nulla, non avvicinò la bocca e non la allontanò. Chiuse gli occhi, non sorrise, forse arrossí, ma in quella luce era impossibile vederlo. Sia la donna dentro che quella fuori di lei erano sedute su uno scendiletto indiano, ed erano molto stanche. Non volevano un nuovo amore, non volevano capire, non volevano un'altra vita e nemmeno un altro padre per quel bambino. Non volevano un bel niente, a dire il vero: solo sentire che tutto sarebbe andato bene, o almeno meglio di come dal fondo di quella notte poteva sembrare. Volevano sentire che la loro pelle esisteva ancora, e volevano un gesto. Volevano tornare a casa da se stesse, e i baci a volte servono anche a questo.

Thomas non ricordava il momento in cui si erano distesi l'uno accanto all'altra, ma quando si svegliò, qualche ora dopo, il cielo stava schiarendo, e Olivia era cosí vicina che poteva sentirla respirare. Era bella, della stessa struggente, serena bellezza che hanno le persone giovani al mattino. Per la prima volta sentí il suo odore: di cosa sapeva, e dove l'aveva già sentito? Quanto ci avrebbe messo a dimenticarlo? Non potevano essere detti gli odori, solo scoperti o ritrovati, e nessuno poteva salvarli davvero: erano dei magnifici perdenti, proprio come loro.

Si svegliarono piú o meno tutti alla stessa ora, non a causa della luce che entrava dalla finestra – visto che Bembo all'alba si era alzato per tirare le tende – ma perché poco dopo le sette Agave iniziò a parlare nel sonno. Dovettero scuoterla in due per svegliarla e, quando Gandini le chiese perché mai conoscesse tutte quelle strofe di *Rosa fresca aulentissima* a memoria, la matrona rispose che quella era l'unica poesia che avesse mai imparato in vita sua, e amava ripassarsela in testa quando faceva fatica ad addormentarsi.

Il risveglio fu ancora piú assurdo della notte appena trascorsa. Per due ragioni, di cui la prima era una scomparsa: quella dell'acqua. Non quella che era caduta fuori tutta la notte; quella era al suo posto, non piú in cielo ma in terra, nelle pozzanghere, sulle foglie del giardino e nei cuscini a strisce delle sedie a sdraio, nel bicchiere che Tom aveva usato come posacenere quando si era addormentato in giardino. A sparire era stata l'altra acqua: quella che aveva allagato un piano e mezzo dello Zelda e li aveva costretti a passare la notte nella 558.

Che avesse inondato l'albergo non c'era dubbio, e anche che avesse raggiunto un'altezza piú che spropositata: fino alla metà del primo piano la carta da parati era di almeno tre toni piú scura, e segnava l'altezza dell'alluvione come un'incisione nella pietra fuori da una chiesa. La pianta grassa si era afflosciata su se stessa, e se ne stava inutile e malinconica al centro del soggiorno; divani e materassi nel salotto e nelle stanze erano zuppi, le tende gocciolanti e i vetri dei quadri perlati di rugiada; le stampe accartocciate, i libri stinti e increspati. Il legno dei pavimenti era rigonfio, quello delle sedie rattrappito, le provviste in cucina erano inservibili, il pianoforte muto, le porcellane splendenti e gli elettrodomestici fuori uso.

L'acqua era sparita, e lo Zelda era esausto, fradicio e confuso come un navigante scampato a un naufragio; salvo e tutto sommato forse anche un po' piú pulito di prima.

La seconda ragione era, se possibile, ancora piú bizzarra della prima, e forse dalla prima dipendeva, anche se nessuno, nemmeno negli anni a venire, avrebbe potuto stabilirlo con esattezza. Non si trattava stavolta di una scomparsa, bensí di un'apparizione: quella di una nuvola che aleggiava al piano terra dell'albergo. Il primo a vederla fu Bembo, mentre scendeva l'ultimo tornante delle scale. «Acqua!» gridò, proprio come aveva fatto la notte precedente, perché il suo era un vocabolario limitato o forse perché, in fin dei conti, proprio di acqua si trattava.

Non era nebbia – come sulle prime disse Gero – e neppure fumo, come avevano pensato Thomas e Gandini quando se l'erano trovata davanti. Era una nuvola, una nuvola vera e propria. Se ne stava lí, al centro del salotto, bianca come zucchero filato e densa come ovatta e – se non ci fosse stato il rischio di sparirci dentro – sarebbe stato splendido attraversarla.

Le si fecero attorno lentamente, quasi in punta di piedi per non spaventarla. Rimasero a osservarla in silenzio: tanta era la meraviglia che un niente sarebbe bastato a farla svanire. La guardarono e basta, tutti insieme e ciascuno per conto suo e, come nei sogni e nelle macchie di colore, ognuno in lei vide quello che voleva. La nuvola rimase per un po' al centro della sala da pranzo; poi iniziò ad andarsene in giro per le altre stanze. Quando doveva attraversare i corridoi si stringeva un po', e si ricompattava ogni volta dopo aver superato la porta. Quando arrivò in salotto si allungò su se stessa, e poco a poco si distese fino a diradarsi, lasciando intravedere qui e là quello che c'era dall'altra parte, e svelando reciprocamente ai presenti che la circondavano le facce meravigliate degli uni e degli altri. Poi di nuovo tornò a stringersi come se dovesse svanire, e si incamminò lemme lemme nella sala in cui era comparsa. Lí si fece grassa e vicina come non era mai stata e infine, senza fretta ma con decisione, si infilò tra gli spifferi del vetro rotto e si allontanò in giardino come un ospite ingrato che riparte senza salutare.

Sia Gandini che Bembo, quando la videro sparire, tirarono un sospiro: il ragazzino di sollievo, perché temeva che la nuvola sarebbe evaporata in sala da pranzo e sarebbe toccato a lui pulire anche quella, lo scrittore di delusione, perché sperava che dopo un'apparizione tanto plateale quell'evento avrebbe prodotto qualcosa di altrettanto prodigioso, e cosí invece non era stato. Sorpresi di sospirare all'unisono, si scambiarono un'occhiata, capirono che sospiravano per ragioni differenti e ripresero a ignorarsi come avevano sempre fatto.

Con madornale lentezza, Agave si inginocchiò e benedí con due dita il punto della sala in cui la nuvola era apparsa: i miracoli da quelle parti esistevano, ma di miracoli del genere non se ne vedevano poi tanti. Gero scrutò la puttana con disapprovazione poi, con la scusa di controllare i danni, iniziò il giro delle stanze e si rintanò ad armeggiare in soffitta, lontano da tutti, nel timore che qualcuno potesse chiedergli di asciugare, strizzare, sostituire, cercare o spostare qualcosa.

Fu Bembo, come al solito, a prendersi cura di tutto, e con quello che era scampato al naufragio cercò di mettere insieme una colazione. Arance da spremere, marmellate al cucchiaio, formaggette tumide, frutta secca fradicia e friselle semi-spappolate non mancavano, e si erano salvate perfino delle uova, per chi ne avesse volute. Tom e Gandini ne ordinarono un paio ciascuno e uscirono in giardino. Si fermarono sotto la tettoia in ferro battuto dell'ingresso; poco distante, di fronte a loro, la nuvola stava sparendo una volta per tutte dietro una grande siepe di ginepro.

«Mai visto niente del genere» disse lo scrittore.

«Già» rispose Thomas altrettanto incredulo, senza riuscire a smettere di guardarla.

«Dov'è finita Miss So Tutto Io? Se detesta il realismo magico questa è un'ottima occasione per ricredersi» osservò Gandini. Stava cercando di appurare se Thomas sapesse dell'incidente della notte passata, ma voleva evitare di nominarlo.

«Non so dove sia» rispose Tom. «Ma era molto dispiaciuta per quello che è accaduto» osservò infilando, senza volerlo, una sfumatura di rimprovero nella voce.

«Dispiaciuta un corno» rispose lo scrittore piccato. «La Lubic è un'isterica. Ne ho conosciute tante come lei, non è certo la prima» disse quindi ostentando un'aria di sufficienza, e non si capiva se intendesse dire che aveva conosciuto molte isteriche o se molte donne l'avevano schiaffeggiato. «Ma alla mia età da donne del genere si sta alla larga».

«Siamo tutti un po' stanchi, credo, signor Gandini».

«Lasciamo stare, che è meglio» disse lo scrittore scuotendo la testa e allontanandosi di qualche metro per il nervoso. «Spero solo che non ci faccia aspettare una vita con queste uova» sospirò voltandosi verso la cucina. «Vorrei andarmene in camera. Anche se ormai somiglia a un crematorio con tutte quelle candele. Gesú, fatemi tornare a casa. Che ore ha detto che sono?».

«Quasi le nove» rispose Thomas.

«A che ora arriva il Nuovo Proprietario?».

«A mezzogiorno».

«Pensa che potrei tornare con voi in barca? Non mi ci vedo a passare un'altra notte lí dentro».

«Non credo ci siano problemi. Anzi, lo dirò anche agli altri».

«Bene, preparo i bagagli allora» rispose lo scrittore passeggiando avanti e indietro sul prato ancora umido. Bembo nel frattempo era uscito dalla cucina e stava apparecchiando la tavola. Il sole non era ancora alto, la grondaia gocciolava e qui e là nel cielo c'erano diverse nuvole, ma la giornata si annunciava radiosa, talmente azzurra e certa del suo splendore che, se il cielo fosse stato completamente limpido, non sarebbe stata altrettanto bella.

«Mi faccia un favore però, signor Gandini» disse Thomas mentre stavano tornando dentro.

«Quale?».

«Se li prenda, quei portauovo».

Finita la colazione, Guglielmo Gandini tornò subito in camera sua; passò una buona mezz'ora a farsi la barba e altrettanto tempo al telefono con il suo assistente, Agostino Bria detto Brino, per organizzare il suo rientro a Milano. Brino era un aspirante scrittore cremasco di ventisette anni; anemico e rancoroso, dopo una laurea in filosofia e un master in giornalismo aveva stabilito che il modo migliore per farsi largo nella società letteraria fosse scrivere pamphlet socio-politici per magazine online e assistere, a fronte di un modesto ma regolare stipendio, i bisogni e le mondanità di un intellettuale. Lavorava per Gandini ormai da un paio d'anni, e il suo compito consisteva essenzialmente nel fare al posto dello scrittore tutte le cose per le quali lui non aveva tempo o voglia.

«Ah, e poi, Brino» disse Gandini in preda a una confusa eccitazione quando erano sul punto di concludere la telefonata, «cerca anche tutto quello che c'è in giro sulle nuvole di terra».

«Nuvole *di terra,* signor Gandini?».

«Sono quasi sicuro che Borges ne parli da qualche parte. O forse era Cortázar, non ricordo. Tu comunque cerca un po' ovunque: giornali, riviste scientifiche, cataloghi d'arte» borbottò lo scrittore con aria sbrigativa e risoluta. «E magari anche nella Bibbia e nella Torah» aggiunse subito prima di riagganciare. Richiamò una seconda volta pochi minuti dopo per chiedergli di prenotare una pedicure in via Paolo Sarpi, e a quel punto Brino, per la prima volta in due anni, pensò che era giunto il momento di cercarsi un altro lavoro.

Alla fine della telefonata, Gandini si sdraiò sul letto, finalmente in pace col suo taccuino e tra le sue donne.

A sfogliarla alla luce del giorno, però, quell'antologia di amori gli parve di colpo un esercizio inutile e privo di sostanza. Tanto valeva, si disse, cercare di buttar giú, prima che svanissero, le sensazioni che la comparsa della nuvola gli aveva procurato. Preso da un inquieto entusiasmo, si sedette alla scrivania, accese il computer, mandò giú il bicchierino di sherry che era rimasto lí dalla sera prima. Quel palomino mattiniero non solo non gli serví a ritrovare lo slancio, ma gli mandò a fuoco la bocca dello stomaco e lo rese ancora piú malinconico. Lo scrittore rimase confuso tra i suoi pensieri, e stava guardando fuori dalla finestra con l'aria di un pittore in una stanza vuota quando bussarono. Se c'era una cosa che lo faceva infuriare piú di essere disturbato mentre scriveva era essere disturbato mentre non riusciva a scrivere: Gandini chiuse il computer, scattò in piedi e aprí la porta di pessimo umore. Era Agave. «La tv di sotto è andata» disse, e gli chiese in prestito il libro che aveva iniziato a leggere la sera prima. «*Luna da quattro soldi*, o qualcosa del genere» aggiunse indicando lo scaffale su cui l'aveva posato.

Per qualche motivo quell'intrusione non solo non infastidí lo scrittore, ma sprigionò una calma che altrimenti non si sarebbe manifestata. Gandini cercò il libro tra i volumi che aveva già sistemato in valigia, evitò ogni commento sulla stranezza della richiesta e disse ad Agave di tenere il libro tutto il tempo che voleva.

«Giusto il tempo di non morire di noia da qui alla partenza» rispose lei prima di fare dietrofront e dondolare senza fretta verso le scale. Gandini la guardava imbambolato.

«Può leggere qui, se vuole» disse all'improvviso. «Sul *suo* récamier» aggiunse sforzandosi di infondere un'inflessione invitante alle sue parole.

«Sto piú comoda a letto, grazie» rispose Agave apprestandosi a scendere. Era cosí grassa che doveva guardare verso il basso per essere sicura di centrare il gradino.

«Mi piacerebbe che lei lo leggesse qui in poltrona» disse lo scrittore. «Io nel frattempo lavoro: insomma come ieri, per un paio d'ore, le va? Anch'io devo finire le valigie e sbrigare altre cose, ma da qui a mezzogiorno, che ne dice? Stesso prezzo di ieri».

«È che oggi è martedí» disse lei fermandosi a cavallo tra due gradini e alzando lo sguardo verso Gandini.

«E dunque?».

«È il mio giorno libero. All'inizio era la domenica, ma poi mi sono accorta che la domenica si lavora il doppio: la gente è cosí triste e sola, di domenica, che è da pazzi starsene senza far niente proprio quel giorno. Ce l'avrete anche voi scrittori il giorno di riposo, no?».

«Non proprio» rispose lui.

«Be', fate male. Un giorno di riposo bisogna averlo. Per quello che poi buttate i soldi in pillole e strizzacervelli» rispose Agave lucidando con la manica del vestito il legno della balaustra.

Gandini non sapeva cosa ribattere; sorrise appena, con una smorfia mite che raramente compariva sul suo viso. Sbarbato di fresco e in quella luce chiarissima, sembrava un bambino invecchiato troppo in fretta.

«Facciamo cosí» disse lei dopo aver riflettuto un momento. «Resto ma non mi paga, le sta bene? Cosí siamo tutti contenti».

La smorfia dello scrittore si addolcí in un'espressione di meraviglia.

«Però apra la finestra» ingiunse Agave una volta entrata in camera. «Sembra di essere in un cimitero, qui dentro» disse guardandosi intorno prima di sedersi e slacciarsi le scarpe.

Rimasero in silenzio uno accanto all'altra, proprio come avevano fatto la notte precedente, ma la luce del giorno regalava alla scena una nuova serenità. Seduto al tavolino, Gandini mise da parte il computer, e annotò a mano le sue impressioni sulla nuvola, sulla necessità di darle una cornice comica, da commedia di caratteri. Scrisse soltanto un paio di frasi e una manciata di aggettivi sparsi; ma l'importante era semplicemente non fermarsi, andare avanti. Bastava quello, per non sentire piú freddo al cuore; anche solo muoversi sul posto senza avanzare di un millimetro: per salvarsi, a volte, non c'era bisogno di altro.

Sdraiata in poltrona col suo libro, Agave leggeva con i piedi abbarbicati alla testata di legno. Ogni tanto si lanciava in qualche sbuffo e improperio. «Ma guarda questo!» esclamava quando si imbatteva in qualche malefatta di Charles Strickland, un figlio di papà egoista che getta una povera donna nella disperazione per dei capricci da artista. «Roba da matti» aggiungeva senza smettere di leggere, e nel modo in cui girava le pagine infilava tutta la sua disapprovazione e il suo interesse per la storia di quel miserabile ometto simile ai tanti miserabili ometti che le era capitato di incontrare.

Per lasciare che gli interni prendessero aria e si asciugassero un po', Bembo aveva fatto il giro di tutte le stanze, spalancando porte e finestre: le tende fluttuavano, i lampadari tintinnavano, e il paesaggio era cosí verde e cosí presente che tetti e pavimenti sembravano un'inutile precauzione. Tom salí e scese per due volte dal piano terra fino alla soffitta, girando per stanze e corridoi che aveva già visto ma adesso gli sembravano appena nati. Uscí sulla balconata del primo piano e si fermò a guardare fuori: il sole scaldava l'aria e illuminava i pensieri, tutto risplendeva di una bellezza che fino a quel momento era rimasta nascosta e – proprio adesso che il momento della partenza si avvicinava – gli sembrava che quel posto avesse molte cose da dirgli.

Avrebbe voluto che suo zio spuntasse lí, dal fondo del vialetto. Avrebbe voluto chiedergli come si fa a scegliere un'isola, e come ci si ferma a costruire, nella vita, quando è viaggiare quello che sempre facciamo. Com'è che si fa a invecchiare senza morire di nostalgia. Che faccia aveva sua sorella quando era bambina: se somigliava alla donna che sarebbe diventata, o sembrava un'altra, invece, che poi non si era vista piú. Se morire era difficile dopo una vita intera, o invece era uno scherzo, come ripetevano sempre certi che però morti non erano. Se si era mai pentito di non aver avuto figli, se credeva ai fantasmi, ai miracoli, agli altri. Se quando beveva troppo era per lasciarsi andare o per ritrovarsi, e da che punto sarebbe partito domani, se avesse potuto ricominciare daccapo. Perché il suo letto non guardava verso il mare, ma verso un quadro in cui il mare era dipinto. Dove aveva trovato quelle incredibili conchiglie viola che stavano sul tavolo in salotto, e cosa significava amare perdutamente qualcuno. Lui stesso continuava a ripeterselo nella testa da anni, ma sapeva cosa voleva dire, quel *perdutamente*? Che si ama qualcuno anche se lo si è perso? Che per continuare ad amare dobbiamo perdere qualcos'altro? Che perderemmo tutto il resto pur di non perdere quello che amiamo? Che il nostro è un modo di amare da sconfitti? O che vinceremo comunque, proprio perché amiamo, solo perché amiamo, senza aspettarci nulla in cambio?

Thomas sapeva bene che non sarebbe spuntato nessun marinaio coi bottoni dorati a dirgli la verità, eppure sentiva che era lí che doveva trovare la risposta a domande del genere. Se non fosse stato in grado di scovarla in quelle stanze, dentro quel mattino, avrebbe dovuto rinunciarvi una volta per tutte; pensare ad altro, altro cercare e rimpiangere.

Sentí dei passi, sotto di lui, attraversare il giardino. Era Olivia; aspettò un po' prima di chiamarla, perché gli piaceva guardarla muoversi nel verde, tra le foglie sfrangiate dei banani e i fiori bianchi della datura.

«Stai cercando la nuvola?» le gridò a un tratto sporgendosi sul davanzale. Lei alzò la testa, cercò il suo sguardo tra i rami di una plumeria che si preparava a fiorire, poi tirò dritta verso la porta. Lo raggiunse qualche minuto piú tardi; aveva un rametto verde incastrato nei capelli e le guance fresche di chi ha respirato l'aria del mattino.

«C'era una nuvola che passeggiava in salotto» le ripeté Thomas quando furono uno di fronte all'altra. Lei gli sorrise, si appoggiò alla balaustra e lo ascoltò raccontare. Mentre descriveva la nuvola – la luce che aveva attorno, il modo in cui si muoveva, com'era comparsa e come se n'era andata via – Thomas aveva gli occhi lucenti e increduli di un bambino, ma Olivia non ci fece caso: stava fissando una grande ortensia un po' rinsecchita sotto di loro, e sembrava stesse pensando a tutt'altro.

«Ha troppa luce diretta» disse quando lui ebbe finito di parlare. «Non è adatta a climi come questo» aggiunse mettendo troppa intensità nella voce, come se dallo stato delle ortensie dipendesse chissà quale destino. Restò ancora un attimo in silenzio a fissare i fiori ingialliti, poi, altrettanto all'improvviso come all'improvviso se ne era interessata, si dimenticò delle ortensie e si girò verso il mare. Era uno sguardo freddo il suo, lontanissimo: Olivia era immune allo scintillio dell'acqua, insensibile al tintinnio dei lampadari di cristallo che ondeggiavano alle loro spalle. L'incanto di quel mattino non sembrava sfiorarla e, nonostante fossero uno accanto all'altra, Thomas non l'aveva mai sentita cosí distante. Forse neppure quando si erano visti per la prima volta ai tavolini del Tramonto gli era sembrata cosí lontana. Pensò che ce l'avesse con lui per il bacio della notte prima, e lo ferí l'idea che potesse aver frainteso un gesto cosí innocente. Peggio per lei, si disse senza per questo riuscire a scacciare dalla mente l'impressione che il suo disprezzo avrebbe sporcato anche il ricordo di quella notte che lui portava con sé.

Stava per chiederle se qualcosa non andava, ma fu lei a parlare per prima. «Ero alla sorgente» disse. «Non c'è piú acqua» mormorò girandosi verso di lui, stavolta guardandolo negli occhi. «Ero tornata per raccogliere un campione da confrontare con quello di ieri, ma la fonte è a secco. Nemmeno una goccia» ripeté ancora una volta, lentamente, come se lo stesse dicendo a se stessa.

Tom era confuso quanto Olivia da quella notizia, e il sollievo che lo strano silenzio della ragazza non avesse nulla a che fare con quanto era successo fra loro non bastò a farlo sentire meglio. D'improvviso si sentí stanco, deluso: era evidente che quel posto gli stesse parlando, ma si esprimeva in una lingua che lui non conosceva, di cui non riusciva a capire neanche una parola.

«È successo all'improvviso. Dopo quella grande pioggia, o forse durante» continuò la ragazza ragionando a voce alta. «Di colpo si è fermato tutto. Non so dire di piú adesso» precisò quando si accorse che Tom la guardava in cerca di risposte. «Ma forse questo spiega i valori sballati di ieri, tutti quegli *amaryllis*, l'acqua di stanotte».

Thomas scosse la testa. Gli sembrava che ci fosse solo tempo perso, tempo perso in ogni dove; tempo inutile e confuso, e che forse solo grazie ad altre immani quantità di giri a vuoto e gesti lunghissimi si sarebbe potuto capire qualcosa di quella strana faccenda. Era disorientato, e l'unica cosa che gli riuscí di fare fu stringere le spalle e mettersi a ridere.

«Che c'è, non mi credi?» chiese Olivia sgranando gli occhi.

«Credo a ogni parola di quello che hai detto» rispose Tom camminando lentamente su e giú.

«E allora perché ridi?».

«Intanto questo rametto che hai nei capelli è buffo» disse Tom avvicinandosi, e sfilandolo via con due dita. «E poi non so, l'assurdità di tutto questo: un uomo sta arrivando apposta fin qui per comprare un hotel bagnato fradicio, dei baobab nani e una sorgente a secco. Non fa ridere, tutto questo? Io lo trovo piuttosto divertente. Ma forse ho solo dormito troppo poco».

«Credi che il tizio che voleva comprarlo si tirerà indietro?».

«Non sono un genio degli affari, ma il contrario mi sorprenderebbe» rispose Thomas facendosi girare il rametto tra le dita.

«E a te non importa».
«Non ho detto che non me ne importa».
«Be', è quello che sembra» disse Olivia. Improvvisamente aveva preso a parlargli con severità, come una vecchia moglie che si prepara a bisticciare. «Sai una cosa?» proseguí lei, dopo un momento di silenzio. «Quando ti ho visto il primo giorno al porto, poi sulla barca con quella ragazza e il bambino, ho pensato: ecco il tipo che fuori stagione arriva in un posto di mare e, mentre il figlio e la mamma sono di sopra a fare i compiti, si siede sul fondo di una piscina vuota con l'espressione assorta e l'aria di uno che se ne sta lí a riflettere su chissà che. Hai presente cosa intendo?».
«Hai davvero pensato questo di me?».
«Sí» rispose lei senza esitare. «Mi sbagliavo, naturalmente» gli confessò quindi con altrettanta decisione, lasciando che nella sua voce subentrasse la tenerezza che accompagnava quel pensiero.
«In effetti non c'è una piscina» scherzò lui, sedendosi sulla balaustra con la schiena rivolta al mare, continuando a far girare il ramoscello tra il pollice e l'indice.
«Gesú, vuoi smetterla una buona volta di fare ironia su tutto?» gli disse lei indispettita. «Non bisogna per forza scherzare, quando non si sa cosa dire».
Adesso era lei a sentirlo distante. Eppure di lui sapeva già moltissime cose. Conosceva quel suo modo di fare domande piccolissime su questioni enormi, l'abitudine di bere caffè in un sorso guardando dritto davanti a sé, come se fosse una pozione o una domanda a bruciapelo. Aveva notato come la sua ironia, spesso, non fosse che timidezza travestita; capito che in fondo era inglese a parole e italiano nei fatti, e che non aveva fatto pace con nessuno dei due paesi da cui veniva. Conosceva il modo in cui spostava il mento in avanti mentre stava osservando qualcosa, come strusciava pollice e medio uno contro l'altro quando indugiava in un pensiero; sapeva di come i suoi occhi marroni, nelle giornate di bel tempo, diventassero quasi verdi, e le era

ormai familiare la naturalezza con cui le pareva capace di prendersi cura di questioni e persone che parevano non interessargli poi molto.

Olivia sapeva tutte quelle cose, e una parte di lei forse le avrebbe ricordate a lungo, ma non sarebbero servite a nulla, perché la sua strada e quella di Tom si erano incrociate per caso, e di lí a poco si sarebbero separate di nuovo. Siamo ben strani noi umani a volte, pensò. Uno si sforza sempre di fare prima, di andar piú veloce che può; guarda i trailer dei film per scegliere quello giusto, controlla i percorsi sulle mappe per imboccare la strada piú breve, si danna se la connessione va lenta, preme il tasto > < degli ascensori, si lava i denti sotto la doccia e manda messaggi mentre è alla guida, e poi? Poi passa tre giorni attaccato a persone di cui scopre ogni dettaglio e con le quali non avrà mai piú a che fare. Oppure, al contrario, si perdono anni dietro qualcuno che poi in un secondo, in un solo gesto ci diventa estraneo per sempre, e si porta via tutto il tempo che abbiamo scelto di dedicargli e quello che forse – senza che nemmeno ce ne accorgessimo – si è messo in tasca senza riguardo. Non era stato proprio cosí con Jonas, del resto? Già adesso faceva fatica a ricordare che forma avessero le sue mani, e non avrebbe saputo dire con certezza se aveva dei nei in faccia, oppure no. Eppure a lui, soltanto a lui aveva dedicato pensieri, stagioni, e chissà quante altre cose ancora si sarebbe preso senza che lei lo volesse, senza che potesse farci nulla. Non era forse assurdo affannarsi, allora? Cosa pensavamo di dimenticare davvero, se passavamo la vita a ricordare? Cosa ci ostinavamo a voler salvare, se poi smarrivamo tutto?

Quando si avvicinò a Thomas, Olivia tenne gli occhi aperti, spalancati verso quel momento e le tante immagini che le passavano veloci davanti una dopo l'altra. Aprí le braccia, fece un altro passo e soltanto allora – per permettere ai pensieri di scivolare via – lasciò che le palpebre si chiudessero, dimenticando tutto quello che, intorno a loro, continuava a esistere. Gli abbracci che si scambiarono non avrebbero potuto essere piú diversi, ma entrambi volevano dire la stessa cosa; non portavano da nessuna parte, ma si chiudevano su se stessi in un cerchio minuscolo e perfetto che illuminava tutto senza per questo pretendere di brillare piú del dovuto. Quando si staccarono li colse un nuovo, minuscolo imbarazzo, che svaní non appena tornarono a guardarsi. Rimasero uno accanto all'altra, con il viso in piena luce. Un uccello cantava nascosto tra i rami e le nuvole correvano veloci; il giardino e il mare erano un'unica cosa e loro la abitavano nel centro, pieni di domande ma senza nessuna paura.

Il Nuovo Proprietario sbarcò poco dopo mezzogiorno sotto un sole radioso, ignaro di tutto e di tutti, in compagnia del suo avvocato e di un mozzo in divisa. Tom scese con Bembo a prenderlo al porto: arrivò in perfetto orario all'appuntamento, e per qualche minuto – seguendo il genere di pensieri che ci passano per la testa quando qualcuno che non abbiamo mai visto tarda a comparire – si divertí a immaginare cosa sarebbe accaduto se dal mare non fosse arrivato nessuno. Di lí a poco la barca spuntò all'orizzonte: era uno yacht laccato di bianco, né grande né piccolo, con parabordi e profili rossi. Si chiamava *Serafina IV* in omaggio alla signora Musante, come Musante stesso spiegò a Thomas mentre, sballottati dal pullmino, risalivano verso l'albergo. «Di Serafina ce n'è una sola, ma questa è la quarta barca che le viene dedicata» precisò, lasciando intendere che era sposato da molto tempo e anche che poteva permettersi di cambiar barca abbastanza spesso. Ettore Musante non poteva certo essere definito un uomo raffinato, ma non sembrava eccentrico come Gero lo aveva dipinto, ed era meno primitivo di quanto Tom e Gandini avessero immaginato. Si tingeva i capelli, su quello non c'era dubbio, e aveva i pori della pelle dilatati in modo quasi increscioso, ma quelli erano, a conti fatti, i suoi difetti piú evidenti. Aveva un'espressione onesta, modi affabili, e il suo viso non mancava di quei tratti ardimentosi che spesso caratterizzano gli uomini del Sud. Trovarselo di fronte in tutta la sua evidente neutralità fu per Thomas l'ennesima riprova che in tutta quella storia non c'era nessun cattivo e nemmeno una chiara morale, solo eventi che correvano a zigzag uno dietro l'altro senza una ragione precisa.

Arrivati allo Zelda si fermarono a discutere in giardino, sorseggiando un tè chiarissimo servito da Bembo che sia il mozzo che l'avvocato rifiutarono. Per Thomas non fu semplice spiegare l'accaduto: non avendo nemmeno lui tanto chiaro in testa quello che era successo, si avventurò in un racconto piuttosto confuso. Musante comunque lo ascoltò con interesse, seguendo tutte le sue strambe rivelazioni e felicitandolo piú volte per il suo italiano. Per non complicare ulteriormente le cose, arrivato al resoconto degli eventi del mattino Tom evitò di nominare l'apparizione della nuvola. Non si dilungò piú di tanto neppure a proposito della sorgente, e si offrí di accompagnare i nuovi arrivati sul posto affinché potessero verificare di persona quello che era accaduto.

Si spinsero quindi a piedi verso la fonte, Thomas e Musante davanti, seguiti dall'avvocato – che da quando aveva messo piede sull'isola non faceva che parlare al telefono e camminava gesticolando a qualche metro di distanza. Il mozzo rimase in giardino a fumare incastonato fra due pesci di pietra, e pareva un pesce anche lui. Quando arrivarono alla sorgente Musante girò senza fretta intorno al terreno, esaminò con attenzione la vegetazione circostante, alzò gli occhi al cielo, li abbassò sui licheni intorno alle rocce, si grattò la tempia, raccolse un filo d'erba e se lo mise in bocca, poi si addentrò fra gli alberi per osservare la scena da una prospettiva diversa da quella in cui si trovavano. Tornò quindi verso Thomas e l'avvocato a passo spedito, guardandosi intorno mentre masticava il suo filo d'erba. Raccolse un pugnetto di terra e lo annusò, controllò l'ora e il meteo sul telefono, guardò di sfuggita il suo avvocato e appena piú a lungo Thomas e infine – con l'aria di un bravo uomo d'affari, di un onorato cittadino del Sud, di un bravo cristiano e di un ottimo padre qual era – alzò le spalle, lanciò un sospiro e disse: «Capita».

La sua mancanza di stupore fu a suo modo stupefacente, eppure quell'uomo non stava fingendo e neppure nascondendo chissà quali altri pensieri: Ettore

Musante era un cattolico fervente, e per lui i cosiddetti «misteri della natura» non erano altro che piani del Signore. Per ogni nuovo acquisto o investimento, Musante era solito disporre di un piano A, di un piano B e addirittura di un piano C, natura (ovvero Signore) permettendo. In ormai quasi trent'anni di attività, aveva capito come convertire una pineta incenerita in una piscina vista mare, una cava di marmo esaurita in un lussuoso cimitero per cani e i resti di un'imponente moria di pecore in una start-up di pantofole imbottite in pura lana a chilometro zero.

Non erano certamente quelli gli affari che lo avevano reso ricco. Ma avevano, in compenso, contribuito a rinsaldare il sangue freddo e l'inguaribile ottimismo di cui Musante faceva prova in ogni circostanza e quindi, forse, anche a renderlo cosí invidiato dai suoi concorrenti. Detto ciò, Ettore Musante aveva sessantadue anni, una grande famiglia e una moglie un po' annoiata, un'industria con trentatré operai, tre case per le vacanze, due cause in corso, un accenno di colesterolo e un principio di prostata: di una sorgente senz'acqua e una pensione allagata su un'isola deserta perfino uno come lui non sapeva cosa farsene.

«Sa, io costruisco case, a volte strade» disse a Tom mentre tornavano verso lo Zelda, senza smettere di far girare il filo d'erba da un lato all'altro della bocca. «Ho un allevamento di cavalli e uno di pastori tedeschi. Due figli maschi e una femmina che vale come tre maschi. Produco vino, olio, formaggi e amari alle erbe. Non mancava che una sorgente d'acqua minerale per chiudere il cerchio, non le pare?» chiese disegnando un cerchio con le dita e bucandolo al centro, come un palloncino alla fine di una festa.

A Thomas sembrava che quel che gli mancava sarebbe stato piuttosto rimanersene tranquillo a godersi tutto quello che aveva costruito, ma conosceva troppo poco Musante per dirgli una cosa simile, cosí si limitò ad annuire. Del resto, pensò, quel suo modo di vedere le cose era esattamente il motivo per cui non sarebbe mai stato un vero uomo d'affari. In questo era identico a suo padre: non era fatto per avere padroni, ma nemmeno per lanciarsi alla conquista del mondo. «Non siamo re, ma neppure sudditi» gli aveva detto Oliver Edwards una sera che erano a Shere, mentre stavano cuocendo le castagne nel camino. «Siamo cavalieri» aveva poi aggiunto senza smettere di rimestare con cura la brace, e girando una per una le caldarroste per lasciare che si abbrustolissero alla perfezione. Thomas non chiese a suo padre cosa intendesse dire: all'epoca aveva da poco compiuto tredici anni, e la sua unica preoccupazione, quella sera, era mettersi a tavola il piú presto possibile per potersene tornare su in camera a cercare sulla tastiera gli accordi del ritornello di *Moonage Daydream*. Il signor Edwards non gliel'aveva piú ripetuto da allora; ma quando, tanti anni dopo, aveva deciso di aprire il suo studio, lo aveva fatto tenendo quella frase a mente: lavorare per difendere ciò che ci sembra importante e restare liberi, questo facevano i cavalieri, o almeno quello era il senso che lui aveva scelto di dare a quanto faceva. Degli uomini come Musante che spesso incontrava sul suo cammino Thomas notava la fame, ammirava la tenacia, invidiava la rapidità, l'intraprendenza e il talento. Ma non capiva quale fosse il punto nel loro modo di stare al mondo, e spesso – quando aveva a che fare con tipi come lui – l'impressione che aveva era di trovarsi davanti a dei campioni di uno sport di cui non conosceva le regole.

«Lo sa che noi italiani siamo i piú grandi consumatori d'acqua minerale al mondo?» proseguí l'isolano. «Centonovantaquattro litri all'anno a testa: in pratica beviamo piú acqua noi che gli arabi in mezzo al deserto. Incredibile, non trova?» esclamò spalancando gli occhi e meravigliandosi di quello che lui stesso diceva. «Io naturalmente prima di interessarmi alla vicenda non ne sapevo molto di acque minerali. Ma suo zio è stato pioniere, mi creda. Trent'anni fa dell'acqua minerale non importava niente a nessuno, si cominciava appena, non costava niente. C'era da essere matti, c'era da diventarci ricchi!».

«Temo che mio zio un po' matto ci sia nato, e ricco non lo sia mai diventato».

«Già» rispose Musante con un tono che tradiva una punta di rammarico: era un uomo onesto, e il senso degli affari in lui non riusciva a offuscare quello della compassione. «Speriamo che almeno fosse bella, questa signora Zelda» esclamò alla ricerca di argomenti piú leggeri.

«Su quello non ho dubbi» rispose Tom sorridendo. Ripensò a quando, tanti anni prima, sua madre gli aveva raccontato che Valentino era stato capace di innamorarsi di una donna che non aveva mai visto, e a un tratto l'eventualità che suo zio avesse scovato quel mezzo rudere, l'avesse sistemato e mantenuto, avesse disegnato o fatto disegnare delle etichette fiorite, ordinato delle bottigliette di vetro, deciso dove mettere l'insegna, assunto una cuoca, cercato coperte per l'inverno, quadri da appendere alle pareti e pomelli per le porte, trovato i quattrini per l'impianto elettrico e la forza di andare avanti e indietro per una donna che in quel posto non aveva mai messo piede e forse neanche esisteva gli sembrò un'ipotesi non cosí improbabile. Tornarono in albergo camminando fianco a fianco senza quasi parlare. Non che ci fosse poi molta strada, ma quel genere di silenzi si ricordano anche ad anni di distanza.

Una volta rientrati – piú per una forma di cortesia che per una reale utilità – decisero di comune accordo di procedere a un rapido sopralluogo degli interni. Passarono in rassegna i vari ambienti dello Zelda, constatando da vicino piccoli e grandi danni dell'allagamento. Non tralasciarono nemmeno una stanza, a eccezione della soffitta, che trovarono chiusa a chiave. Nella 558 si affacciarono solo rapidamente: Gandini era di nuovo al telefono col suo assistente, e Bembo era alle prese con dei resti di cera che non ne volevano sapere di staccarsi dal pavimento. Agave era immersa nel suo libro, e li salutò distrattamente, senza neppure alzarsi.

«Mi pare di conoscerla, quella signora» disse Musante quando ripresero a camminare lungo il corridoio.

Chissà se aveva conosciuto la bidella, la chiromante o la puttana, si chiese Thomas. «È molto probabile, viene dall'Isola Grande anche lei» si limitò a rispondergli.

La porta della 557 era spalancata, ma Thomas bussò comunque quando ci arrivarono davanti. Olivia era seduta in poltrona vicino alla finestra, lo zaino pronto accanto ai piedi. Stava sfogliando il *Cosmos*, ma nemmeno il suo adorato Humboldt quel giorno riusciva a distrarla.

Thomas la presentò a Musante.

«La signora è una biologa» disse. «È stata lei a scoprire quello che è successo alla sorgente».

«Biologa e splendida mamma» replicò Musante, sfoggiando il sorriso bonario che riservava alle giovani donne. «Sarà mica stata lei a chiudere il rubinetto per essere sicura di non lasciarsi scappare un affare come questo, vero?» scherzò amichevolmente senza riuscire a strapparle nient'altro che un sorriso di convenienza, visto che il freno interiore che rendeva Olivia Lubic incapace di accettare un complimento era lo stesso che le rendeva difficile saper incassare le battute. Musante comunque a quel tiepido cenno non badò nemmeno: di colpo, dalla futura mamma, tutta la sua attenzione si era riversata sulla poltrona su cui la futura mamma era seduta.

«Questa è proprio identica a una che stava in casa di una mia vecchia zia» disse avvicinandosi per guardarla da vicino. «Zia Emilia, si chiamava. E anche questi sono gli stessi» proseguí piegandosi sulle ginocchia per toccare con mano gli intarsi a forma di zampa di leoncino. «Vai a sapere come diavolo ha fatto a finire qui» si chiese sbalordito, e tutto a un tratto aveva assunto un'aria cosí intensa che Olivia pensò bene di alzarsi per lasciarlo commuovere in santa pace.

Musante restò dov'era, inchiodato dalla sorpresa di ritrovare, in un luogo in cui non era mai stato prima, un oggetto che conosceva tanto bene. «Questi» disse passando le dita sui punti ricamati del bracciolo, «ho passato ore quando ero piccolo a chiedermi chi li avesse ricamati e perché. Ricordo che a quel tempo ero ossessionato da domande come quella: perché la gente si mette a fare cose del genere? Che bisogno c'è di ricamare dei fiorellini rossi sui braccioli di una poltrona gialla? Sapete, no, quelle domande che ci si fa da ragazzini» disse rivolto agli altri due, ma senza guardarli, sfiorando il tessuto da un ricamo a un altro e a un altro ancora, come se stesse cercando la sequenza magica per tornare indietro nei ricordi, o far confessare a quell'oggetto cose che soltanto lui poteva conoscere.

«Forse devo averglielo anche chiesto il perché. Mica me lo ricordo, se mi aveva risposto. Parlava tanto la zia Emilia, parlava in continuazione» disse alzandosi in piedi. «Parlava talmente tanto che alla fine non ti ricordavi piú quello che ti aveva detto. Anche mia sorella parla sempre» aggiunse schiarendosi la voce, «ma non ti ascolta, vuole parlare lei e basta. Mia zia invece parlava cosí tanto perché mentre ti parlava ti studiava, ti stava a sentire. Era un bel tipo. Non conosco nessuno, simile a lei, eppure da piccolo pensavo che gli adulti fossero tutti cosí» disse Musante accomodandosi sulla poltrona come se finalmente avesse detto abbastanza e avesse il diritto di sedersi lí sopra. Riprese ad accarezzare i braccioli, accavallò una gamba sull'altra. «Accanto alla poltrona c'era un tavolinetto rotondo con delle cose che non servivano a niente se non a essere spolverate e una foto incorniciata. Era zia Emilia da giovane, ma io non riuscivo a credere che fosse proprio lei. La zia che conoscevo era fatta di rughe, sapeva di carne al sugo e di fiori e le mancavano due denti davanti, uno sopra e uno sotto. Quella della foto era tutta imbellettata e liscia, non sapevo chi era, non mi fidavo di lei. Ma capivo che dovevo comportarmi bene quando ero lí intorno, perché la zia la cornice la lucidava tutti i giorni, e la teneva accanto alla poltrona gialla, che era senza dubbio il suo posto preferito al mondo. Ma dimmi tu» disse Musante chiudendo le mani intorno alle punte dei braccioli, e aspettando ancora un attimo prima di alzarsi, incredulo al pensiero che quell'oggetto si fosse inventato una seconda vita lontano dai mobili in noce e dai centrini di organza. «Mi sento cosí vecchio, all'improvviso» confessò scuotendo la testa. «Tanto vecchio, ma pure un po' piú giovane». Aveva gli occhi velati di lacrime, e un'espressione lieta sul resto del viso, e non sarebbe stato possibile dire quale dei due sentimenti prevaleva sul suo volto. Olivia avrebbe voluto consolarlo, Thomas rallegrarsi insieme a lui, e nessuno dei due avrebbe avuto ragione né torto.

«Scusate, mi sono lasciato andare alla nostalgia. Meno male che non dobbiamo fare affari, signor Edwards, o avrebbe pensato di avere di fronte un imprenditore rimbambito. Cosí almeno le sembrerò un rimbambito e basta. Non so cosa mi sia preso. È che io con questa zia Emilia ci sono cresciuto. Non vi annoio ancora, ma diciamo che mi ha fatto da padre e pure da madre, e metà delle cose che mi ha insegnato me le ha raccontate seduta qui sopra. Che poi è una poltrona cosí cosí» disse guardandola con compassione. La prese dal poggiatesta e la spostò sotto la luce vicino alla finestra. «D'altronde la zia Emilia ricca non era. Mia moglie, se gliela mettessi in casa, me la tirerebbe dietro. La poltrona, intendo. Zia Emilia, sono sicuro che l'avrebbe adorata».

Per un attimo fissarono tutti la poltrona come un oracolo, come se aspettassero di ricevere da lei la sua versione dei fatti.

«Elle Effe» disse a un tratto Olivia.

«Come ha detto?» chiese Musante.

«Qui dietro c'è una sigla» rispose la ragazza indicando il retro della poltrona. «L.F. E una data, 1959».

Musante si avvicinò per leggere a sua volta. Strizzò lo sguardo e si accostò tanto da toccare quasi il tessuto col naso, perché – anche se si ostinava a non voler mettere gli occhiali – da qualche tempo ormai da vicino ci vedeva malissimo. C'era una piccola targhetta in cotone cucita al centro della parte bassa dello schienale; le lettere erano ricamate a mano in un accurato maiuscolo corsivo, con lo stesso filo rosso dei fiorellini.

«Elle Effe, 1959. Che vista, complimenti. Be', allora è la poltrona di un'altra» disse Musante indietreggiando di un passo come si fa di fronte a uno sconosciuto che abbiamo coperto per sbaglio di effusioni. «Giuro che era identica, sembrava proprio lei. Ma nel '59 zia Emilia c'era seduta sopra già da un pezzo, e questa Elle Effe non so proprio chi sia».

Le lacrime al bordo degli occhi adesso erano sparite, e anche il sorriso non c'era piú. Eppure Musante non era triste, soltanto serio, di quella serietà che ci assale quando la realtà ci riporta a terra senza troppa delicatezza. «Poco male» concluse appoggiando con disinvoltura un gomito sul poggiatesta, «non ha molta importanza che fosse proprio quella lí, la poltrona di zia Emilia. Amiamo sempre qualcosa perché ci ricorda qualcos'altro, non è vero?».

Olivia dovette trattenersi per non fare di nuovo il bastian contrario: per lei l'amore era tutt'altro, uno sconosciuto che ci rende estranei a tutto, perfino a noi stessi. Poteva immaginare il sentimento che quell'uomo stava descrivendo, ma non lo aveva mai provato: per come lo aveva conosciuto lei, l'amore era l'opposto, qualcosa che ci fa dimenticare tutto il resto, e ci porta lontano in un posto in cui non conosciamo nulla di quello che abbiamo intorno. Non aveva poltrone ricamate in cui imbattersi in giro per il mondo, Olivia Lubic, e non ne desiderava: la sua vita era fatta d'altro, e questo era un peccato ma anche una fortuna. Ancora una volta era solo questione di guardare il lato giusto della faccenda. Rivolse a Musante uno sguardo tenero e perplesso, e lui a quel punto, per un istante, ebbe veramente il sospetto di essere un vecchio rimbambito.

Anche Thomas si limitò a sorridere e nulla piú, ma non certo perché non avesse nulla da dire sull'argomento. Per lui quella frase e quel momento furono come un dardo: attraversarono in un secondo anni e mondi che non si erano toccati mai, e li unirono in un colpo solo, lungo un filo sottilissimo e indistruttibile. Cercò di seguire da un capo all'altro la traiettoria che quell'intuizione disegnava nella sua testa, ma capí che era ancora presto: soltanto da solo, piú tardi, in un altro posto e in un momento diverso da quello, sarebbe riuscito a vederla nella sua interezza. Avvertí Olivia che sarebbero partiti tra poco, e invitò Musante a proseguire la visita verso l'ultima stanza.

Mentre scendevano al piano terra mise le mani in tasca, e le sue dita sfiorarono qualcosa di piccolo e freddo. Era il pesciolino dorato che aveva comprato al porto. Lo strinse tra il pollice e l'indice, e non aveva bisogno di nient'altro per sapere che tutto sarebbe andato come doveva.

La stanza dell'inventario fu quella cui dedicarono meno tempo e attenzione: poltrone della zia Emilia a parte, Musante non era certo un appassionato di chincaglierie. Quel disordine umidiccio lo metteva di cattivo umore, e il suo cellulare, che fino ad allora aveva mantenuto un religioso silenzio, adesso aveva iniziato a squillare senza sosta. Attraversò la stanza con sguardo distratto, e non si fece nemmeno venire in mente di portar via qualcosa. All'ennesimo squillo, tirò un sospiro e si diresse verso la porta.

«Qui c'è da mettere tutto al sole e vedere cosa sopravvive» disse a Thomas liquidando definitivamente la paccottiglia dello Zelda. Uscí in giardino, si accomodò su una delle sedie bianche in ferro battuto, e da lí intavolò un'interminabile discussione con la sua commercialista sul come e perché ottenere detrazioni fiscali dalla ristrutturazione di un asilo a energia solare nel centro storico dell'Isola Grande. Il suo interesse verso lo Zelda si era esaurito e, nell'attesa di ritornare a casa, la mattinata poteva essere dedicata ad altro.

Prima di raggiungere Musante in giardino, Thomas si chinò a guardare le bottiglie nella cassetta che aveva messo da parte; le etichette erano zuppe, e ormai illeggibili: la zeta era un miraggio bluastro, il resto era scomparso.

Fuori, la luce del giorno era al massimo del suo splendore; il bianco del tavolino e delle sedie era abbagliante, i verdi del giardino cosí tanti che era impossibile contarli e il blu del cielo e quello del mare all'orizzonte cosí diversi tra loro che si faticava a credere che portassero lo stesso nome.

«È proprio un bel posto questo, comunque» disse Musante dopo aver riattaccato, incrociando le braccia dietro la testa e sollevando il mento per godersi il sole. In quella luce perfino la sua pelle butterata migliorava, in compenso la tinta dei capelli era cosí evidente da far pietà. Veniva voglia di mettergli in testa un cappello, o di spiegargli che anche i brizzolati avevano il loro fascino.

«Mi spiace che non se ne faccia niente del nostro affare. Ma anche mettendo da parte la storia dell'acqua non saprei cosa farmene. Potrei regalarlo a mia moglie per i nostri trent'anni insieme – trent'anni, riesce a crederci lei? Il prossimo luglio – ma è facile alle nostalgie, e temo che un'isola come questa la farebbe diventare malinconica. Neanche il mare le piace, a dire il vero. Vuole andare sempre in montagna, anche d'estate. O in città piú grandi e maestose di quella in cui siamo nati».

A Thomas parve di vederla, Serafina Musante, appoggiata al bancone di un hotel a duemila metri, con i capelli freschi di piega e i Moon Boot ai piedi. «Se a sua moglie non piace il mare perché ha chiamato la barca col suo nome?» chiese.

«Ci ho chiamato anche un trattore, se per questo» rispose Musante. «E anche il nostro piccolo elicottero».

A un uomo tanto pratico non si poteva certo rimproverare granché. Thomas si girò a guardarlo: se ne stava al sole, placido, con gli occhi chiusi, e si vedeva che era dispiaciuto di non aver concluso nessun affare, ma anche che era già pronto a ripartire verso nuove avventure senza l'ombra di un rimpianto.

Anche l'avvocato li raggiunse in giardino: lui all'umida paccottiglia si mostrò interessato e, dopo un giro di ricognizione, chiese a Thomas il permesso di portarsi via una mazza da golf, uno spegnicandele di silver plate e un paio di guantini da aviatore, che ripose nella ventiquattrore insieme alla busta con i documenti per la vendita che non avevano nemmeno aperto.

«Non si preoccupi, signor Edwards» disse Musante incrociando le braccia al petto quando l'avvocato richiuse la valigetta e i clic scandirono l'epilogo di quell'affare mancato, «sono sicuro che troverà un altro compratore. Io posso chiedere ai miei clienti giú in città, e al circolo del golf, la prossima volta che ci vado. Serve un amante del genere, ma non sarà difficile trovarlo. E poi sempre piú stranieri comprano da queste parti» concluse guardandosi intorno, lasciando intendere che solo un forestiero sprovveduto sarebbe potuto cascare in un affare cosí.

Ma Thomas era tutt'altro che preoccupato. Per la prima volta da quando era lí gli sembrava di sapere esattamente cosa fare, e il fatto che a suggerirgli la soluzione fosse stata la persona che sulla carta aveva mandato tutto a monte non era che un altro dei virtuosismi che la vita ogni tanto si diverte a dispensare qui e là.

Caricare il pullmino non fu semplice: tutti insieme avevano molti piú bagagli del previsto e Gandini, che non viaggiava mai senza i suoi bauli d'epoca, occupava il posto di almeno tre persone. Tom aveva dato ordine che le persiane venissero fissate ai muri e lasciate aperte; quando finalmente partirono si lasciarono alle spalle uno Zelda umido e ammaccato, che splendeva di luce e implorava tenerezza. La pianta grassa del soggiorno era stata trasportata in giardino, e adesso si mimetizzava in mezzo alle altre; cuscini, tappeti, coperte, materassi, poltrone e tende del piano terra e del primo piano erano stati stesi lungo tutta la balconata a prendere aria al riparo dal vento, sempre in agguato da quelle parti. Dopo aver oltrepassato l'ingresso principale, Bembo fermò il pullmino e scese a chiudere il cancello: girandosi a guardare lo Zelda per l'ultima volta, Thomas ebbe l'impressione di abbandonare un vecchio amico e, adesso che tutti non vedevano l'ora di andarsene, sarebbe volentieri rimasto ancora un po' in sua compagnia. Tornato a bordo, Bembo accese la radio, e Peggy Lee ricominciò a cantare. I freni del pullmino erano malandati, una ruota era quasi a terra: il ragazzetto doveva guidare con circospezione, e la lentezza con cui scesero fino al porto regalò a quel momento una buffa solennità e perfino Peggy pareva po' intristita dall'andatura cui erano costretti. Arrivati al molo Bembo parcheggiò al solito posto. Scaricarono i bagagli, si avviarono verso la barca e il pullmino rimase lí, sbilenco e inutile, a salutarli dalla riva.

Il *Serafina IV* era certo piú comodo e silenzioso del peschereccio che li aveva portati sull'isola, ma non per questo la traversata fu piú piacevole di quella dell'andata.

Musante si mise al timone, e gli ospiti presero posto intorno al tavolo fuori, seduti uno accanto all'altro alla distanza che le poltrone in ecopelle fissate a terra stabilivano per loro. Avevano l'aria stanca, ed erano piuttosto silenziosi. Non avevano piú niente da dirsi, o forse erano semplicemente stufi di doversi parlare per forza e non vedere da giorni altre facce che le loro.

A metà tragitto – dalla cabina di comando da cui impartiva ordini perentori – Musante gridò al mozzo di servire un aperitivo. Dopo aver sintonizzato lo stereo su una stazione che alternava forsennati ritmi latini a intense ballate locali, il mozzo portò in tavola un'intera cassa di mignon di prosecco, diverse boccette di analcolici, tetrapack di arance rosse e bottigliotti di succo alla pera, cracker alla paprika, patatine al formaggio, abnormi olive verdi e salatini dai bordi merlettati. Olivia assaggiò i cracker e chiese se fosse possibile avere un po' d'acqua, mentre Thomas – per educazione e solo per educazione – accettò di dividere con l'avvocato una bottiglietta di prosecco. Gli bastò mandarne giú un sorso per ricordarsi quanto detestasse le bollicine e, approfittando di un momento di distrazione generale, rovesciò il prosecco in mare, posando la flûte di plastica sul tavolino con un tovagliolo dentro per evitare che l'avvocato si facesse venire in mente di servirgli un secondo giro.

Bembo non toccò nulla, e nemmeno Gandini: durante l'intera traversata lo scrittore non fece che scrutare l'orizzonte con aria assorta, accarezzandosi il ginocchio con una mano e tenendo l'altra sulla testa per evitare che il riporto svolazzasse come la bandierina sull'asta.

Il vento s'era alzato di nuovo adesso, e il mare si era increspato. Non appena furono al largo – mentre l'isola spariva pian piano all'orizzonte – piú che ripensare agli strani giorni che lí avevano vissuto, a tutti toccò fissare un punto fermo e cercare di non vomitare.

L'unica ad apprezzare l'aperitivo fu Agave, che nonostante la nausea o forse – come diceva lei – proprio per farsela passare – mandò giú un analcolico rosso seguito da uno biondo, fece il pieno di patatine al formaggio e salatini e continuò a leccarsi le dita finché nelle ciotoline rimasero soltanto le briciole.

Accanto a lei, voltato di spalle, Gero guardava davanti a sé: aveva nascosto in soffitta una Menorah in ottone, una piantana d'acciaio a sei sfere opaline, un porta noccioline intarsiato, due coltelli messicani con lame specchiate, un portapillole a forma di conchiglia, un cipollotto da taschino con il quadrante di smalto e la catena dorata, un parascintille in rame a tre ante e un acquamanile in forma di Pegaso, e impiegò la traversata a pensare a chi avrebbe potuto rifilarli, e a quanto.

Arrivati al porto il custode fu il primo ad andarsene: non metteva piede lí da mesi, e aveva diversi conti in sospeso da quelle parti.

Thomas gli chiese di tornare allo Zelda nei giorni successivi, non appena avesse potuto, per assicurarsi che il salvabile fosse salvato e tutto il resto sistemato come meglio si poteva. «Penso a tutto io» ripeté Gero due volte di seguito, senza smettere di fissare Tom per evitare di incontrare lo sguardo di chiunque altro del porto, ma soprattutto fargli capire che per «pensare lui a tutto» voleva essere pagato, e subito.

Si girò verso gli altri e li salutò senza convinzione, poi si incamminarono insieme fino alla stazione di servizio. «Aspetto qui» disse a Tom dopo avergli indicato il bancomat, e si ritirò in un angolo del benzinaio vicino alle pistole ad aria compressa, con le mani nelle tasche e lo sguardo basso. I pantaloni di Gandini dovevano essergli piaciuti, perché non se li era piú tolti di dosso. Di portafogli non ne aveva: ripose i soldi dentro la carta d'identità, scambiò altre due parole con Thomas, poi sollevò il bavero della giacca, ci nascose la faccia e si incamminò verso la provinciale.

In direzione opposta alla sua, Thomas vide spuntare Ottie e Martin. Erano arrivati poco prima dall'Isola Grande e lo stavano cercando: Martin era un po' abbronzato, e andava fierissimo del suo giocattolo nuovo di zecca, un hula hoop fosforescente che la mamma gli aveva comprato all'edicola del porto mentre li aspettavano.

Ottie e Tom si salutarono davanti a tutti, ritrovando intatto il confuso imbarazzo con cui si erano lasciati. A lei quei due giorni erano serviti per iniziare a riprendersi dai vari incidenti che l'avevano travolta. Il polso era ancora gonfio, l'ustione della medusa andava medicata tre volte al giorno e, per diverse notti ancora, le punture del tafano avrebbero continuato a svegliarla. In compenso un paio di grandi occhiali da sole e un cappello scuro a tesa larga svolgevano perfettamente il loro dovere, assicurandole un contegno a metà tra una convalescente e una diva; Musante, che la vedeva per la prima volta e dei suoi guai non sapeva nulla, la trovò sublime, e non mancò di chiedersi tra sé e sé cosa ci trovasse una donna come lei in quell'inglesino cosí indecifrabile.

Le si presentò con un baciamano, e disse che gli dispiaceva davvero non poter pranzare con loro prima della partenza, ma lui e il suo legale erano già in ritardo per tutti gli altri appuntamenti della giornata. Una berlina lucida e nera, proprio uguale a quella descritta da Gero la sera prima, lo stava aspettando poco piú avanti, ma prima di andarsene il Mancato Proprietario ci tenne comunque a fare gli onori di casa. Come prima cosa – visto che alla fermata non ce n'erano – chiamò il suo autista e lo spedí in cerca di un taxi; distribuí quindi un biglietto da visita a ognuno dei presenti, Martin e Bembo inclusi, e fece promettere a Tom e Ottie che sarebbero tornati da quelle parti in vacanza come suoi ospiti non appena ne avessero avuta l'occasione. Ci tenne infine, prima di congedarsi, a prenotare per il loro pranzo il migliore ristorante della città.

«Qui al porto non c'è niente che valga la pena, vi mando io in un posto come si deve» disse cercando il biglietto del ristorante. Al contrario di Gero, il portafogli Musante ce l'aveva eccome, all'antica e pieno di contanti e carte di credito, di una pelle grezza e robusta, proprio come la sua. «Quando arrivate chiedete di Ninni e ditegli che vi mando io; lo chiamo adesso appena salgo in macchina, e non preoccupatevi se trovate un po' di traffico: da lui si mangia fino a tardi. Il locale non è bellissimo» ci tenne a specificare, «ma il pesce come lo fanno lí non lo trovate da nessuna parte. Lo dica alla sua signora, che magari non è abituata» proseguí rivolto a Tom. Ci teneva da matti a far bella figura con Ottie un momento prima di non vederla mai piú: non era forse questa la galanteria?

Ottie stava parlando con Olivia, e non gli prestò nessuna attenzione. Tra le due era in corso la tipica conversazione di circostanza che precede l'addio fra persone beneducate che parlano lingue diverse e non hanno nulla in comune; riguardò, nella fattispecie, il livello di civiltà delle farmacie locali, la posizione geografica di Trieste rispetto al resto del paese, la temperatura a bordo dei traghetti e degli aerei e il tempo medio di recupero dal parto. Da dietro le lenti scure, di tanto in tanto Ottie lanciava all'indirizzo di Agave degli sguardi inteneriti. La puttana era appoggiata a un lampione, era già tornata al lavoro e si girò a sua volta a guardarla.

Era difficile stabilire chi delle due compatisse piú l'altra, e come potesse chiamarsi il muro che impediva a persone come loro di capirsi, o semplicemente di approssimarsi sospendendo ogni giudizio.

Martin e Bembo, che quando erano allo Zelda si erano praticamente ignorati, adesso giocavano come vecchi amici. Correvano su e giú per la banchina senza sosta, fermandosi solo per far girare l'hula hoop e fare a gara a chi riusciva a farlo dondolare piú a lungo senza lasciarlo cadere. Dei due, Bembo era infinitamente piú bravo: riusciva a far girare il cerchio muovendo appena il bacino, e quando lo lasciava cadere a terra era solo per passare il turno a Martin, che invece dentro all'hula hoop esitava traballante come un budino. Non parlava nemmeno adesso Bembo, ma in compenso sorrideva, e da come correva e ondeggiava e gesticolava pareva si fosse ricordato all'improvviso di essere un bambino. Ci si sarebbe aspettato di sentirgli gridare qualcosa al momento dei saluti, ma non disse nulla neanche stavolta; quando gli adulti iniziarono i loro convenevoli si limitò a far ciao con la mano, poi saltellò vispo verso la stazione degli autobus, solo e regale nella sua tunica bianca, come un principe piú sfortunato o forse solo piú saggio di tutti gli altri.

Per Musante si era fatto proprio tardi. Salutò con affetto Thomas, con ammirazione Ottie e solo da lontano Agave: il Mancato Proprietario non l'aveva ancora riconosciuta, ma ogni volta che la guardava sentiva che stava per ricordarsi qualcosa che era meglio non farsi tornare in mente. Fece per abbracciare Olivia, ma la pancia era tale che dovette accontentarsi di batterle le mani sulle spalle. Lasciò il mozzo a lucidare la barca, salí in macchina con il suo avvocato e abbassò i vetri scuri per continuare a salutarli anche dal sedile. Sporse il braccio fuori verso Gandini, ma quello, distratto com'era dalle sue telefonate, non si accorse di nulla.

Lo scrittore era al cellulare da quando erano sbarcati; Brino era riuscito a trovargli un volo per le cinque del pomeriggio e, anziché per Milano Gandini sarebbe partito per Roma. Avrebbe dormito una notte lí a spese del festival Parole di Pietra di Civita di Bagnoregio, e il mattino seguente una macchina sarebbe venuta a prenderlo in tempo per il suo intervento delle diciotto nella chiesa sconsacrata del paese, dedicato all'epistolario amoroso di Camille Claudel e Auguste Rodin nell'ambito del ciclo «Amori scolpiti». Questo cambio di programma gli aveva creato qualche noia – dover rinunciare alla sua pedicure per esempio, o non poter ritirare il nuovo completo dal suo sarto di via Scaldasole, ma se adesso Gandini non la smetteva di camminare nervosamente avanti e indietro era per due avvisi di chiamata da parte del dottor Bonfanti che aveva ricevuto mentre era al telefono. Prima di partire, lo scrittore aveva fatto delle analisi per controllare lo stato di un aneurisma che da un paio d'anni lo teneva in allarme, e il semplice fatto che il cardiologo l'avesse cercato due volte di seguito lo metteva in agitazione. Appena la notte prima Gandini aveva pensato che non gliene sarebbe importato nulla di morire, ma negli uomini come lui l'attaccamento alla vita e il desiderio di farla finita erano una cosa sola, e per nessuna ragione i due sentimenti rischiavano di entrare in contraddizione. Bonfanti era sempre occupato. All'ennesimo tentativo, Gandini si accasciò su una bitta da ormeggio, dando le spalle a tutti e guardando all'orizzonte come se stesse aspettando un tramonto. Un grosso gabbiano planò a terra e prese a girargli intorno; lo scrittore si innervosí, allungò una gamba per cacciarlo, il cellulare gli scivolò dalle mani e per poco non finí in acqua. Lo schermo, cadendo, si scheggiò in due punti: Gandini interpretò la cosa come un presagio di malaugurio, e quel poco di buonumore che aveva faticosamente ritrovato dopo la notte in bianco se ne volò via insieme al gabbiano.

Quando gli andò incontro per salutarlo, Thomas non vide né un genio né un fallito, ma soltanto Guglielmo Gandini, incorreggibile e un po' stanco nel suo impermeabile color corda. Se avesse viaggiato per conto suo, Tom lo avrebbe senza dubbio invitato a pranzo, ma imporre a Ottie un altro pasto tradotto dopo quei giorni cosí confusi gli sembrò l'ultima cosa da fare. «Ci vediamo dopo» si dissero i due come cittadini di mondo che sanno che un aeroporto piccolo è come un paesino in cui si ha la certezza di incontrare ancora quelli che abbiamo visto una volta. E, invece, non si sarebbero incontrati piú.

Il primo dei taxi che Musante aveva fatto chiamare per loro era arrivato. Thomas chiese a Olivia se voleva un passaggio, lei ringraziò e disse che per quella notte avrebbe preso una stanza dall'affittacamere del porto.

«Parto domattina presto con la nave. Arrivo a Livorno, e da lí continuo fino a Trieste».

«Ha l'aria di un viaggio molto lungo» fece Thomas, serrando le labbra.

«Lo è» rispose Olivia. «Trieste è la città piú scomoda d'Italia. O meglio, lo è per chi non ci è nato. Io ci vivo da sempre e non ci faccio nemmeno piú caso».

Olivia aveva l'aria stanca ma serena. Sorrise, stringendo tra le dita un ciuffo di mentuccia che aveva staccato dal grande cespuglio del giardino prima di andare via. Poi lei e Thomas si guardarono senza riserve, abbandonandosi uno nello sguardo dell'altra, come accade a coloro che si salutano senza cercare parole che non potrebbero mai dire la verità. Si scambiarono indirizzi e numeri di telefono come si erano scambiati i baci: senza pensarci troppo ma senza nessuna fretta, con un gesto necessario in quel momento e inutile per la vita cui si preparavano a far ritorno.

«Buona fortuna per tutto» disse Tom aiutandola a raccogliere lo zaino da terra e a sistemarlo sulle spalle. Ottie aveva recuperato Martin, e lo aspettava sul sedile posteriore del taxi con la porta aperta. Tom avrebbe voluto dire qualcosa di piú intelligente, o semplicemente di meno freddo. Ma non era mai stato bravo in quel genere di cose. «Davvero» si limitò ad aggiungere, cercando di infilare in quell'avverbio tutto quello che non era riuscito a dire.

«Sicuro di non volerla?» chiese lei indicando la bottiglietta d'acqua Zelda che aveva sistemato nella tasca esterna dello zaino. Era l'unica scampata all'alluvione, e adesso che tutte le altre erano scolorite sembrava splendere di una nuova giovinezza.

«Sicuro» rispose lui. La guardò incamminarsi verso la pensione, poi si voltò verso il tassista e gli chiese di aspettare ancora un momento.

Agave si era spostata verso il molo. Accanto a lei c'era un uomo in tuta da lavoro, con la pelle segnata dal sole e gli occhi malinconici, che fumava una sigaretta tenendola tra due dita chiuse a cerchio. Non stava guardando Agave e non le stava parlando, ma da come le stava vicino si capiva che sarebbero andati via insieme.

«Che fa, se ne va senza nemmeno salutare?» chiese Tom camminando a passo svelto verso di loro.

«Veramente siete voi che ve ne andate» rispose la puttana sorridendo. «Noi stiamo sempre qui, a vedervi arrivare e poi partire. Guarda qui, ci hanno fatto un muretto apposta. Il signore è di Londra» disse all'uomo accanto a lei, incrociando le braccia e lasciando dondolare i piedi. «Una volta ci voglio venire a vederla, Londra» esclamò guardando le barche ormeggiate davanti a loro. «Mi ci porti tu, Zurro?».

L'uomo dagli occhi malinconici alzò la testa e annuí stancamente, come si annuisce alla fantasia di un bambino, o di un folle.

Agave scoppiò in una delle sue risate sguaiate e nervose, che s'impossessò di tutto il suo corpo e fece vibrare l'aria. La prima volta che l'aveva sentita ridere cosí, Thomas si era tirato indietro come si fa davanti a una minaccia. Ora sorrideva.

«Arrivederci» disse.

«Arrivederci» fece la puttana, smettendo di colpo di ridere.

L'uomo in tuta lasciò cadere la sigaretta ai suoi piedi, poi alzò stancamente la mano in segno di saluto.

Fu cosí che ognuno riprese la strada là dove l'aveva lasciata. All'imbocco della provinciale il tassista frenò di colpo per far attraversare un passante: era la cameriera che li aveva serviti il primo giorno al Tramonto. Era vestita di scuro, e stava tornando verso il bar con due cartoni di latte in mano. Coi capelli legati sembrava piú grande. Tom la osservò attraversare la strada senza fretta, come si guarda un sipario che si chiude.

Per pranzo si fecero portare davvero nel posto che Musante gli aveva consigliato. Non era brutto come il Mancato Proprietario gli aveva detto: era orribile. Il pesce, in compenso, era davvero tra i migliori che avessero mai assaggiato. Mangiarono in fretta, perché Ottie era terrorizzata all'idea di perdere il volo e per lei, ormai, quelle terre e gli imprevisti erano una cosa sola.

Alle tre meno un quarto erano già in aeroporto, con un anticipo ridicolo. Dopo il check-in, al primo piano, scoprirono una terrazza affacciata sul mare: i locali la usavano come sala fumatori, e i turisti da lí si riempivano di azzurro prima di tornarsene a casa. Martin, che si era visto requisire il suo magico hula hoop da un vigile tozzo e prepotente, se ne andò su e giú per un po' sconsolato prima di accasciarsi su una sedia. Ottie tirò fuori il libro dalla borsa e si mise a leggere, ripartendo tre o quattro volte dalla stessa frase perché nel frattempo era arrivata una scolaresca in gita, e riuscire a concentrarsi era complicato. Tom si affacciò a guardare il panorama, poi camminò fino al lato opposto della terrazza, dove non c'erano sedie e il sole non arrivava. Fu lí che lasciò il pesciolino di bronzo. Lo mise in piedi sul parapetto, accanto a una cabina telefonica abbandonata. Lo scorso autunno un colpo di vento lo ha trascinato in uno di quegli angoli in cui, fra le pietre, spunta ostinato qualche ciuffo d'erba. Ma lo trovate ancora, se passate di lí: laggiú non si avventura mai nessuno, nemmeno la signora delle pulizie del terminal, che è pigra almeno quanto Gero, e a strappare le erbacce non ci pensa proprio.

Terza parte
Nessuno è stato dove andiamo noi

Un pino sta solitario,
nell'Artide, sulla nuda vetta.
Dorme: in un mantello candido
l'avvolgono ghiaccio e neve.
Dorme, e sogna di una palma,
lontana, in terra d'Oriente,
che sola e tacita piange
sull'arsa parete di pietra.

Heinrich Heine, *Il pino e la palma*
(traduzione di Natalino Sapegno)

Tornati a Londra la vita riprese da dove l'avevano lasciata. Il clima nel frattempo era ridiventato implacabile, e per piú di una settimana nessuno fu libero di uscire senza portarsi dietro l'ombrello. Il giorno del loro rientro in città, in un sobborgo di Dalston, un giovane di ventiquattro anni uccise la sua amante soffocandola nel sonno. La vittima – che aveva trent'anni in piú del ragazzo – era stata a lungo la sua babysitter; il giovane a quanto pare era malato da tempo e i dottori, ormai quasi un anno prima, gli avevano dato sei mesi di vita.

«L'ho fatto per lei» sembra che avesse detto il ragazzo quando, il mattino seguente all'omicidio, era andato a costituirsi alle autorità. «Io a Natale non ci arrivo, e S. non avrebbe sopportato di perdermi».

Le foto della mattina dell'arresto pubblicate dai tabloid ritraevano il giovane in pigiama e zuccotto, negli occhi un'espressione vuota e insieme indifesa. La donna, che aveva precedenti per qualche furto e in passato era stata coinvolta in un paio di risse, gli compariva accanto in una foto segnaletica: aveva il viso contratto in una smorfia di rabbia, i tratti segnati dall'alcol e da chissà quali tristezze. A guardarli l'uno accanto all'altra sarebbe venuto da dire che, tra i due, la criminale fosse lei, e a Londra per un po' non si parlò d'altro, perché tragedie come queste nel mondo contemporaneo sono per l'opinione pubblica un po' quello che le opere di Shakespeare furono in epoca elisabettiana: ogni volta che ne compare una nuova, la gente passa giorni a chiedersi da che parte stare, e perché.

Un paio di giorni dopo il loro rientro Ottie partí per Stoccolma. Lí la primavera era ancora piú lontana, e

Hauz, l'equivalente snob dell'Ikea, l'aveva invitata a inaugurare il piano cucina della sua nuova sede; dopo la Svezia l'attendevano Parigi, Odessa e NY, tutti viaggi intervallati da brevi ritorni a Londra che Ottie aveva previsto per coltivare l'illusione di riuscire, pur tra tanti impegni, a occuparsi di suo figlio.

Non si era del tutto ripresa dai giorni trascorsi sull'isola: le punture miglioravano, ma di notte ancora la svegliavano per il prurito e, ogni volta che si sfilava la giacca o sceglieva una camicetta, le toccava ricordarsi di essersi tuffata su una medusa. Ai pochi che le chiedevano cosa fosse successo raccontava la storia con un sorriso, ma dal giorno dell'incidente un velo di disagio aveva iniziato a offuscare tutto quello che faceva. In Svezia, mentre cucinava *rillettes* di *sock-eye* alla piastra davanti a un pubblico ben vestito e disciplinato fino alla noia, si era immalinconita di colpo in modo irrimediabile. Non le era riuscito piú di guardare in video o di accennare un sorriso; aveva tenuto gli occhi bassi fino alla fine della preparazione della pietanza e, piú che il racconto di una ricetta, il discorso di presentazione era suonato come una richiesta di aiuto. Il video dell'evento fu pubblicato la sera stessa sul canale youtube di Hauz. Ottie non l'ha mai rivisto, ma a sua madre e ad altri 161.435 spettatori quell'impacciato imbarazzo non è certo sfuggito.

Ottie decise di non dar peso a quel piccolo incidente. Mantenne tutti i suoi impegni successivi e, prima di ripartire per la Francia, tornò un paio di giorni a Londra. Si prese una mattinata libera e andò dal parrucchiere; comprò un soprabito blu elettrico dal prezzo irragionevole adocchiato in una vetrina vicino casa, e un mazzo di peonie color panna al mercato. Sbrigò la corrispondenza in soggiorno immersa nel profumo dei fiori, e tirò un sospiro di sollievo. Quella settimana il padre di Martin era di passaggio in città e, sapendola in partenza, le aveva proposto di occuparsi lui del piccolo per qualche giorno. Pranzarono tutti insieme da Indochine, un ristorante fusion pretenzioso che era passato di moda da diversi anni ma che Manuel, che non viveva piú a Londra da qualche tempo, continuava a trovare imbattibile. Non aveva «l'onore di pranzare con loro», le fece notare, da otto mesi e diciassette giorni (Manuel adorava scrivere in una app tutto quello che faceva, gli dava l'impressione di tenere sotto controllo le cose della vita). Ci tenne a dividere dei *gyoza* alle uova di lompo, e per secondo ordinò una trota al cartoccio. Abbinati all'odore del pesce molliccio, i nuovi tatuaggi colorati di quello che per anni aveva creduto il grande amore della sua vita diedero a Ottie la nausea.

Manuel invece la trovò in splendida forma. Lui vedeva solo un nuovo trench e una messa in piega. Dopo pranzo si salutarono di fronte all'ingresso; lui e Martin erano diretti al cinema, Ottie al suo orto di Herne Hill, dove trascorse l'intero pomeriggio.

A causa delle piogge incessanti dei giorni passati gli *yams* dovevano essere trapiantati al coperto. Poche cose la rilassavano come dedicarsi senza fretta al suo pezzetto di terra e in genere, una volta travestita da *mujika*, coi capelli raccolti e i piedi al sicuro nelle galosce, Ottie perdeva la cognizione del tempo e degli affanni che il tempo porta inevitabilmente con sé. Una formica che scalava una pietra, la geometria di una foglia, l'odore del terreno umido e quello dei rami spezzati, le impronte che l'acqua lasciava nella terra: quando Ottie era lí il suo mondo era quello e soltanto quello. Dimenticava di avere un prestito da estinguere in banca, un padre con un principio di Alzheimer, un florilegio di capillari rotti sulla coscia destra, una macchia di umidità in bagno che si allargava a vista d'occhio: il resto non soltanto rimaneva fuori, ma per qualche ora smetteva addirittura di esistere.

Quel pomeriggio invece la terra continuava a infilarsi dentro ai guanti, e un ciuffo della frangia che la parrucchiera aveva tagliato troppo corto scivolava via da dietro l'orecchio e le cadeva davanti agli occhi. Mentre trasportava gli *yams* dal campo alla serra andò a sbattere contro un paletto che spuntava dal terreno; metà del carico si rovesciò in terra, e nessuno venne ad aiutarla. Li raccolse da sola, un po' di fretta, anche se quel pomeriggio per una volta non ne aveva nessuna.

Nell'orto accanto al suo due donne piantavano dei pomodori. Anche loro stavano parlando del delitto di Dalston.

«Stamattina» diceva la piú anziana delle due, che doveva essere la proprietaria del terreno perché maneggiava gli attrezzi con aria esperta e indossava un gilet multitasche col logo del vivaio del quartiere «una tizia al giornale radio ha detto che "a suo modo anche questa è una prova d'amore". Roba da matti!».

«Lui comunque continua a ripetere che è stata lei a chiederglielo» rispondeva la piú giovane e paffuta, che se ne stava a braccia conserte e dava una mano solo quando l'altra le chiedeva espressamente di fare qualcosa.

«Anche mia zia Lisbeth quando si è ammalata continuava a dire lasciatemi qui. Ma non le abbiamo certo dato retta».

«Zia Lisbeth era quella della setticemia?».

«No, quella era zia Edith. Tieni un attimo qui» aveva chiesto la piú anziana per stringere il nodo intorno alle asticelle di legno piantate nel terreno.

«Che storia terribile, comunque» aveva proseguito l'altra scuotendo la testa. «Credi che anche lui si ucciderà, adesso, in prigione?».

«Non credo proprio che andrà in prigione, visto come è ridotto. Reggi anche questa, per favore».

«Lo terranno in ospedale. Non so cosa è peggio».

«Io comunque vorrei solo morire, arrivata a quel punto».

«Non vedo cos'altro si possa desiderare, arrivati a quel punto».

«Alla fine tu che fai a Pasqua, vai da Marie-Ève?»

chiese l'altra dopo un silenzio troppo breve, come se le uova colorate di Marie-Ève fossero strettamente connesse a ospedali e disperati atti d'amore. Ottie si sforzò di non ascoltarle piú. La irritavano talmente che avrebbe voluto spezzare uno a uno tutti i loro stupidi bastoncini, dirgli che non ne sapevano niente di quando si piantano i pomodori, e nemmeno dell'amore. Erano solo due pensionate con troppo tempo libero, che palleggiavano giudizi per noia come per noia erano lí, per noia si erano sposate, si telefonavano tutte le mattine e avevano cresciuto due figli per una. E allora perché origliare quel che dicevano l'aveva infastidita cosí tanto?

«Arrivata a quel punto». Qual era il punto di cui stavano parlando? La verità, capí poco dopo, quando le due donne raccolsero gli attrezzi e se ne andarono col loro cestino cicalando verso il bar, era che senza nemmeno accorgersene anche lei era arrivata a quel punto, e si sentiva ridicola. E non per tutte quelle punture, o per essersi tuffata su una medusa. Si sentiva ridicola perché, da quando erano tornati, prima di chiudere gli occhi non faceva che domandarsi dove fosse Tom, e con chi. Perché durante il giorno controllava in continuazione il telefono, quando aveva un minuto e anche quando non lo aveva, sperando di trovare un suo messaggio che invece non arrivava mai. Perché la sera si metteva a letto, provava a leggere e non ci riusciva, chiudeva gli occhi senza addormentarsi, e ogni giorno si svegliava un po' piú sola e stanca di prima. Perché non gliene importava un bel niente di parlare del delitto di Dalston, ma se proprio avesse dovuto farlo avrebbe voluto che fosse con lui.

Perché arrivata a quel punto non si sentiva piú nel posto giusto, ma non per questo sapeva dove andare, e perché.

In aereo, sulla via del ritorno, si era scoperta gelosa come non era mai stata; di uno sguardo rubato a una puttana sulla banchina di un porto, di una biologa incinta di sette mesi e della bellezza prepotente di un'isola in cui lei non aveva saputo resistere piú di ventiquattro ore. Del modo in cui Tom guardava dritto davanti a sé da una terrazza affacciata sul mare. Si sentiva ridicola per aver detto a Manuel che non aveva nessuno, anche se qualcuno, in teoria, ce l'aveva, da quasi un anno ormai. Si sentiva ridicola per aver raccontato a se stessa, per settimane, che quel viaggio non significava niente.

Da quando erano tornati si erano sentiti un paio di volte. Piú che altro erano stati messaggi, perché raramente parlavano al telefono. Era la regola tra loro. Forse nel mondo, ormai. Tra loro comunque era sempre stato cosí. Lei e Tom non passavano tempo al telefono. Non programmavano cose insieme. Non sapevano molto delle rispettive giornate. Stavano insieme ogni volta che potevano, e basta. Le era sempre andato bene. Cos'era cambiato adesso?

Lui l'aveva cercata per sapere come stava, le aveva chiesto piú di una volta se aveva bisogno di qualcosa. Si erano scambiati qualche foto, avevano scherzato su quello che era successo. Tom aveva un tono leggero e insieme premuroso, in nulla diverso da quello che Ottie conosceva. Non le aveva chiesto di vedersi, ma del resto era stata lei a dirgli che sarebbe partita. Perché non gli aveva detto che sarebbe tornata a Londra fra un impegno e un altro? Cosa voleva scoprire? Cosa sperava che facesse? Che la raggiungesse dov'era? Che le chiedesse di restare? Non l'aveva fatto, e non l'avrebbe fatto mai. La storia che stavano vivendo era un'altra, non contemplava gesti simili e lei lo sapeva benissimo, l'aveva sempre saputo. E allora cosa c'era che non andava?

Scavò un posto per gli *yams* e li sotterrò con cura dopo averli esaminati uno a uno, come se fossero desideri che qualcuno l'avesse obbligata a guardare dalla giusta distanza. Alcuni si adattavano subito al terreno, altri sembravano dirle che non volevano esser coperti, che sarebbero stati piú felici altrove, ma poi sparivano sotto la terra anche quelli, e diventava impossibile distinguerli.

La verità era che non stava soffrendo perché dopo quel viaggio Tom era cambiato. Soffriva perché era rimasto identico a prima. Quanto tempo mancava al giorno in cui quell'uomo di cui non era riuscita a indovinare il segreto sarebbe diventato per lei un altro dei crucci della vita, e non un regalo come finora era sempre stato? Il tempismo nell'amore è tutto, questo anche lei lo aveva imparato. Non era stata la stessa cosa con Manuel, d'altronde, anche se in un altro tempo e in un altro modo? L'aveva sempre saputo che per lui non sarebbe mai stata l'unica, sapeva che non sarebbe riuscita a cambiarlo, anche se chissà quante volte mentre erano a letto lui le aveva promesso il contrario. Ma non le era importato poi cosí tanto allora, perché quella era la prima volta che qualcosa di simile le stava accadendo, e perdoniamo a noi stessi piú facilmente gli errori che siamo certi di non commettere ancora, mentre, con gli anni, prendono a pesarci tremendamente quelli che continuiamo a riprodurre in tante varianti diverse. Anni di grandi romanzi inglesi e di eroine romantiche, di pomeriggi a casa di amiche piú carine, ricche e popolari di lei le avevano insegnato che niente può davvero ferirci se lo prendiamo in tempo, se sappiamo andargli incontro col giusto passo. Adesso che aveva intravisto la sua tristezza poteva andarle incontro, abitarla senza esserne posseduta. Ecco cosa doveva fare.

Andò avanti per un po' a piantare gli *yams*, stavolta trattandoli come tuberi e non piú come piccoli presagi. Quando finí si sfilò i guanti, sciolse i capelli e li rilegò per l'ennesima volta, abbandonò le braccia lungo le gambe e si guardò intorno. Le due donne stavano tornando dalla caffetteria e si avviarono verso l'uscita. Quando le passarono davanti la piú giovane le sorrise. Non le sembravano piú fastidiose sconosciute adesso, ma amiche discrete che hanno fatto quel che possono per consigliarci.

Uscí dall'orto che erano quasi le sette. Fuori era una bella serata, non aveva voglia di rientrare a casa e tantomeno di cucinare. Raggiunse Martin e Manuel e camminarono insieme fino a Sagar, un ristorante indiano vecchia maniera dove ogni tanto era stata con Tom. Il cameriere, un lungagnone vispo e un po' effeminato, la riconobbe non appena entrarono. Li fece accomodare a uno dei due tavoli rotondi vicino alla finestra, e quando tornò con i menu a Ottie sembrò che le sorridesse con aria complice, o almeno a lei piacque pensare che fosse cosí.

Non pranzavano e non cenavano insieme da due anni e nove mesi, le disse Manuel controllando la sua app mentre addentava il *naan*. Disse anche che il posto non era male, ma che con Indochine non c'era confronto. Poi riprese a bere birra dalla bottiglia e scriversi messaggi con una russa che aveva conosciuto un paio di sere prima.

Come spesso accadeva quando c'era di mezzo lui, ordinarono troppo cibo, e per Ottie anche stavolta fu un dispiacere, visto che lei con gli scarti aveva creato un mestiere. Per Manuel invece l'opulenza era la base della felicità.

Assaggiarono tutto senza finire quasi niente, chiacchierando dei rispettivi impegni di lavoro e dei progetti per le vacanze. Martin quel pomeriggio si era fatto regalare dal padre un paio di Nike rosse, e non vedeva l'ora di tornare a casa per indossarle e potersi trasformare in Bembo. A fine pasto Ottie chiese di portar via il cibo che era avanzato; Manuel la guardò di traverso, perché detestava quel genere di abitudini. Lei a quel punto gli ricordò che il suo lavoro consisteva nell'insegnare alla gente a non sprecare, e lui rispose che quello era un altro discorso, e che in nessun modo tornare a casa da una cena con una sportina di avanzi per il cane era ammissibile, soprattutto se, come loro, non avevano un cane. Ottie a quel punto gli ricordò che non c'era proprio nessun *loro*, poi si pentí di aver detto una cosa del genere davanti a Martin e strinse le mascelle per mandar giú un'improvvisa voglia di piangere. Manuel chiese il conto e lasciò una mancia troppo alta, poi rimasero in silenzio fino alla consegna del *doggy bag*. Al tavolo accanto a loro era seduta una famiglia: padre, madre e due figli maschi. Anche loro stavano parlando del delitto di Dalston. Nel pomeriggio, dicevano, era spuntata fuori un'ex fidanzata dell'assassino, tale Debbie Steyton, che sosteneva che il ragazzo avesse ucciso la donna per soldi e non per amore. L'assassino, a quanto giurava la Steyton, amava lei e soltanto lei ormai da due anni, ma aveva un grosso debito con la vittima. La vecchia babysitter li aveva scoperti, e minacciava di fargli causa se lui l'avesse abbandonata.

«Almeno noi non siamo arrivati a tanto» scherzò Manuel scoppiando a ridere da solo. Ottie fece finta di sorridere ma storse solo la bocca, e pensò che il padre di suo figlio somigliava un po' a quello strano scrittore incontrato sull'isola. Manuel era piú giovane e grossolano, ma avevano la stessa ostentata ironia.

Fu proprio mentre stava pensando a Gandini, camminando verso l'uscita, che vide Thomas. Sulla porta, in compagnia di una ragazza. Lui non si accorse subito di lei, ci mise ancora qualche secondo a incrociare il suo sguardo. Forse bastava quell'attimo a spiegare tutto, si sarebbe detta Ottie ripassandosi in testa la scena. La distanza che c'era tra loro, quanto per lui fosse diverso, tutto quello che non sarebbe stato. Fece ancora un paio di passi verso di lui, verso di loro, e solo allora anche Tom la vide. Sorrise e le andò incontro, mentre dietro di lui la ragazza, che non si era accorta di niente, si stava sfilando la giacca.

«Pensavo fossi in Svezia» le disse quando furono uno davanti all'altra.

«Sono tornata prima» balbettò lei confusa.

«Ciao, Martin» disse Tom spettinando il bambino con aria affettuosa. Martin sorrise, inarcò la schiena e indietreggiò verso la mamma. Anche lui per qualche motivo era in imbarazzo. Incontrare Tom mentre era con suo padre era come ritrovarsi di colpo nella stessa stanza con Bembo e Matthew, il suo compagno di banco. Con chi doveva giocare per primo? A chi avrebbe prestato la pistola laser?

«Stai bene» disse Thomas rivolto a Ottie.

«Meglio, grazie».

«Intendevo stai bene con i capelli piú corti».

«Grazie» rispose lei. Si sforzò di sorridere per la seconda volta, ma anche stavolta sul viso sentí apparire una smorfia.

Fu Thomas a presentarsi a Manuel, che farfugliò un saluto distratto, intento com'era a scrivere alla russa, che lavorava in un locale lí vicino e aveva quasi finito il turno.

«Il padre di tuo figlio?» le sussurrò Thomas sottovoce per non farsi sentire.

«Il padre di mio figlio» rispose lei alzando gli occhi al cielo, con un'aria divertita che implorava comprensione.

Soltanto allora Thomas le presentò la ragazza che era con lui. Non era stato elegante da parte sua averla tenuta in disparte fino a quel momento, pensò Ottie. Nemmeno lei era elegante, comunque. Indossava un piumino corto e dei jeans troppo lunghi, aveva i capelli raccolti in uno chignon tirato su senza cura, l'espressione assente e corrucciata, gli occhi troppo vicini. E poi da quando a Thomas piacevano le asiatiche?

Ma che importanza aveva dopotutto? Di che nazionalità fosse, da dove venisse, com'era vestita? Non contava poi tanto, pensò Ottie quella sera, prima di spegnere la luce, poi con la luce spenta e ancora nei giorni successivi, mentre cercava di addormentarsi in tre differenti alberghi di tre differenti paesi. Non c'era che da abbandonare la scena, cercando di non inciampare mentre si allontanava.

Dopo che si furono seduti Thomas ci mise qualche minuto a ritrovare la concentrazione, e a spiegare alla sua assistente il motivo per il quale le aveva chiesto di trattenersi oltre l'orario d'ufficio. Avevano iniziato a parlarne dopo che James Fleet era andato via, al termine di un'estenuante riunione sui preparativi per *La nave abbandonata,* ma poco dopo l'arrivo della signora delle pulizie li aveva interrotti. Nel frattempo si era fatta ora di cena, e Thomas aveva proposto a Hyun Lee di mangiare qualcosa insieme in un ristorante giapponese non distante dallo studio.

«Va bene, ma detesto il giapponese» aveva risposto lei, che era coreana.

«Cinese?» aveva rilanciato Tom.

«Ancora peggio» aveva ribattuto perentoria Hyun Lee.

Tom a quel punto le aveva proposto un indiano, ed erano finiti da Sagar. Quando il cameriere venne a portargli i menu, Thomas lo riconobbe: era lo stesso che l'aveva servito altre volte quando era venuto con Ottie. Si salutarono e, quando tornò a portargli da bere, gli sembrò che il ragazzetto gli rivolgesse un sorriso d'intesa.

Che tipo quel Manuel, si disse Tom mentre cercava il taccuino nella tasca della giacca. Dalla foto sul frigorifero sembrava piú alto. Eppure, quando se li era trovati davanti, lui e Ottie gli erano sembrati cosí giusti insieme. No, giusti non era la parola: naturali, ecco com'erano. Sembravano una famiglia felice, o perlomeno una famiglia. Aprí il quaderno, tirò un colpo di tosse e cercò di ritrovare il filo del discorso. Davanti a lui, Hyun Lee stava fissando il menu come un fiore non ancora sbocciato.

Era un personaggio, Hyun Lee. Era alta sí e no un metro e sessanta e aveva un alano. Parlava poco, in un inglese bislacco, e non si capiva mai se fosse piú saggia o sconsolata degli altri. Era metà coreana e metà vietnamita, ma sembrava non avere radici in nessun luogo, o averne in posti misteriosi e lontani, di cui si faticava a immaginare l'esistenza. Qualche giorno prima, Thomas l'aveva incrociata per strada mentre provava degli occhiali da sole da un venditore ambulante: non ci sarebbe stato nulla di strano, se non fosse che stava diluviando. Era difficile dire in che modo la stranezza di Hyun Lee influenzasse il suo modo di lavorare. Per le luci, a ogni modo, aveva un talento innato, e di questo Thomas si era accorto subito. Quando incontrava dei possibili nuovi collaboratori, uno dei test cui li sottoponeva consisteva nel farli entrare in tre stanze differenti (rispettivamente la cucina, l'archivio e la sala riunioni dello studio) e in ognuna fargli sistemare l'illuminazione a loro piacimento. La prima combinazione di luci avrebbe dovuto ricordare «un bambino sorpreso», la seconda «un uomo coraggioso», la terza «una donna abbandonata». In ogni stanza c'erano circa dieci luci diverse, e le combinazioni possibili, per ogni ambiente, erano centinaia. Ma chi si diceva stupito dalla richiesta, sosteneva Thomas, non era adatto per quel mestiere, e negli anni perfino James Fleet era stato costretto a dargli ragione. C'erano candidati che si facevano ripetere due volte l'esercizio. Alcuni, quando Tom gli spiegava cosa voleva che facessero, lo guardavano perplessi, altri ancora cercavano a tutti i costi di stupirlo. Appena qualche mese prima una tedesca era scoppiata a ridere e se n'era andata.

Quando era stato il suo turno, il giorno del colloquio, Hyun Lee non aveva battuto ciglio. Era entrata in ognuna delle stanze senza fretta, con le braccia che penzolavano lungo i fianchi, e ogni volta, in un tempo fastidiosamente breve, era tornata da Tom a dirgli che aveva finito. In cucina aveva acceso le luci esattamente come le avrebbe disposte lui. Nell'archivio in un modo totalmente diverso e per certi versi opposto, ma in una combinazione a ben vedere piú raffinata. Nella sala riunioni, infine, le aveva accese tutte.

Quella sera non fu semplice spiegarle quel che voleva, un po' perché Hyun Lee se ne stava in silenzio a guardarlo e Thomas non capiva mai se lo stesse seguendo oppure no, un po' perché, a ripeterlo a parole, quello che aveva in mente sembrava perdere forma anziché guadagnarla. Cercò sul telefono delle foto che potessero aiutarlo a raccontare, ma dello Zelda aveva solo dettagli sparsi e qualche panoramica distratta. Ma la vera difficoltà, si accorse mentre cercava le parole giuste, stava nel chiedere a qualcun altro di inventare qualcosa che esisteva solo nella sua testa.

«In che senso un passato "ma innocente"?» gli chiese Hyun Lee quando Thomas arrivò alla fine del suo discorso. Di tutto ciò che le aveva detto, quello era l'unico punto sul quale la ragazza sembrava voler chiarimenti.

«Be'... non deve avere niente di tragico, o solenne. E nemmeno di sdolcinato, per carità. Dev'essere, semplicemente, la luce di un tempo che non esiste piú, o che forse è esistito solo per noi, nella nostra testa. Ecco, credo che è cosí che dovrebbe essere» disse Tom mandando giú un sorso di Kingfisher, il primo che sentiva meritato, visto che dopo tanto vagolare nelle parole gli sembrava di avere finalmente tradotto qualcosa dal suo pensiero alla lingua del mondo circostante.

«Non capisco» replicò Hyun Lee. Poi per un po' non disse piú nulla, e rimasero in silenzio. Thomas finí la birra e iniziò a grattar via l'etichetta con le dita. Hyun Lee non toccò la birra, perché la birra non le piaceva. Bevve un bicchiere d'acqua tutto d'un fiato, poi se ne versò un altro e lo bevve a metà.

«Come la luce dopo la pioggia?» chiese poi all'improvviso, con un tono da cui si capiva che la sua era una domanda definitiva e che, in quanto tale, esigeva una risposta definitiva.

«Forse» rispose Thomas. Stavolta era lui a non essere sicuro di aver capito, ma non voleva deluderla, e il suo era uno di quei *forse* che voleva dire, semplicemente, «mi fido di te».

«È impossibile» gli disse lei a quel punto con voce monocorde e uno stecchino tra i denti. Poi disse: «Pollo Jalfrezi» perché aveva ancora fame.

La mattina seguente in studio non parlarono di quello che si erano detti da Sagar. C'erano tantissime cose da fare per la prima de *La nave abbandonata*, e Fleet era ancora piú intrattabile del solito. Ma nel pomeriggio, dopo giorni di *mizzle* e del grigio che quel tipo di pioggia si porta dietro, una luce azzurrina filtrò dalle vetrate al lato della strada, e venne a posarsi sull'angolo del tavolo da lavoro attorno al quale stavano discutendo, illuminando le lampadine come conchiglie e i fogli come campi di neve che nessuno poteva attraversare.

Non si dissero niente, Thomas e Hyun Lee, e mentre Fleet continuava a parlare indicando cifre sulla lavagna magnetica i loro sguardi non si incrociarono nemmeno. Ma lei lo vide sorridere guardando fuori e lui la vide prendere appunti su un lato del quaderno, e non c'era bisogno di molto altro.

Da quando era tornato dall'isola Tom non aveva ancora rivisto Norman Watt, e il lavoro lo aveva talmente assorbito che non si era accorto che neppure lui lo aveva cercato. Non si sentivano poi cosí spesso, ma di solito era Norman a chiamare. Stavolta invece fu Thomas a tirare su il telefono, un mercoledí mattina dopo colazione. Trovò un Watt laconico e stranamente silenzioso, e ci mise qualche minuto a capire perché: preso da tutto quello che c'era da fare, Thomas si era completamente dimenticato della comunione di Rose, e aveva disertato messa e cerimonia della figlia di Norman «senza neppure degnarti di mandare un messaggio». Watt avrebbe reagito allo stesso modo anche se Tom non si fosse presentato a un torneo di poker; era da sempre *affettivamente permaloso*, e non era quello che veniva dimenticato a ferirlo, quanto piuttosto chi lo dimenticava. La cosa bella, comunque, era che ci metteva pochissimo a farsela passare. Al telefono quel mattino si fece pregare un po', ma in capo a venti minuti accettò l'invito di Thomas a passare il fine settimana insieme in campagna.

Il venerdí mattina salutò Maureen con un bacio e le bambine con quattro, e lui e Tom partirono per Shere come ai tempi dell'università, quando si rinchiudevano per giorni interi ad ascoltare musica, fumare erba, costruire plastici con materiali improbabili e rifare il mondo in una notte. Erano secoli che non passavano tutto quel tempo insieme: piovve ancora e quasi senza sosta, ma mai in modo triste, e fu un weekend memorabile proprio perché uguale a centinaia d'altri che lí avevano trascorso. Erano grandi adesso, o forse soltanto meno giovani, e il fatto che tanti anni dopo tutto sembrasse identico a un tempo che non sarebbe piú tornato era il contrario della nostalgia: era la promessa di un futuro in cui non sarebbe mai mancata la luce.

Per tre giorni si svegliarono presto e si addormentarono tardi, chiacchierando di scemenze al risveglio e di massimi sistemi prima di andare a letto, eccitati dall'alcol e dallo sfrigolio del fuoco che sembrava parlare insieme a loro, fare da contrappunto ai pensieri e prendere di volta in volta le parti di uno o dell'altro nei punti chiave della conversazione. Mangiarono formaggi stagionati, quaglie arrosto, mele al forno e indivia al prosciutto; dopo cena, al bancone del Dog & Duck ordinarono mozzarelline fritte, che restavano immutabili negli anni come i baffi di Spencer, il proprietario del pub. Mentre chiacchieravano finirono un pacco intero di marshmallow senza arrostirne nemmeno uno, e dimenticarono per una notte due birre nel congelatore; una scoppiò, l'altra no, ma diventò comunque imbevibile.

Norman Watt, che nella vita era un avvocato piuttosto apatico, era in compenso un talento naturale del bricolage, e il primo giorno, nel tempo di ascolto di *Definitely Maybe*, riparò la gamba di una delle Thonet della sala da pranzo e fissò una volta per tutte al pavimento un listello di parquet che si era sollevato e sul quale tutti gli ospiti della casa, prima o poi, avevano inciampato.

Nel pomeriggio fu il turno delle *Variazioni Goldberg* suonate da Gould, di *Atom Earth Mother, Einstein on the Beach* e *Another Green World*. Durante *The Big Ship* le cose sembravano perdere peso e scivolare in mare aperto, e anche a distanza di anni l'incantesimo di quella traccia si riprodusse intatto come l'avevano lasciato. La numero dieci del disco, *Golden Hours*, si bloccò per tre volte nello stesso punto, costringendoli ad avvicinarsi a turno allo stereo per saltare alla canzone successiva. Sia Thomas che Norman avevano ascoltato quei dischi in decine, forse centinaia di luoghi diversi, insieme o per conto loro, da soli o in compagnia di altri. Eppure per entrambi quei suoni appartenevano a quel luogo nel profondo, come l'edera che cresceva sul retro della cucina anche se nessuno la guardava, e una felpa rossa dei Bulls che si erano litigati per anni e che adesso se ne stava lí a invecchiare in un cassetto.

Norman passò ore stravaccato sul divano rosa antico del salotto, alzandosi solo per andare in bagno o ravvivare il fuoco. Trovò una scatola di latta piena di fotografie di Cecilia e le guardò una a una, con una preferenza per la serie di polaroid di un viaggio nei laghi del Nord Italia; si annerí i polpastrelli girando le pagine di un polveroso *Observer's Book of Wild Flowers* e cercò invano di completare un cruciverba senza schema che Oliver Edwards aveva lasciato a metà alla fine di un pomeriggio di primavera troppo radioso per essere consacrato all'enigmistica.

Thomas ogni tanto scompariva per fatti suoi, nello studio di suo padre o al primo piano, in stanze che Norman conosceva appena perché la «sua» camera, da sempre, era quella al piano terra vicino alla dispensa. Norman sentiva i passi dell'amico entrare e uscire dalle stanze del piano di sopra, muoversi su e giú per il corridoio lungo tappeti che non attutivano davvero il rumore del legno, ma lo rendevano soltanto piú profondo. Sul finire della domenica pomeriggio, Thomas tornò giú in salotto con le braccia cariche e l'espressione stralunata.

«Cos'è tutta quella roba?» chiese Norman senza alzarsi dal sofà.

«Cose vecchie» rispose Tom spettinato e sovrappensiero, guardando davanti a sé per non perdere l'equilibrio mentre portava il carico da una stanza all'altra. «Qui non servono piú» aggiunse dopo averle posate in terra. Le osservò per un attimo con le mani sui fianchi, poi andò in dispensa, tornò con tre grossi scatoloni vuoti e iniziò a riempirli senza fretta. Finite le scatole grandi, prese le piú piccole e, quando anche quelle furono piene, tirò giú dagli armadi tre cappelliere di cartone e due ammaccate Rimowa con cui la signora Edwards, tanti anni prima, aveva abbandonato l'Italia per venire a stabilirsi in Inghilterra.

All'ennesimo scatolone Norman Watt si decise ad abbandonare il divano. «Sono cose di tua madre?» domandò pescando da una delle casse aperte un guanto di seta blu di Prussia e un apribottiglie a forma di delfino.

«Alcune» rispose Tom. Gli prese il guanto dalla mano, lo piegò su se stesso e lo ripose insieme all'altro sul fondo della cappelliera. Si muoveva in silenzio, senza alcuna fretta, e quella calma regalava a ogni suo gesto una certa solennità. Norman posò il delfino di ottone e non chiese piú niente, perché in tutte le famiglie ci sono storie delicate e misteriose, e gli Edwards non facevano eccezione. Si avviò fischiettando verso la cucina per preparare un tè, ma appena mise su l'acqua gli telefonò Maureen, e i due passarono la mezz'ora successiva a litigare perché Norman si era portato dietro la chiave della macchina e lei non poteva svuotare il box come avrebbe voluto fare quel fine settimana.

«Sono mesi che mia moglie mi chiede di svuotare quel maledetto garage» disse tornando in salotto con una birra in mano e un tono esasperato nella voce. «Se sapesse che sono qui ad aiutarti con i tuoi, di scatoloni, mi ammazzerebbe» aggiunse senza fare, peraltro, nulla per aiutare Tom. «Preferirebbe sapere che abbiamo passato il weekend a infilarci la lingua in bocca, giuro. Alla fine la vita è solo questione di scegliersi la bugia giusta» concluse solennemente mentre camminava di nuovo verso il divano.

Thomas scosse la testa e sorrise: sapeva bene che parlare per frasi definitive era uno dei modi che Norman aveva per non perdersi d'animo, ma era cosí tanto che non glielo sentiva fare che quasi l'aveva dimenticato.

Fece un altro viaggio al piano di sopra e un giro al piano terra per recuperare le ultime cose, poi tornò dove aveva posato tutto e continuò a riempire cartoni finché non ebbe finito. Ci volle piú tempo del previsto, perché aveva sottovalutato tutto quello che avrebbe voluto portarsi via. Di alcune cose non aveva che una vaga, imprecisa memoria: erano oggetti che a stento sapeva di possedere ed ebbe l'impressione che, dopo tutto quel tempo, anche loro si ricordassero a malapena di lui. Altri, mentre li sistemava nelle scatole, parevano giudicarlo o supplicarlo di starli a sentire: gli sembrò che un campionario di colori gli dicesse che era stufo di vivere in una casa in cui era la carta da parati a spadroneggiare, e non vedeva l'ora di abbandonare quelle stanze in cui la *toile de Jouy* voleva sempre dire la sua su tutto; che una sciarpa di seta a fiori gli confessasse che anche a lei mancava Cecilia ogni singolo giorno, da quando non c'era piú, e che ciononostante, dopo tutto quel tempo, non le sarebbe dispiaciuto diventare la sciarpa di seta a fiori di qualcun'altra. Gli parve che un vecchio Casio dorato con la batteria scarica pesasse meno del solito, e quello fosse il suo modo di avvertirlo che non avrebbe funzionato piú, anche una volta che la pila fosse stata sostituita. Che gli stampini per la frutta continuassero a incastrarsi l'uno dentro l'altro perché temevano di non essere capiti una volta lontani dall'Inghilterra, e che una coppia di sale e pepe d'argento che aveva comprato alla cena di beneficenza di uno studio legale di Chicago volesse avvertirlo che l'idea che si era messo in testa era una vera baggianata. Altri oggetti lo salutarono come uno sconosciuto; non gli chiesero niente in cambio, a parte un po' di attenzione per il tempo che aveva lasciato scivolare sopra di loro senza mai degnarli di uno sguardo. Proprio come le case, gli alberi e tutto quello che esiste, anche gli oggetti conducevano un'esistenza propria, che non è la nostra e neppure veramente la loro, fino al giorno in cui non decidiamo di liberarli di nuovo.

Innervosito dalla telefonata di Maureen, Norman lasciò Tom da solo con le sue cianfrusaglie, dedicò la birra e la coda del pomeriggio a una concitata chat con Maggie Savoia, un'aspirante attrice di madre inglese e padre colombiano che Norman aveva visto esibirsi dal vivo in un baretto di Soho. Avevano chiacchierato al bancone dopo lo show, e da quel giorno Norman Watt seguiva Maggie Savoia su tutti i social possibili, e si ritrovava – vuoi come cura preventiva, vuoi come distrazione palliativa – a flirtare con lei nei giorni in cui Maureen lo faceva incazzare o la vita lo annoiava a tal punto da fargli desiderare di essere un altro.

Ognuno ha i suoi angeli custodi nascosti dentro al cellulare, e Meg Savoia era l'angelo custode di Norman Watt. Sebbene fosse importante per lui illudersi del contrario, Norman non l'avrebbe mai invitata davvero a uscire a cena o andare al cinema: gli bastava scambiare qualche battuta ammiccante, sapere cosa stava facendo, com'era vestita o dov'era diretta. Lo stesso era per lei, che difatti rispondeva sempre a tono, mai troppo presto o troppo tardi, semplice e moderata come un'aspirina che, se non era in grado di guarire Norman da nulla, gli regalava in compenso l'illusione di averci provato e di rimanere lí pronta, semplice e disponibile, per la prossima volta che le avrebbe chiesto aiuto.

«Tu non hai idea di chi sia questa con cui sto parlando» disse Norman quando, dopo aver chiuso l'ultima scatola, Thomas lo raggiunse in soggiorno. «Maggie Savoia» disse scandendo una a una le sillabe del nome. «Maggie sta per *Margarita*. Già una che ha il nome di un cocktail è irresistibile, non trovi? Comunque» proseguí senza smettere di scorrere le foto della Savoia sul cellulare, «se vuoi un consiglio non sposarti mai. Il matrimonio uccide tutto» disse senza pensarlo. «Tutto» ripeté ancora una volta prima di mandar giú l'ultimo sorso di birra. Tempo venti minuti, un altro paio di birre, e Norman si era appisolato sul sofà, roseo e sereno come Tom non sarebbe mai stato, che si fosse sposato o meno, che avesse avuto o no un box da svuotare o un mutuo da estinguere.

Iniziarono a caricare la macchina prima di cena, ma dopo due andate e ritorno ricominciò a piovere, cosí tornarono davanti al fuoco e lasciarono l'altra metà per il mattino seguente. All'inizio sembrava che ci fosse troppa roba per farci entrare tutto, ma per i Tetris da trasloco Norman aveva un talento innegabile e, con un colpo da maestro, riuscí a incastrare perfino un attaccapanni sopra al resto.

«Siete tutti uguali, comunque. Mi cercate solo quando c'è da spostare della paccottiglia» scherzò mentre saliva in macchina dopo aver chiuso il bagagliaio.

Erano le dieci passate, ma gli uccelli quella mattina sembravano essersi svegliati in ritardo, e continuavano a fischiettare mentre dagli alberi e dalle siepi la rugiada veniva giú fitta come pioggia. Tom accese il motore, tirò giú i vetri e sporse la testa fuori per fare manovra. La macchina era cosí carica e umida che, anche se erano appena saliti, l'odore di cantina era già dappertutto.

«Per chi sono tutte queste cose? Le vuoi vendere?».

«Regalarle, in un certo senso» rispose Tom accelerando un po' quando il vialetto sterrato finí e cominciò l'asfalto liscio della provinciale.

«Meglio cosí. Dubito ci sia gente disposta a comprarla, roba del genere» disse Norman pescando dalla cesta che aveva tra le gambe un posacenere tascabile a forma di cappello di Napoleone.

Si fermarono a far benzina all'entrata del villaggio, poi tirarono dritto verso la A3. Era lunedí mattina, l'autostrada era semivuota, e il sole faceva capolino tra una nuvola e l'altra segnando il paesaggio con l'ombra delle nubi tra cui si nascondeva. La radio era accesa sul notiziario, ma nessuno dei due lo stava ascoltando: Thomas guidava perso nei suoi pensieri e, accanto a lui, Norman sbrigava sul cellulare le incombenze di inizio settimana. Maggie Savoia scendeva inesorabilmente nella lista delle chat, e anche il delitto di Dalston era finito in fondo all'elenco delle notizie lasciando il passo ai gossip sul prossimo matrimonio dei reali.

All'altezza di Oxshott tornò definitivamente il sereno; gruppi di ovini grigiastri e mucche screziate di nero spuntarono qui e là come funghi dopo la pioggia. Norman telefonò a Maureen per chiederle se avesse bisogno di qualcosa, e avvertirla che sarebbe andato lui a prendere le ragazze a scuola nel pomeriggio. Era il suo modo di farsi perdonare, di dirle che anche loro gli erano mancate. Aveva ripreso il posacenere di Napoleone dalla scatola che aveva tra le ginocchia, e mentre parlava se lo faceva girare intorno a un dito.

«Norman, tu te la ricordi Sophie Selwood?» gli chiese Thomas dopo che l'amico ebbe riattaccato.

«Sophie Selwood» ripeté Norman Watt guardando dritto davanti a sé mentre cercava di far combaciare quel nome con un'immagine. «Sophie Selwood. Ma certo che mi ricordo di lei. Quand'è che l'hai conosciuta? Sarà stato quattro cinque anni fa».

«Quasi sette, a dire il vero».

«Non mi dire. Come passa il tempo, Cristo santo. Comunque me la ricordo bene, Sophie Selwood, come no».

«Cosa ti ricordi di lei?».

«Vediamo» disse Norman Watt palleggiando il posacenere da una mano all'altra. «Aveva uno spazio tra i denti. Era mezza francese».

«Belga».

«Quello che è. Era gentile. Un po' sciapa, per i miei gusti, ma elegante. Non le piaceva la birra, ma era educata, e se gliene offrivi una l'accettava. Studiava lettere...».

«Lingue».

«Quello che è. E poi non molto di piú, a dire il vero. Mi ricordo che prima di farmela conoscere me l'hai fatta vedere su una foto. Gliel'avevi scattata tu a un matrimonio, o qualcosa del genere, ma non si vedeva niente, tranne che ti eri preso una bella cotta. E poi ricordo che quell'anno eravate venuti a passare il Capodanno in campagna per i fatti vostri, e io che per una volta avevo organizzato una festa con Maureen e gli altri all'inizio me l'ero legata un po' al dito. Poi mi ricordo che aveva una giacca rossa. La portava quando me l'hai presentata, o forse la volta dopo, non lo so. Diciamo che se penso a lei mi viene in mente con quella giacca. Non che pensi spesso a Sophie Selwood, intendiamoci. Mi sa che è la prima volta da anni. Ma adesso che me l'hai fatta venire in mente me la sono immaginata cosí».

«Quello era suo» disse Tom indicando col mento il posacenere che Norman teneva tra le mani. «L'aveva comprato al mercatino in paese quel Capodanno lí».

«Che ci faceva Sophie Selwood con un posacenere tascabile?».

«Niente» rispose Thomas sorridendo. «Non era farci qualcosa, il punto, Norm». Thomas sapeva che Norman non era tipo da capire il fascino sghembo di regali come quello, ma era il suo migliore amico e la cosa, anziché infastidirlo, lo metteva di buonumore.

«Contenti voi» rispose Norman guardando il posacenere con aria perplessa e riponendolo con le altre cose nella cesta. «Che fine ha fatto Sophie Selwood?».

«Non lo so, non la sento da anni».

«E allora perché mi chiedi se me la ricordo?».

«Volevo sapere cosa ti ricordavi di lei dopo tutto questo tempo».

«Be', di solito si chiede se uno si ricorda di qualcun altro perché poi si vuole aggiungere qualcosa su quella persona. Non tanto per *ricordarsela* e basta, non ti pare?».

«Forse».

«Certo che sí. Sulle cose è diverso. Se ti dico: ti ricordi Liverpool-Arsenal nell'89 è *davvero* per chiederti se ti ricordi dei Gunners nell'89, non perché sto per dirti qualcosa di nuovo su quella partita. Ma se ti dico ti ricordi, che ne so, di Noah Perkins, be', è chiaro che voglio dirti qualcosa su Noah Perkins: che l'ho incontrato per strada l'altro giorno, ad esempio, che gli hanno tolto un rene o è diventato padre, o miliardario, o poverissimo».

«Chi diavolo è Noah Perkins?».

«Noah Perkins, Tom. Il fratello di Sam, Samantha Perkins, la mia prima fidanzata. Eravamo insieme al college, non ti ricordi? Capelli neri, occhiali tondi, la testa grossa, un'aria da spia. Come fai a non ricordartelo? Lo chiamavano Perkovitch».

«Perkovitch, come no. Chissà che fine ha fatto, il povero Perkovitch».

«Gli hanno tolto un rene in effetti, poveraccio».

«E tu come lo sai?».

«Cristo santo, Thomas. Viene da chiedersi da quale pianeta vieni, a volte. Secondo te come l'ho saputo? Da Sam, non ti pare?».

«Vuoi dirmi che tu parli ancora con Samantha Perkins? La stessa Samantha Perkins che ci aveva provato con me mentre stava con te? Quella a cui abbiamo bucato le ruote della bici elettrica dopo che si è messa con... Come si chiamava il tuo compagno di banco, Jimmy? Johnny?».

«Si chiamava Jared Frost. E la bici era la sua. E comunque sí, ci sentiamo ogni tanto. È avvocato anche lei. L'ho incontrata un po' di tempo fa, in tribunale» disse Norman. «Lí per lí quando me la sono trovata davanti non ci potevo credere. Era identica, solo ricoperta da tre centimetri di grasso ovunque. Faccia, mani, corpo, naso, tette. Ovunque. Come se fosse riposta dentro una guaina, una tutina uguale a lei ma piú spessa. Almeno Maureen di viso è rimasta com'era. Credo sia stato lí che l'ho perdonata per quel Frost» borbottò Norman tra sé e sé, tamburellando le dita sul cruscotto per accompagnare la sigla finale del meteo alla radio. «Tutina a parte è rimasta simpatica, Sammy. È in gamba, lavora all'ufficio immigrazione. Non dirlo, a Maureen, che ogni tanto ci sentiamo» aggiunse poi Norman Watt come se fosse plausibile che Tom e sua moglie affrontassero un argomento del genere. «Di Sam Maureen è ancora gelosa dopo tutti questi anni, ci puoi credere?».

«Sindrome di Rebecca».

«Come dici?».

«È un altro modo di chiamare la gelosia retroattiva. Viene da un romanzo, in cui una sposa un uomo che è già stato sposato e vive ossessionata dalla prima moglie di lui».

«Un grande classico femminile. Chi te l'ha spiegato, Sophie Selwood?».

«E tu come lo sai?».

«Non so, mi sembrava proprio il tipo di ragazza che ti spiega quel genere di cose» disse Norman guardando il riflesso della strada nello specchietto. «Comunque non so chi sta peggio» aggiunse con l'aria di chi sta dicendo qualcosa di serio ma non vuole farlo pesare troppo. «Io che fantastico su una divorziata che si è infilata in una tutina di grasso, o tu che conservi il posacenere di una che non vedi da sette anni. Siamo due maledetti nostalgici, è questa la verità. Perché fai quella faccia? Le cose cambiano, sai, per tutti» disse Norman Watt tornando a guardare il paesaggio fuori dal finestrino, identico a quello che altre mille volte avevano attraversato.

All'altezza di Kingston una coda creata da un incidente li costrinse a rallentare. Norman iniziò ad agitarsi insofferente sul sedile; avevano spostato lo schienale in avanti per caricare la macchina, e il traffico lo faceva scalpitare. Puntò le ginocchia sul cruscotto e per un po' guardò fuori senza dire niente.

Poi fece due o tre volte il giro completo delle stazioni in cerca di una canzone che gli piacesse, perché sosteneva che trovarla alla radio era tutta un'altra cosa che metterla su da soli. Quel lunedí mattina, però, sembrava che alla radio non ci fossero che tribune politiche e successi del momento. All'ennesimo giro Norman si stufò, aprí il cruscotto e mise su i Violent Femmes, e fu cosí che si ritrovarono a cantare a squarciagola *Kiss Off* e *Gone Daddy Gone* nel bel mezzo di un ingorgo alle porte della città. Si erano appena rimessi in marcia, quando un tizio in moto li superò a sinistra obbligando Tom a una manovra brusca. Il posacenere tascabile a forma di cappello di Napoleone scivolò su una pila di bicchierini di raki che erano stati incartati in un foglio di giornale: se ne ruppero tre su sei, e un quarto si incrinò in modo irrimediabile, ma nel *Nuovo Hotel Zelda* nessuno ci avrebbe badato.

Quella stessa mattina, all'ultimo piano della sua casa di tre, Sophie Selwood stava scrivendo le ultime pagine del suo ultimo romanzo. Ultimo solo in ordine di apparizione: ne avrebbe scritti altri, e per molti anni ancora, firmandosi sempre con uno pseudonimo diverso. La cosa faceva andare su tutte le furie i suoi editori, che avrebbero voluto poter contare su un nome già affermato, ma su questa clausola Sophie era irremovibile, ed era la prima che faceva trattare alla sua agente quando stava per mettersi al lavoro su qualcosa di nuovo. In «Sophie Selwood» non c'era nulla che non andasse, ovviamente. Ma Sophie lavorava col suo vero nome già come traduttrice, e non le andava di confondere le cose: «Sarebbe come fare il meccanico e l'agenzia di noleggio» diceva a Javier. Lui non era del tutto d'accordo, ma sorrideva e annuiva comunque perché, anche quando non le condivideva fino in fondo, le scelte di sua moglie gli parevano coraggiose, e pervase da una naturale eleganza che finiva per contagiarlo.

Lo studio di Sophie era in una mansarda. Un tempo, le aveva detto Javier, che lí era nato e cresciuto, quello era il posto in cui venivano stipate le provviste. Nonostante il clima tropicale la stanza non diventava mai troppo calda, e il freddo da quelle parti non arrivava mai. Di fronte alla scrivania un'ampia vetrata incastonava una fitta piantagione di palme e banani che si estendeva per miglia a perdita d'occhio. Il tetto era alto e spiovente, sorretto da travi di legno chiaro; dal lato opposto a quello della scrivania, al centro della parete, c'era una piccola finestra rotonda e da lí, al termine di una lunga distesa di campi coltivati, si intravedeva il mare. Appena uno scorcio, in verità, perché la casa era in collina, e per arrivare al mare c'era una buona mezz'ora di cammino. Ma a Sophie bastava saperlo laggiú, scorgerlo da quell'oblò che esisteva solo per lei e sentirlo intorno alle spalle mentre lavorava. Se fosse rimasta in Inghilterra di certo nulla sarebbe stato lo stesso. La sua amata pioggia per un rifugio nel verde, a poche curve dall'oceano: anche adesso, dopo tanto tempo, continuava a sembrarle uno scambio equo.

Quando aveva lasciato Londra, tanti anni prima, non sapeva dove si sarebbe fermata. Si sentiva di vetro, allora, lontana da ogni cosa. Era sola e aveva fretta: di andar via, di dimenticare. Poi era arrivato Javier, e con lui la fine della rabbia, la voglia di fermarsi. Adesso a Londra Sophie tornava di rado, una volta l'anno per lavoro e per andare a trovare suo padre, che si era fatto vecchio e stanco, e l'aspettava per camminare lentamente lungo i viali ordinati del parco e raccontare al nipotino vecchie storie celtiche di cui gli lasciava inventare il finale.

Daniel di Londra non le chiedeva mai. Era ancora piccolo, certo, ma ormai faceva domande su tutto. Perché le lettere dell'alfabeto finiscono e i numeri no? Ma nelle fotografie la gente respira? Perché, di tutta la scuola, io sono l'unico con le lentiggini? Nella testa di suo figlio, però, Londra fluttuava ancora come un sogno confuso, come se nei lunghi viaggi aerei che facevano insieme per raggiungerla e poi tornare a casa la città svanisse, e insieme a lei evaporasse ogni volta il ricordo dei luoghi e delle persone cui avevano fatto visita.

«Come faccio a capire che sono innamorato?» le aveva chiesto Daniel l'ultima volta che erano partiti. Erano in aeroporto, avevano ritirato le valigie e stavano camminando uno accanto all'altra verso l'uscita. «Le vedi quelle porte laggiú?» gli aveva risposto Sophie indicando le porte automatiche che avevano davanti. «Se quando le attraversi ti guardi intorno e, anche se non ce ne sarebbe la benché minima ragione, per un attimo speri di incontrare quella persona, be', allora significa che sei innamorato».

«Dici davvero?» aveva domandato Daniel corrucciando la fronte e smettendo per un attimo di camminare, perché da bambini la curiosità è una cosa seria, e si vuol esser sicuri di trattarla nel modo giusto.

«Davvero» aveva risposto Sophie, accarezzandogli la testa e volgendo verso l'uscita i suoi occhi lucidi e ridenti. Era proprio cosí, anche se non era che un tipo di amore. Amava Javier dal primo giorno. Ma le porte automatiche degli aeroporti, con lui, non avevano niente a che fare.

Il sabato al mercato ogni tanto spuntava un francese che teneva un banchetto di libri usati. L'uomo veniva un po' quando gli pareva, forse quando non aveva di meglio da fare. Per la gente del posto i libri non contavano molto, e lui il banco lo teneva piú che altro per stare in mezzo agli altri senza dover fare o comprare qualcosa. Ci sono sempre quelli cosí ai mercati, se ne vedono dappertutto a saperli cercare, e probabilmente quando li scoprite vi stanno già osservando loro, perché sono lí apposta, per osservare il mondo in santa pace. La maggior parte dei libri che l'uomo vendeva erano in spagnolo. Ma capitavano spesso anche dei lotti in inglese, italiano o francese. «Eau de Cologne» li chiamava lui quando li tirava fuori per mostrarli a Sophie. Lei e il francese si incontravano soltanto al mercato, e non sapevano molto l'una dell'altro. Sophie non sapeva neanche come si chiamasse. Glielo aveva detto una delle prime volte che si erano parlati, ma l'aveva dimenticato. Sapeva che viveva in città. E che amava far lunghe nuotate al mattino. Il francese, una volta, le aveva chiesto cosa facesse per vivere.

«Traduco. E lei?».

«In pensione» aveva risposto l'uomo senza dirle da cosa, e lei non glielo aveva chiesto.

Ogni tanto, quando al mercato andava da sola o Daniel si trovava qualcuno con cui giocare, si fermava un po' piú a lungo da lui. Chiacchieravano sempre e soltanto di libri, in uno spagnolo tutto loro in cui ogni tanto infilavano parole non tradotte, visto che il solo fatto di essere europei sembrava spianare la strada alla conversazione. Avevano gusti simili, soprattutto sugli autori che entrambi consideravano importanti, anche se dissentivano immancabilmente su Chesterton – che Sophie considerava un genio e il francese un vecchio trombone – e su Céline, che lei deprecava come uomo e lui idolatrava come scrittore. Quando arrivava al banchetto, di solito Sophie gettava prima un'occhiata alle copertine di faccia, poi sbirciava uno per uno anche i dorsi dei libri in piedi. Si metteva in un angolo con tre o quattro volumi, li sfogliava e – se trovava una bella frase al primo colpo, o se qualcosa di quell'edizione la colpiva – se li portava via.

«Questo l'ho preso da Eau de Cologne» diceva a Javier quando tornava a casa, tirando fuori il libro dalla cesta della spesa e sistemandolo sugli scaffali della libreria in soggiorno. Era felice, laggiú. Straniera ma mai estranea, e quando capitava che la serenità se ne andasse, era come il mare dalla sua finestra: le bastava vederla da lontano per sapere che era dietro l'angolo, e non si sarebbe mai allontanata troppo.

A volte, nei pomeriggi silenziosi in cui il mondo smetteva di esistere, le capitava di chiedersi se avrebbe mai scritto una sola parola pensando che lui non l'avrebbe letta. Si domandava se sarebbe mai tornata indietro, e se avrebbe mai oltrepassato le porte scorrevoli di un aeroporto senza pensare che Thomas, lí dietro, la stesse aspettando. La risposta era mai, e lei lo sapeva. Ma laggiú, tra quelle valli e la loro gente, «mai» non era una minaccia: era una promessa e aveva dentro qualcosa di dolcissimo. A saperlo guardare, «mai» era piú bello di «sempre». Era la stessa identica cosa, solo vista dall'altra parte del mare.

Il Nuovo Hotel Zelda aprí un anno e un mese dopo la notte che Thomas e gli altri avevano passato nella 558. Non è corretto parlare di "apertura", a dire il vero, perché lo Zelda non chiuse mai: semplicemente per un po' nessun cliente ci mise piede. Dopo che furono rientrati, sull'Isola Grande si sparse la voce su quello che era successo e i locali, che da sempre consideravano l'isolotto con un misto di superstizione e diffidenza, non ci misero molto a bollare quanto era successo come l'ennesima prova che quello era un posto con cui era meglio non aver troppo a che fare.

Se per qualche mese alla porta dello Zelda non si presentò nessuno, però, la ragione fu un'altra. I frequentatori abituali dell'albergo venivano da posti lontani dove, anche volendo, pettegolezzi e maldicenze non sarebbero riusciti ad arrivare, mentre, per un fantasioso giro del destino, i nuovi clienti erano perlopiú stranieri e orientali. Diversi anni prima, infatti, l'hotel era finito sul blog di un'influencer indonesiana che, al ritorno dal suo viaggio, lo aveva descritto niente meno come la piú bella scoperta del suo tour del Sud Italia. «*Indah dan ajaib*» lo aveva definito la ragazza, qualcosa come «bellissimo e magico», e alla povertà di aggettivi avevano sopperito foto in filtri pastello che trasformavano l'aria di vago abbandono e decadenza dello Zelda in una favola rarefatta e fuori dal tempo. Ecco che, da quel giorno, di tanto in tanto, designer e direttori creativi dagli occhi a mandorla sbarcavano sull'isola, con aria vigile e insieme malinconica, provvisti di macchine fotografiche talvolta enormi talvolta minuscole, e di un'espressione zen che Gero trovava insopportabile. Filtri fotografici a parte, la realtà del luogo era quella che era, e l'isola anche: difficilmente i raffinati avventori facevano ritorno, e a tenere lo Zelda – per cosí dire – in vita nel corso degli anni erano da sempre i suoi habitué. Oltre a Gandini, i clienti affezionati della pensione erano una donna, una coppia e una famiglia. Nei mesi successivi agli eventi che abbiamo narrato ognuno di loro tentò di raggiungere l'albergo e di soggiornarvi, ma l'interregno fra la vecchia e la nuova gestione li costrinse, uno dopo l'altro, a rinunciare.

A giugno, puntuale come ogni anno da quando aveva divorziato dal suo secondo marito, si era presentata la signora Fiorini, una milanese ex interprete simultanea riconvertitasi in insegnante di yoga. Gandini l'avrebbe senza dubbio detestata: non c'è difatti niente di piú seccante – per chi pensa di aver ritrovato se stesso su un'isola remota – dello scoprire che un tuo concittadino ha eletto come rifugio esotico lo stesso che hai scelto tu. Non solo per andare allo Zelda Marilena Fiorini iniziava il suo viaggio da Cadorna proprio come Gandini ma, una volta sul posto, anche la stanza che ci teneva a occupare era la stessa: il primo anno Gero le aveva assegnato la 555, ma anche la yogi, come lo scrittore, preferiva «i piani alti». Dopo un paio di giorni si era fatta spostare nella 558, e da allora voleva dormire soltanto lí.

Quello appena passato era stato un anno particolarmente duro per la Fiorini. Il pilates sembrava avere la meglio sullo yoga, e Sergio, il suo ultimo «compagno di viaggio» – cosí amava chiamarlo quando parlava di lui alla fine delle lezioni o seduta a tavola con persone che aveva appena conosciuto – l'aveva abbandonata da un giorno all'altro per una imprenditrice marchigiana piú ricca e giovane di lei. Tagliare i ponti con tutto per un po' era proprio quello di cui Marilena Fiorini aveva bisogno. Iniziò a chiamare lo Zelda alla fine di maggio, ma nessuno rispondeva; provò a scrivere una mail, ma i messaggi spediti le tornavano indietro. Il sito dello Zelda era una pagina in flash con la profondità di un volantino, ed esisteva solo perché, qualche anno dopo averlo fondato, Valentino aveva ospitato un suo amico pilota argentino, Ricardo Jefetz, che da quando era andato in pensione si era dedicato alle meraviglie dell'informatica. Jefetz passò qualche settimana allo Zelda a bere vermouth (gli riusciva molto bene), tentare di appassionarsi a *Rayuela* (gli riusciva mediamente) e a scoprire i segreti delle stelle (anche in questo incontrava difficoltà, visto che di astronomia, come di programmazione, stava imparando i rudimenti). Al suo ritorno a Buenos Aires, per sdebitarsi dei giorni trascorsi sull'isola, Jefetz aveva acquistato il dominio e disegnato il primo e unico sito internet dello Zelda, una pagina blu con una volta stellata animata da una gif, al cui centro, in un corsivo svolazzante, si leggeva:

Hotel Zelda
* Rooms * Spring Water * Restaurant & Tea Garden *

Il passo successivo, a sentire l'ex pilota, sarebbe stato l'inserimento di un gestionale per le prenotazioni e una sezione per i commenti dei clienti, ma gli anni erano passati e il sito Jefetz non l'aveva mai finito (neppure *Rayuela*, del resto). I contatti rinviavano a un telefono fisso e a una mail e, sotto di loro, la menzione *under construction* campeggiava come una promessa non mantenuta.

All'ennesimo tentativo a vuoto, stufa di non avere risposta e di trascinarsi da un lato all'altro dei navigli sognando il giorno in cui se ne sarebbe andata, ai primi di giugno la Fiorini decise di partire comunque alla volta delle isole. Veniva allo Zelda ormai da qualche anno, conosceva Bembo e Gero, e non l'avrebbe meravigliata scoprire che quei due, dopo essersi accorti di un guasto, avessero lasciato passare dei mesi prima di porvi rimedio. Tanto valeva presentarsi sul posto. Marilena Fiorini si imbarcò da Genova un lunedí sera su una nave deserta, e raggiunse il Sud nel pieno di un'ondata di calore anomala che faceva ansimare i cani e mandava a monte i pranzi all'aperto. Arrivò sull'Isola Grande con uno sfogo di miliaria sulla fronte, e ai piedi delle ciabattine dai colori sgargianti che stridevano col suo umore nero. Fu un pescatore, al molo degli imbarchi, a dirle che lo Zelda era allagato, chiuso fino a data da destinarsi. La Fiorini, che era la classica italiana del Nord che al Nord si sentiva in trappola e al Sud non faceva che lamentarsi di quanto tutto funzionasse male, davanti a quell'imprevisto fece una cosa che non si dovrebbe mai fare: la prese sul personale. Scoppiò in lacrime e poi in singhiozzi, maledí il Meridione e tutti i suoi abitanti, scrisse una lettera al sindaco dell'Isola Grande, comprò dello Xanax alla farmacia del porto, passò due pessime nottate in una pensioncina del paese e si imbarcò quindi alla volta del Marocco, dal quale tornò dieci giorni piú tardi carica di tappeti che non sapeva dove mettere, altre ciabattine sgargianti – stavolta babbucce – che odoravano di pecora morta e scampoli di tessuti troppo piccoli e troppo variopinti per foderare qualsiasi cosa. Il sindaco dell'Isola Grande, nel frattempo, aveva ricevuto la sua lettera e avrebbe voluto risponderle ma, nella foga, la Fiorini aveva dimenticato di indicare un suo recapito.

Sei mesi piú tardi, sotto le feste, fu il turno di un'altra coppia di habitué, Letizia e Soledad, una coppia di quarantenni che si presentava allo Zelda regolarmente per Natale, visto che Letizia di famiglia non ne aveva mentre quella di Soledad stava dall'altra parte del mondo. Venivano ormai da cinque o sei anni; arrivavano il giorno della vigilia e ripartivano dopo la Befana per tornare a Padova, dove gestivano un cinema di quartiere sull'orlo perenne del fallimento. Era Sole, ogni anno, a chiamare Gero per prenotare, ma la linea telefonica, nel frattempo, era stata staccata e, dopo una settimana di tentativi a vuoto, le due ripiegarono a malincuore su un soggiorno last minute a Malta. Dal tre stelle della Valletta in cui finirono non rimpiansero tutto sommato neanche un minuto i pasti arrabattati e i materassi antidiluviani dello Zelda, e i suoi oscuri e solitari cieli di fine dicembre che le avevano, piú di una volta, immalinconite in modo irrimediabile.

Alla fine di febbraio, infine, toccò alla famiglia Dubarry, borghesi della Svizzera romanda che ogni anno, per accorciare la coda dell'inverno e salutare con un po' di anticipo l'arrivo della bella stagione, arrivavano da Friburgo e si fermavano un paio di settimane. I Dubarry erano quattro: madre, padre, figlio maschio e figlia femmina. Allo Zelda venivano da una vita e, durante uno dei primi soggiorni, il capo famiglia Alphonse aveva persino giocato a scacchi con lo zio Valentino. Era stata la signora, Mirta Dubarry, a volerci venire per la prima volta, ed era lei, ogni anno, a volerci tornare, anche se gli altri avevano cosí poca iniziativa e un cosí grande rispetto per le abitudini che avrebbero trovato tutto sommato disdicevole cambiare destinazione.

Mirta Dubarry era ormai vicina ai settanta, soffriva di asma, alopecia e negli ultimi tempi anche di artrosi, ma quando di anni ne aveva venticinque era stata Miss Svizzera, e a quei tempi nessuno in Brisgovia aveva mai visto niente di piú bello. Ai tempi del massimo fulgore dello Zelda, quando le more spuntavano dappertutto e l'acqua veniva imbottigliata, l'hotel era finito su una rivista svizzera per ricche signore annoiate: era cosí che Mirta Dubarry lo aveva scoperto. Octave e Anaïs, i figli, ormai erano grandi, ma non si erano mai sposati; si somigliavano parecchio e dimostravano un'età indefinibile tra i trentacinque e i quarantacinque. Il maschio negli anni aveva saputo fare un uso migliore della sua faccia e, se fosse stato in grado di amare, avrebbe di certo preferito gli uomini alle donne. Anaïs era rimasta una ragazzotta scipita e accondiscendente. Bastava trovarsela davanti per sapere che non aveva niente che non andasse, ma neppure qualcosa di vagamente interessante. I due fratelli vestivano rigorosamente Löhman, il fratello svizzero e scialbo di Brooks Brothers; si trascinavano in giro vestiti con pantaloni a costine, longuette di sartoria, scarpe di cuoio stringate e maglioncini a collo tondo, ciondolando da una sedia a un'altra con dei librini foderati in tela che sembravano essere stati scelti apposta per confondersi con il mobilio o dimenticati sotto una tazza di tè.

Tanti anni prima, Anaïs aveva avuto un'avventura con Gero. Dopo un incontro proibito tra gli specchi del bar in salotto, i due avevano preso a vedersi un giorno sí e uno no dai baobab. Si incontravano dopo colazione e prima di pranzo; Gero ci andava col pullmino, Anaïs Dubarry a piedi, per non destare sospetti e avere il tempo di riprendersi e tornare al suo abituale pallore prima di sedersi a tavola con gli altri. Quando il custode arrivava lei era già lí con le sue gonne a trapezio e i suoi girovita giallo canarino; Gero scendeva dal pullmino lasciando la portiera aperta, si slacciava la cintura e la scopava contro il tronco. Non si baciavano mai sulla bocca e, il piú delle volte, non scambiavano nemmeno una parola. Ogni tanto il custode mugolava delle cose in dialetto di cui la svizzera non capiva nulla. Venuto lui venuti tutti, e il custode ripartiva alla volta dello Zelda lasciandosi dietro un gran polverone. Anaïs Dubarry aspettava che la terra rossa ricadesse giú, poi tornava verso la pensione. I baobab dello Zelda erano diciotto; si accoppiarono contro ognuno, e gli ci vollero quasi tre primavere per fare il giro di tutti. A eccitare Anaïs era piú il ricordo di quel che succedeva tra gli alberi che non il momento stesso. A volte, rientrata in albergo, prima di raggiungere gli altri in sala da pranzo saliva in camera sua e si toccava da sopra gli slip. Ma questo a Gero non lo aveva mai detto. Alla fine del terzo soggiorno sull'isola, una volta tornata a Friburgo, Anaïs si accorse di essere incinta. Non lo disse a nessuno, e a metà del secondo mese ebbe quella che in Svizzera romanda si chiama una *fausse couche*. L'anno dopo si iscrisse a un corso intensivo di equitazione, e allo Zelda i Dubarry si presentarono senza di lei. Tornò all'inizio della primavera successiva, tenendo in braccio un petulante cucciolo di Cavalier King dal quale non si staccava neppure per andare in bagno. Ai baobab nani non si fece trovare piú e, dopo tre giorni ad aspettarla invano senza vederla arrivare, anche Gero smise di andarci. In omaggio ai loro giorni tra gli alberi, il cane Anaïs Dubarry l'aveva chiamato Bao, ma quella non era certo una delicatezza che il custode poteva essere in grado di apprezzare.

I Dubarry ormai non prenotavano: si presentavano e basta, il secondo venerdí di marzo. Arrivavano da Friburgo con l'aereo del mattino e, dopo un ormai consueto spuntino al Tramonto a base di aranciata e arancine, partivano alla volta dell'isola sulla barchetta di Salvo, un lupo di mare sdentato che da anni li accompagnava. Perfino Gero si ricordava le date del loro arrivo, e negli ultimi anni, da quando c'era Bembo, lo spediva al porto ad accoglierli e ad aiutarli con armi e bagagli. Una lauta mancia del signor Alphonse veniva puntualmente intascata dal custode in cambio del servizio. Quell'anno, il 9 di marzo, al posto del ragazzetto al porto i Dubarry trovarono Gero in persona. Il custode – come raccontò la signora Mirta al ritorno dal suo viaggio alle colleghe del bridge – indossava dei curiosi pantaloni alla zuava ed era in compagnia di un tipo ancora piú sciatto e prepotente di lui, che aveva – sempre a sentire la Dubarry – un complicato senso dell'igiene e venne presentato agli altri come Bruno. Quando li vide spuntare ai tavolini del Tramonto, Bao si mise ad abbaiare come un forsennato e Anaïs arrossí diventando dello stesso corallo del suo maglioncino.

Dopo essersi fatto offrire un'arancina, Gero annunciò il motivo per cui si era scomodato ad arrivare fin lí. Lo Zelda era momentaneamente inagibile, disse, ma lui e Bruno, per lo stesso prezzo e meno fatiche di viaggio, potevano accompagnarli in un posto molto simile non distante da dove si trovavano. Mirta e Alphonse Dubarry si guardarono perplessi e chiesero a Gero qualche minuto per decidere, si consultarono con i due figli senza trarre alcun beneficio dalla conversazione con gli ignavi ragazzotti e infine, un po' per educazione ma soprattutto per mancanza di alternative, accettarono.

Bruno e Gero caricarono i bagagli su una Doblò appestata di Arbre Magique alla fragranza «Brezza di Mikonos», e i sei piú cane partirono non troppo allegramente sulla strada costiera alla volta del Mermaid, un quattro stelle con piscina d'acqua salata a picco sul mare, aria condizionata anche d'inverno e serra-rooftop-cocktail bar. Mirta Dubarry quella sera ebbe un violento attacco d'asma, mentre Octave scomparve con Sergio, il receptionist, lasciando sua sorella da sola in camera a fissare la luna dal letto senza poter chiudere occhio. Il mattino seguente, l'intera famiglia si presentò nella hall col set di valigie color cammello al seguito. Alphonse Dubarry versò l'ammontare di un'intera settimana di soggiorno, chiese a Sergio di chiamare un taxi, e quello fu l'ultimo giorno che i Dubarry trascorsero nelle isole per il resto della loro vita.

Ecco che, all'inizio di marzo, lo Zelda aveva perso tutti i suoi clienti, fedeli e potenziali, passati e futuri, una volta per tutte. Fu un vero peccato, da un certo punto di vista, perché nel Nuovo Hotel Zelda molti di questi ospiti avrebbero volentieri fatto ritorno, anche adesso che era tutto cambiato e, con un po' di fortuna, avrebbero trovato rimedio a qualcuna delle loro malinconie. Non è escluso comunque che prima o poi ci arrivino anche loro: per un certo e non troppo esiguo numero di persone lo Zelda sta diventando un posto di riferimento, e raramente ormai passano giorni, anche in pieno inverno, in cui le sue stanze non siano occupate.

Il principio del Nuovo Hotel Zelda è semplice: è un luogo in cui chiunque può lasciare andare quello che non gli serve piú e, in cambio, portarsi via qualcos'altro. Non è nato per vendere: è un posto fondato sul baratto, pensato per regalare alle cose, e alle persone, un'altra possibilità. È tutto il contrario di una discarica, perché nasce per salvare, e non è di certo un museo, perché vive di disordine e casualità. Ricorda piú un laboratorio, o un gattile, e – con quei negozietti senza riscaldamento in cui degli uomini attempati leggono il giornale immersi tra migliaia di cianfrusaglie – condivide soprattutto l'odore, e una desueta idea di tenerezza.

Cimeli di un amore finito o mai ricambiato, resti di un impiego ingrato, rimasugli di qualcuno che non c'è piú, relitti di sentimenti o persone che abbiamo – a torto o a ragione – lasciato scivolare via. Gadget di amori di cui non ci è importato molto, simulacri di altri di cui ci è importato troppo, manifesti politici e sedimenti di case in cui siamo stati soli e felici, giovani o ammalati.

Guardatevi intorno, adesso, in casa vostra se siete a casa o nella borsa se siete fuori o dentro e basta, se siete lontani da tutto e da tutti. Quanti superstiti delle vostre vite precedenti vi state portando dietro solo per pigrizia, o chissà quale disperata devozione? Oggi, se non soffrite il mare e avete un po' di tempo libero, sapete dove portarli. E non è forse fantastico che esista finalmente un posto dove riporli senza sentire di star buttando via una parte di noi stessi? Un posto in cui possiamo mettere da parte il passato senza tradirlo?

Al Nuovo Hotel Zelda – sull'insegna la parola *nuovo* è stata aggiunta in corsivo in testa a tutto, come un appunto scritto a mano – non sono ammessi umani, animali o altri esseri viventi. Sono naturalmente ben accetti durante il soggiorno, ma non possono diventare merce di scambio. È un luogo pensato soltanto per gli oggetti e chiunque, in qualsiasi momento, può portarsi via qualunque cosa.

È lí che Tom ha portato tutte le cose di Sophie; anche gli oggetti dello zio Valentino sono rimasti dov'erano, ma adesso, in mezzo agli altri, si distinguono a malapena. Il busto di Usai sorregge, in bilico sulla testa, una collezione di panama lasciata dalla vedova di un ambasciatore brasiliano e ha, intorno al collo, una decina di sciarpe del Napoli portate dal padre di un ragazzino diventato, con grande dolore della famiglia, juventino da una stagione all'altra.

Lo scendiletto indiano che era in camera di Gandini se l'è aggiudicato un giapponese arrivato sull'isola con un immane panda in peluche macchiato di succo d'uva, mentre la collezione di portauovo (che lo scrittore ha dimenticato di portarsi via) se l'è presa una signora altoatesina che si è presentata con una decina di orologi a cucú dipinti a mano, e un dittico di litografie dal titolo «Ciclisti alla curva», che raffigurano due larghi tornanti vuoti.

C'è chi è venuto solo per lasciare il guinzaglio del suo cane, chi si è presentato con i pattini da ghiaccio di quando era piccolo, chi col cellulare della moglie scomparsa, chi ancora col registro del padre professore di ginnastica. Si può restare allo Zelda quanto si desidera, e si possono portar via tutte le cose che si vogliono. Non ci sono limiti di dimensione o di valore degli oggetti, e non sono richieste spiegazioni in merito a quel che si lascia e a quel che si prende. L'essenziale è – o almeno dovrebbe essere – partirsene un po' piú leggeri e onesti di quando si è arrivati. Le asperità del viaggio, la scarsità di merce preziosa e l'insensatezza generale dell'impresa sono state sufficienti, almeno fino a oggi, a selezionare la clientela in modo sopraffino. C'è chi lo chiama un monumento alla nostalgia; alcuni, che senza dubbio ci terrebbero a essere ritenuti i piú pragmatici, lo definiscono sotto i baffi l'ennesimo capriccio di un forestiero eccentrico. Nel Nuovo Hotel Zelda ognuno può vedere quel che vuole, come del resto in ogni oggetto che quelle stanze contengono.

Non è stato semplice per Thomas trovare un custode. I permessi burocratici, i lavori per rifare l'impianto elettrico e quelli per rendere il luogo «a norma» in confronto sono stati uno scherzo. La gente oggi non fa che dire che ha bisogno di esotismo, che sogna di spostarsi lontano dalle città, via da tutto e da tutti, che se potesse oh se solo potesse se ne andrebbe in campagna o su un'isola remota, ma dopo un numero di ore tutto sommato contenuto o anche solo alla minima contrarietà, in quelle città non vede l'ora di far ritorno, per ritrovare finalmente la banda larga, le sedute di depilazione laser, il pesce crudo abbattuto dei ristoranti e tutto quello che spergiurava di voler abbandonare.

Non tutti i mancati proprietari vengono per nuocere, e Thomas non ce l'avrebbe mai fatta senza Musante. O meglio, senza sua moglie Serafina. Mai sottovalutare le risorse e la voglia di fare di una sessantenne abbiente e di buon carattere e, se l'idea di metter su un posto del genere si era affacciata nella mente di Thomas quando aveva visto Musante commuoversi davanti a una poltrona a fiori, nella realizzazione di questa sua impresa Tom deve moltissimo alla sua signora.

Casalinga paffuta e allegra, con l'aria sempre indaffarata anche se la principale occupazione, ora che i figli erano cresciuti, era organizzare il suo notevole tempo libero e quello, scarsissimo, di suo marito, Serafina Gicché in Musante era nota in paese per il suo buonumore e il suo appetito, provvista di rotondità ben distribuite e di un proverbiale senso dell'iniziativa.

Non soltanto – una volta venuta a conoscenza dell'impresa di Thomas – nel giro di una settimana lo mise in contatto con due possibili tuttofare, ma non si esagera dicendo che, grazie al Nuovo Hotel Zelda, il Circolo delle Lettere dell'Isola Grande – di cui Serafina è fondatrice e vicepresidentessa – ha finalmente trovato qualcosa di cui occuparsi che non sia discutere di letteratura vittoriana, feste paesane e giardinaggio. Il ciclo di incontri su Jane Austen venne sospeso, e furono rinviati a data da destinarsi anche i seminari sulle piante succulente e i decotti stagionali. In quasi sei mesi di lavoro, Serafina e le altre lettrici si sono occupate, in ordine sparso, di: rimpagliare le sedie Luigi Filippo del soggiorno; procedere a un inventario dei beni presenti al momento dell'apertura e raccoglierli in un piccolo libretto distribuito agli ospiti delle prime settimane; aiutare Thomas e un'incredula Miss Dunn, assoldata appositamente per la missione, a sbrigare le pratiche necessarie ai lavori; travasare la pianta grassa in un vaso piú grande; far potare i baobab; ritirare tutte le tazzine sbrecciate dell'hotel; smacchiare le lenzuola macchiate, riparare quelle strappate e tagliare in straccetti quelle inservibili, procedere alla stessa operazione con le tovaglie, i tovaglioli e le tende; selezionare e catalogare, sulle basi dei loro gusti e conoscenze letterarie, i libri (attività che richiese settimane intere di lavoro, e portò a discussioni interne al club che causarono a loro volta un paio di rapporti incrinati e fratture insanabili); sorvegliare gli imbianchini che Thomas aveva assoldato e assicurarsi che le tinte Farrow & Ball che erano state scelte venissero correttamente ripartite nelle varie stanze; istruire Hetty, la custode, un'ex bagnina austriaca, sugli usi e costumi del posto e aiutarla a perfezionare il suo italiano; rifoderare i lettini del giardino con dei tessuti marinari simili ai vecchi ma impermeabili; accogliere Hyun Lee nei giorni della sua permanenza sull'isola, lasciarla in pace mentre lavorava e farle compagnia all'ora dei pasti; passare in rivista le bottiglie del bar; cambiare le ruote del pullmino e far verniciare anche lui con gli avanzi di St Giles Blue usato per ridipingere il salotto; far accordare il pianoforte a coda (impresa a oggi ancora incompiuta, perché di accordatori non se ne trovano molti, da quelle parti) e infine, dopo lunghe e fitte discussioni e scambi di messaggi con Tom, stabilire che sarebbe stato meglio tenere e quindi lucidare con l'Argentil tutti e sessantanove i coprivivande in argento che erano stati trovati nei ripostigli in alto della cucina. Erano decisamente troppi e inattuali, ma in un albergo che si rispetti, come avrebbe detto lo zio Valentino, i coprivivande in argento non potevano mancare.

Le ragioni per cui Serafina Gicché e tutte le altre sedici signore del Circolo delle Lettere dell'Isola Grande si siano adoperate cosí tanto per una causa che non era la loro restano misteriose, e mescolano la voglia di novità all'amore per la tradizione, l'esterofilia al patriottismo, l'animo malinconico allo spirito pratico. Qualcuna di loro sperava in cuor suo di presentare Thomas a sua figlia; altre, piú ardite o sognatrici, avevano trasformato quel posto nel proprio fantasma romantico. Viste singolarmente sono diciassette signore di provincia, ognuna con i suoi crucci i suoi acciacchi e le sue piccole meschinità. Prese a coppie, poi, sono delle viperette spietate, che battibeccano tutto il giorno e sembrano essersi scelte per disparità di intenti e di giudizio. Chi ha avuto la fortuna di vederle all'opera tutte insieme, però, sa quanto somiglino a uno sciame di api operose, e se nel giardino oggi crescono di nuovo le more è perché anche i rovi, da loro, si sono lasciati cambiare.

Dato il lungo viaggio fatto per arrivare, il giapponese che si è presentato col panda macchiato di succo d'uva è rimasto a lungo allo Zelda. Al terzo giorno di permanenza sull'isola è venuto fuori che Oda Natsume è un noto artigiano del *kintsugi,* la tecnica grazie alla quale porcellane sbrecciate e ceramiche rotte vengono riparate con una lacca d'oro, e assurgono a nuova vita.

In tutto si è fermato quasi un mese e, per sdebitarsi dell'accoglienza, si è offerto di riparare tre intere casse di cocci che Serafina e le altre si preparavano a buttare. Col passare dei giorni, Oda Natsume e la signora Musante sono diventati buoni amici. Nessuno sa bene che lingua parlino, né tantomeno di cosa discutano quando sono assieme, ma a Ettore Musante basta un niente per ingelosirsi e, quando una delle signore del Circolo delle Lettere gli ha rivolto una frecciatina sull'Oriente, il Mancato Proprietario non ha perso tempo. Musante aveva sempre incoraggiato la moglie nella sua iniziativa ma, da quando i lavori erano cominciati, non aveva piú messo piede sull'isola. Il giorno dopo aver sentito parlare del misterioso straniero, dopo un pranzo leggero è salito sul suo yacht e si è presentato a sorpresa allo Zelda poco prima delle quattro. Ha chiesto al mozzo di aspettarlo dov'era e, per arrivare in collina senza avvertire nessuno, ha inforcato una bici elettrica che aveva caricato in barca. È arrivato allo Zelda coperto di terra rossa, e con lo stomaco in gola per il terreno sconnesso: si è presentato a Oda Natsume, che era in giardino a incollare delle tazze da consommé, ed è salito al primo piano, dove sua moglie stava sfogliando dei vecchi numeri di FMR. Serafina era seduta sulla poltrona della zia Emilia, e questo l'ha riempito di gioia e l'ha fatto sentire un cretino.

«In Giappone quando una cosa si rompe non la buttano, la riparano con dell'oro» ha spiegato Serafina a suo marito con un sorriso stampato sulla bocca, mentre dalla finestra gli indicava Oda Natsume che lavorava concentrato.

«E gli americani hanno inventato il Super Attack» ha brontolato Musante prima di abbracciarla.

Quando finalmente Thomas si è deciso a spiegargli per bene tutta la storia, Norman Watt ha chiesto di portare al Nuovo Hotel Zelda due paia di sci che alle bambine non vanno piú ma che Maureen si ostina a traslocare da una casa all'altra e una tutina aderente in latex grigioperla di cui non ha voluto raccontare nulla, nemmeno dopo tre doppio malto.

Un francese abbronzato e silenzioso è arrivato qualche settimana fa con una piccola collezione di libri. In cambio si è portato via due spartiti di Schubert e una racchetta elettrica per le zanzare, e sul *livre d'or* ha messo solo una data e la firma. I libri che ha lasciato sono tutti diversi, e trattano dei temi piú svariati, politica e giardinaggio, puericultura e poesia medievale. La particolarità, piú che nel soggetto, sta nella forma: hanno tutti gli angoli arrotondati, piacevoli da accarezzare e impossibili da confondere con altri.

A proposito di angoli, piú d'uno avrebbe voluto portarsi via il pianoforte d'angolo con sgabello girevole che Tom aveva comprato pensando a Sophie. Ma organizzare il trasporto è cosí complicato che finora nessuno l'ha spostato di un millimetro. Molte altre delle cose che Thomas ha portato da Shere, invece, sono andate, compreso il posacenere a forma di cappello di Napoleone. Qualcuna si è rotta durante il trasporto, diverse se le è prese un collezionista greco con delle basette lunghissime, in cambio di certe tavole periodiche del Cinquecento e di una serie di polaroid erotiche anni Settanta.

Thomas non ha mai rimpianto nessuno di quegli oggetti: li ha amati talmente tanto, anche solo per un giorno, che non vuole vederli mai piú. Lui e Ottie ogni tanto si vedono ancora. Perlopiú a pranzo, visto che lo studio di Thomas non è lontano dal set televisivo in cui Ottie è ospite fissa ogni giorno da due stagioni. Non vanno piú a letto insieme. Lei adesso sta con uno chef iraniano focoso e scorbutico che la rende pazza di gioia. Quando Ottie e Tom si vedono, lei gli chiede sempre di raccontarle dello Zelda, e dice di avere un mucchio di cose che lei e Arad vorrebbero portarci. Sull'isola, però, non è piú tornata. Lavora talmente tanto, dice, che non ha tempo di respirare, e quando mette su quell'aria trafelata, o quando sospira dopo aver bevuto, Thomas si ricorda del perché fra loro non avrebbe mai potuto funzionare. Dopo di lei, Thomas ha avuto altre ragazze, ma niente d'importante. L'ultima, Leila, l'altro giorno a colazione ha sbattuto il bicchiere della spremuta sul tavolo, e gli ha detto che quelli come lui non si capisce mai cosa vogliono. Ma non è cosí: Thomas cosa vuole lo sa, è solo che finora non l'ha ancora trovato. Adesso niente gli impedirà di riconoscerlo quando se lo troverà davanti.

Alla sera, quando il sole scompare dietro al vulcano e poi cade nell'acqua, Hetty accende le luci una per una.

Comincia dal basso, dalla stanza dell'inventario, e poi arriva fino alla 558. In soffitta non ci va, perché Gero si è portato via la chiave e Hetty ha moltissime qualità, ma di serramenti non ne sa proprio niente.

Nel caso ve lo steste chiedendo, l'illuminazione del Nuovo Hotel Zelda non ha molto a che vedere con la luce dopo la pioggia. «Quello era solo un esempio» vi direbbe Hyun Lee tagliando corto. Eppure, come potrà confermarvi chiunque ci sia stato, vi basta arrivare lí per capire che non c'era un posto migliore in cui tutta quella roba potesse finire. O continuare, visto che la fine non ha fine, e allora tanto vale scrivere un nuovo inizio.

Qualche giorno fa, sulla strada di casa, Sophie si è fermata al banchetto dei libri da Eau de Cologne. Era con Daniel, e non è rimasta molto perché dovevano tornare a fare i compiti. Ma negli ultimi tempi una traduzione difficile l'aveva tenuta chiusa in casa, e quello era il primo giorno libero dopo settimane intere tra revisioni e giri di bozze. Lei e Daniel avevano pranzato un po' prima del solito quel giorno, si erano tenuti leggeri ed erano usciti subito dopo per andare a nuotare in un *cenote* comparso da poco a metà strada tra la spiaggia e il villaggio. Non l'avevano mai visto ancora, ma tutti dicevano che fare il bagno lí dentro era magnifico, perché l'acqua era piú fresca e trasparente di quella degli altri bacini della zona. Il terreno in quel punto era sempre stato scavato, si vedeva passando dalla statale in macchina o meglio ancora dal pullman. Ma prima era vuoto, senz'acqua: a primavera ogni tanto ci spuntavano dentro dei fiori gialli, mentre d'inverno, dopo Natale, ci finiva qualche festone, che se ne stava lí incastrato sul bordo per mesi finché gli uccelli non venivano a beccarlo o il vento non se lo portava via. Durante l'ultima stagione delle piogge la fossa si è riempita di un'acqua azzurrissima, e non si è piú svuotata. Ma a quanto pare l'acqua piovana non c'entra niente con questo tipo di formazioni. Dalla capitale sono arrivati dei biologi per studiare il *cenote*. Hanno detto al sindaco che la strada che costeggia quel terreno è stata costruita su un'immensa falda acquifera che è rimasta asciutta per anni e che adesso, evidentemente, deve aver ripreso a scorrere. Sul come sia successo però danno risposte troppo complicate, «che è come non darne» ha aggiunto Javier. Gli studi stanno proseguendo, ma con la lentezza di questo popolo, ha fatto notare sempre Javier, chissà quanto tempo ci vorrà. L'acqua comunque è limpidissima e, stando agli esami che i biologi hanno spedito dalla capitale, di prima qualità.

Al banchetto di Eau de Cologne quel giorno c'era poco: giusto una raccolta di articoli di Dorothy Parker senza copertina e un'edizione spagnola illustrata delle *Metamorfosi*, talmente vecchia e rinsecchita che solo a tenerla in mano si sbriciolava. Un volumetto foderato in tela azzurra che spuntava in mezzo agli altri ha attirato, senza particolare ragione, l'attenzione di Sophie: sul dorso non c'era scritto nulla, e in copertina c'era solo una piccola zeta dorata scavata nella tela, circondata da foglie e frutti in rilievo. Basta tenerlo in mano per sapere che è stato stampato di recente, ma è il genere di cose che non appartengono a un tempo preciso, reperti di un mondo che non è mai esistito e che, di conseguenza, non può finire. È scritto in inglese, e non è un vero e proprio libro, ma una specie di catalogo, un inventario di oggetti vari e strampalati, elencati uno alla volta al centro della pagina e separati da un asterisco, come un menu infinito composto da centinaia di pietanze. A Sophie è bastato sfogliarne un paio di pagine per decidere di lasciare dov'erano Ovidio e Dorothy Parker, e portarselo a casa. Dopo cena, mentre erano ancora seduti a tavola, l'ha fatto vedere a Javier; sapeva già che lui non ci avrebbe trovato nulla di speciale, ma ci ha tenuto a mostrarglielo comunque, perché la vita di una famiglia è fatta anche di momenti come quello.

C'era la luna piena, quella sera, e Daniel non voleva saperne di mettersi a letto, cosí tutti insieme hanno sparecchiato e apparecchiato la tavola per la colazione a tempo di musica, perché risolvere le cose nel giro di una canzone è una delle regole della casa, nei giorni difficili come in quelli lieti. Poi sono andati a dormire; Javier ha aperto la finestra e ha fatto entrare la luna nella stanza, perché gli piace saperla lí, mentre leggono, fanno l'amore o si addormentano. Sophie ha messo il suo libretto sul comodino, dove tiene altri libri, catenine, cianfrusaglie e soprammobili di poco conto. Cose con cui, ogni giorno che viene, andare a dormire è piú bello, e per qualche motivo meno pericoloso che se loro non esistessero, e non fossero lí proprio accanto a lei mentre si addormenta e chiude gli occhi fino a domani.

Ringraziamenti

Grazie Arianna e grazie a Peque, il piú bel trotto dell'Oxfordshire.

A Pietro e al soggiorno senza specchio di Chiltern street.

Grazie a Sylvie e ai tetti della rue des Dames; a Pav e alla sua serra di agavi.

A Rossella e ai suoi infaticabili Umpa Lumpa.

Grazie a Franco, perché nessuno come lui sa come si mantiene un segreto.

Ad Apollonia, e alla memoria della sua grazia.

Tutta la mia gratitudine a Eileen e Giovanna, *ça y est!*

A Marco e alle PdC, perché senza di voi non ce l'avrei mai fatta.

E grazie Alessia, anche se devi ancora stamparlo.

A Nino al porto e al posto 245, che c'era sempre, anche a meno quindici.

Alla Caravelle, al Bonera e ai posti come loro in giro per il mondo.

Indice

Stampato per conto di Neri Pozza Editore
da Grafica Veneta S.p.A., Trebaseleghe (Padova),
nel mese di aprile del 2019

Questo libro è stampato col sole

Azienda carbon-free